Pierre Ducrozet
Eroica

Originaltitel: Eroica (Editions Grasset & Fasquelle, 2015)
Autor:in: Pierre Ducrozet
©2025 by Kommode Verlag, Zürich
1. Auflage

Deutsche Fassung
©2025 by Kommode Verlag, Zürich

Übersetzung: Paula Rauhut
Lektorat: Matthias Jügler
Korrektorat: Sabine Wolf / torat.ch
Titelbild, Gestaltung und Satz: Anneka Beatty
Druck: Beltz Graphische Betriebe

ISBN 978-3-905574-46-3

Verlag
Kommode Verlag
Stampfenbachstrasse 32, CH-8006 Zürich
+41 79 246 59 14
produktsicherheit@kommode-verlag.ch
www.kommode-verlag.ch/produktsicherheit

Produktsicherheit
Verantwortliche Person gemäss EU-Verordnung
2023/988 (GPSR):
GVA Gemeinsame Verlagsauslieferung Göttingen
GmbH & Co. KG
Postfach 2021, D-37010 Göttingen
+49 551 384 200 0

Pierre Ducrozet
Eroica

**Aus dem Französischen von
Paula Rauhut**

Kommode
Verlag

Ich male Straßen, Herrscher, Helden.

Jean-Michel Basquiat

DAS MUSS MAN SEHEN

Wie er seinen Stift hält, muss man sehen. Nicht so, nein, er rutscht ab, er zittert. Er hält ihn zwischen Ring- und Zeigefinger, dieses ölige Stück Kreide, es entgleitet ihm, er fängt es gerade noch auf und hält es jetzt zwischen Mittelfinger und Daumen, das ist besser, er konzentriert sich, aber was macht er da eigentlich vor dieser Leinwand, die notdürftig auf den klapprigen Keilrahmen gespannt ist? Ein Kind, das vor der Tafel steht, da rutscht er schon wieder ab, das kann ja nichts werden. Er malt offensichtlich ein Männchen, zwei Arme, zwei Beine, dünne Stängel, sonst nichts. Er eilt seinen Strichen hinterher – man kann es nicht sehen, aber er lächelt, er lässt den Stift mit Absicht entgleiten und sich von ihm überraschen, er muss sich ihm unterwerfen. Wenn er zu fest zupackt, kann nichts daraus entstehen. Er skizziert ein großes Ohr, eine Narbe als Mund, und dann malt er darüber, streicht durch, kehrt zur Mitte der Leinwand zurück. Jay ist zwanzig, kaum älter jedenfalls, eine schmutzige Jeans und ein zu großer Pullover hängen locker über seiner kakaobraunen Haut, er steckt sich den Joint wieder an, der zwischen seinen Lippen hängt. Seine Stirn ist mit rötlichen Punkten übersät, sein Schädel rasiert. Er zerdrückt die Ölkreide auf der Leinwand. Er begutachtet das Ganze, atmet ein, und lässt dem Strich freien Lauf bis zu den Händen, vier Finger auf der einen, ein Daumen auf der anderen Seite. Die Augen umrandet er mit weißen Kreisen, er malt ein © daneben, das er dann sofort wieder durchstreicht.

Diesen Typen muss man sehen, wie er sich die Welt ordnet.
    Das muss man sehen.

EROICA

Der Junge wollte schon immer ein Held sein. Das ist ohnehin die Definition eines Jungen: jemand, der weder sein (vermeintliches) Genie noch seine (vermeintliche) Heldenhaftigkeit begraben hat, so wie es die Leute machen, sobald die ersten Blätter fallen.

Zuerst will er Batman oder Spiderman sein – lieber Batman. Dann Picasso. Dann wird er Prometheus, Elvis, Charlie Parker, Lou Reed, Bob Dylan, John Coltrane. Er wird Andy Warhol, Muhammad Ali. Jack Kerouac. Odysseus. Superman. Ein Held eben.

— Das liegt jetzt bei dir, sagt Joan eines Abends: Entweder wirst du ein großer Künstler oder eine große Tragödie.

— Und warum nicht beides?

Anscheinend haben die Leute zu allem eine Meinung:

— Was willst du: an einem Pfahl enden, wo die Adler dir die Leber wegfressen?

— Warum nicht.

Geht ihm nicht auf den Sack, er ist bereit.

Er sitzt vor einer großen Kaffeetasse an der Theke des Night Birds, einer Bar an der Second Avenue, Ecke 7th Street. Normalerweise steht er lieber an der Jukebox, spielt *My Heart Belongs to Daddy* von Eartha Kitt in Dauerschleife und beobachtet währenddessen die Kellnerin in ihrer weißen Uniform mit grünen Streifen. Aber heute hat er sich hingesetzt. Er rührt in seiner Tasse, sein Kaffee ist kalt; er sieht sie an. Sie ist es, er weiß es. Ihre Bewegungen sind präzise, aber dahinter verbirgt sich eine Punkerin, sie hat einen Kirschmund, ein rundes Gesicht, die Haare sind kurz und schwarz, sie hat einen geraden Gang, aber man spürt, dass alles sehr schnell ins Schwanken geraten kann, und das mag er an ihr. Er hat alles vor sich: den Kaffee, das Mädchen, die Jahre. Er hat noch nichts unternommen, aber die Dinge liegen vor ihm und er will sie für sich allein. Der Kaffee, das Mädchen, die Jahre. Den Kaffee hat er ausgetrunken, das Mädchen steht vor ihm. Er braucht eine Verbündete. Sie. Unsichtbar hinter dem Tresen.

Jay kommt wieder. Jeden Tag. Er hat Zeit. Er kommt wieder, sobald er genug Geld von der Straße aufgesammelt hat, um das Teuerste auf der Karte zu bestellen.

— Einen Jameson. Ohne Eis, bitte.

Sie liest die Märzausgabe der *Vogue* hinter dem Ausschank. Sie steht auf, legt die Zeitschrift beiseite, bereitet ihm seinen Drink zu und vermeidet dabei bewusst, ihn anzusehen. Er geht. Er kommt wieder. Sie sieht seine langen, feingliedrigen Finger auf dem Tresen herumtrommeln. Zwei Knochen stechen unter der glatten Haut seiner Handgelenke hervor. Dann hebt sie schließlich den Blick. Seine Haare sind vorne sehr kurz und sein Nacken ist von Dreadlocks bedeckt. Er riecht nach Gras und Regentagen. Seine verschlissene, graue Jacke schleift auf dem Boden. Das Night Birds ist eine Bar für rauchende und in Selbstgespräche vertiefte Taxifahrer. Alle starren auf diesen Schwarzen am Tresen.

Sarah Adkins hebt endlich ihren Blick. Sie trägt ein hautenges weißes Oberteil, eine schwarze Lederjacke, ein Adleranhänger baumelt an ihrem rechten Ohr. Ihre Uniform hat sie im Schrank gelassen. Sie scheint sich auf etwas auf der gegenüberliegenden Straßenseite zu konzentrieren. Sie ist heute früher angekommen als sonst, gegen achtzehn Uhr. Er sagt Hallo und bestellt ein Bier und sagt, dass er an sie gedacht hat. Er hat an ihren Körper gedacht, daran, wie sie den ganzen Tag zwischen den Tischen steht, und er hatte Lust, ihre Füße zu sehen. Sie lächelt. Sie hat sich vorgenommen, heute nachzugeben, mit ihm zu sprechen, ihn zu küssen, wenn er will.

Noch am selben Abend zieht er bei ihr ein. Auf ihr Sofa. Sie hat nachgegeben, okay, aber jetzt immer schön langsam. Sie denkt, er geht noch einmal runter, er hat doch sicherlich noch was zu tun da draußen – nein, er bleibt. Er ist mit all seinen Sachen gekommen: einer Tasche und einer kleinen Metalldose.

— Und was ist mit der Miete?
— Normalerweise bezahle ich keine.

Zwei Tage später überrascht der Besitzer des Night Birds, ein Chinese namens Hsin, Sarah dabei, wie sie einen Schwarzen an einem Tisch seiner Bar küsst.

— Das Einfachste ist, du verpisst dich von hier, aber schnell. Ich bin für so manches offen, aber das geht zu weit.

Sie sucht sich einen neuen Job. Im dritten Stock bemalt Jay die Wände des Wohnzimmers.

— Was willst du eigentlich?

— Ein Held sein.

Wozu sollte er sie anlügen? Es ist noch früh, nicht einmal Mitternacht, also überlegen sie sich gemeinsam, wie es weitergehen soll. Beide haben brühheiße Becher in den Händen, die sie auf einer Bank des Tompkins Square mit kleinen, hastigen Schlucken leeren. Sie fragen sich, wie ein Schwarzer aus Brooklyn und ein schüchternes, wenngleich auffällig hübsches Mädchen aus Vancouver miteinander auskommen können. Er hat die Straßen von SoHo bemalt, sie hat als Punker-Priesterin für eine lokale Zeitung posiert, aber das ist noch gar nichts. Unter einem Parkbaum gleich bei den Junkies, während die Stadt einen Passanten nach dem anderen vorbeiwirft, die der Ehrgeiz wieder durch die Straßen von Manhattan von Church Street bis Union Square jagt, suchen zwei Gefährten die Schnellstraße. Und dann, durch einen etwas zu eilig dahingeworfenen Satz, ein Adjektiv, begreift Sarah, dass es dieser Junge weit bringen wird. Und dass er keine Zeit verliert.

— Held?

— Hab ich Held gesagt?, fragt Jay.

— Ja, gerade eben.

— Ah. Bestimmt, weil ...

Cäsar Aeneas Herakles Sugar Ray Robinson

— ... weil die Geschichte mir keine Wahl lässt, es gibt keinen anderen Ausweg für so einen *Negro* wie mich, Sklave oder Held, Tod oder Held, sonst nichts

— ... weil

fortgetragen, den Stamm, die Eiche, niemand, nicht ich noch jemand anderes hat eine Wahl, alles zerstören, sonst tot

— ... weil ich Batman mag. Ich finde den cool.

•

Sarah geht arbeiten und Jay stößt im Laufe des Abends zu ihr. Als er in ihr Leben stürmt, geraten die Dinge aus der gewohnten Bahn. Alles an seiner Gestik ist harmonisch, voller Eleganz und Geschwindigkeit, wie ein altertümlicher Tanz. Mit den Worten ist es genauso, sie brauchen erst Zeit und überschlagen sich dann. Er sagt, dass er in drei Tagen einen Termin bei Leo Castelli, dem größten Galeristen von New York, hat, dem Mann, der Rauschenberg, Lichtenstein, Jasper Johns entdeckt und Kandinsky, Pollock, de Kooning und Warhol ausgestellt hat. Er hat kein einziges Bild vorzuweisen, aber das spielt keine Rolle.

Sie versucht, ihm zuzuhören, aber sie sieht vor allem seine Hände, die sich auf und ab bewegen, seine nackten Arme, sie hört *Leinwände Scheiße kaufen,* aber sein Gesicht bringt sie durcheinander, seine ebenmäßigen Gesichtszüge, sein kindliches Lachen, das Schwarz seiner Augen.

Er geht schon wieder, mit zackigem Schritt in Richtung der Wohnung, zu der er sich einen Zweitschlüssel hat machen lassen.

Er hat noch einen Tag. Sarah ist heraufgekommen, hat gegessen, geschlafen und ist wieder zur Arbeit aufgebrochen.

Beide Hände hat er in der Farbe versenkt. Er klatscht sie planlos auf die Leinwand. Seine Bewegungen streckt er mit etwas Kaffee und Kokain. Er tritt einige Meter zurück. Er blickt auf fünf Bilder, die zwischen der Tür, dem Esstisch, dem Regal und dem Fernseher stehen, in dem gewollten Chaos hat er das Blutrot, die Stadt, die Schnelligkeit, den Schwung nicht gefunden, alles, wovon er dachte, dass es ihn hinter diesen Formen erwarten würde. Und es ist Zeit. Er geht pissen, klatscht sich ein bisschen Wasser ins Gesicht, nimmt zwei Bilder aus der Mitte heraus, die vertretbarsten, und tritt vor die Tür, in das sich kräuselnde Tageslicht. Er läuft bis zur Nummer 420 West Broadway. Mit fleckiger Hose, eingefallenem Gesicht, mit tief gefurchten Augenringen kommt er vor Leo Castellis neuer Galerie an. Er krempelt den rechten Hemdsärmel unter seiner Anzugjacke hoch, sagt: Ja, ich bin Jean-Michel Basquiat, ich habe einen Termin mit Leo Castelli. Von seinen Händen fallen Tropfen auf die Fliesen.

Der Meister erscheint. Er trägt einen grauen zweiteiligen Anzug, graue Krawatte und ein weißes Hemd. Er kneift die Augen zusammen. Er hat nie viel Zeit, er beeilt sich, er stellt mit einem Blick fest: Das ist dahingeschmiert, schlampig. Kommen Sie wieder, wenn es fertig ist. Es gibt noch viel zu tun.

Als Sarah ihn wiedersieht, hat er seit zweiundvierzig Stunden nicht geschlafen, er hat da weitergemacht, wo er aufgehört hatte, er lässt sich von so einem Scheißitaliener nicht vorschreiben, was er zu tun hat. Er hat die Bilder des Vortags umgedreht und sich auf deren Rückseite darin geübt, so grobschlächtig und wüst wie möglich zu arbeiten.
— Willst du dich nicht ein bisschen ausruhen, Jay?
Er sagt nichts. Manchmal sagt er nichts. Also geht sie mit Freunden unten in der Bar einen Tee trinken.
Irgendwann fällt er um und schläft auf dem Boden ein.
Am darauffolgenden Nachmittag, nachdem er endlich aufgestanden ist, hat er es. Er legt eine Scheibe Schinken zwischen zwei leicht hart gewordene Weißbrotscheiben, schlingt alles hinunter, öffnet ein Fenster, weil es doch sehr streng riecht, schließt es alsbald, weil es draußen kalt ist. Er schnappt sich einen schwarzen Marker, kritzelt ein Gesicht mit drei schnellen Strichen, zwei Vierecke als Augen, vier Linien als Haare, und los.

Er hat weitergemacht.

Und dann ist er an diesem einen Morgen wie an jedem anderen aufgestanden.

Es ist der 6. Februar 1981.

Er hat sitzend auf dem Sofa geschlafen, ein oder zwei Stunden vielleicht, der Herzschlag noch schnell vom Trip über die Autobahnen der Nacht. Die Leinwand von zwei mal einem Meter fünfzig, die er einige Tage zuvor angefertigt hat, steht auf einem behelfsmäßigen Gestell, das er auf der Straße gefunden hat. Die Kälte lässt ihn an alte Zeiten denken, Brooklyn, vereiste Gehwege, die Grogs seiner Mutter, wie ein Vorhang, der am Ende des Saals aufgeht. Aber all das ist bald Schnee von gestern, denn Jay findet schnell seinen Rhythmus. Er hat sich vorgenommen, einen Schädel aufzubohren. Er hat die Umrisse eines Kopfes skizziert, aber Haut und Haare interessieren ihn nicht. Er hackt darauf rum, zerstückelt, öffnet ihn und blickt hinein.

Ein Dutzend Blechdosen stehen nebeneinander auf dem Fußboden. Daneben liegen seine Ölstifte auf zwei großen Seiten der *New York Post* aus dem Sportteil. Er greift nach dem Schwarz und zeichnet einen großen Kasten in die Mitte des Schädels, um danach seine Ölkreide hineinzudrücken.

Zwischen seinen Lippen hängt eine Kippe, von der die Asche auf seinen grobmaschigen Strickpullover fällt. Er denkt an Elvis. Niemand konnte sich bewegen wie Elvis. Er zieht die Hautschichten auseinander und öffnet den Schädel mit beiden Händen. Er geht hinein. Es ist ein Gewirr aus Nerven, Kabeln, Schläuchen. Er richtet sich auf, dreht sich einen Joint. Er muss noch tiefer vordringen. Er malt einen großen Kasten mitten ins Hirn, das er direkt mit der Nase verbindet. Er umschließt seinen Stift mit einem festen Griff und kratzt drauflos. Alles muss leuchtend, klar, gekritzelt sein. Er zeichnet Kreuze und stumpfe Winkel, er tunkt ins Blau, ins Gelb, da, in der Mitte, da muss es bluten. Es ist ein zum Himmel offener Schädel. Er lässt die Kiefer bröckeln, malt kurze Haare obendrauf, umrandet das Auge in Krapprot.

Jay macht weiter, es ist zwei Uhr morgens, er steckt mit beiden Händen in der Materie, die sich je nach Hirnschlinge und Bereich, je nach Geruch, in safrangelbe Flächen, weißen Stacheldraht, smalteblaue Leitern, Bruchstellen, Scherben, Umwege verwandelt. Das Innere ist nicht mehr klebrig oder flüssig, undurchschaubar, unbestimmt, es ist in Streifen wiedergegeben, in Strichen, in Schienen. Schwarze und blaue Stängel ragen vom Kopf empor. Er weidet ihn aus.

Jay rührt in einem Schälchen ein Lachsorange an. Er möchte, dass es friedlich wirkt, um den Rest zu entschärfen. Sarahs Schritte kommen näher. Sie steht jetzt im Wohnzimmer. Sie begegnet diesem Blick – als sie das Ding erblickt, schreckt sie kurz zurück. Sie geht darauf zu. Sie sieht die Farben. Die leuchtenden Striche, die vielfachen Entladungen, die steilen Winkel, dieser gesamte abgepellte Schädel schmerzt sie. Sie schlägt eine Hand vor den Mund. Dieser Junge. Jay dreht sich um. Sarah schüttelt den Kopf. Dieser Junge. Dieser Junge ist verrückt.

DIE BANK, ODER DIE SUCHE

Er sitzt auf einer Bank gegenüber der Schule.
Das weiß doch jeder, Jay.
Er öffnet seine Brotdose.
Du bist wirklich der Einzige, der so dusselig sein kann.

Krieg. Er beißt in seinen Keks. Von heute an herrscht Krieg.

Er betrachtet die Stufen des gegenüberliegenden Hauses, die Fußspuren, den Himmel, alles ist da. Heute Morgen hat er es begriffen. Es wird eine Suche geben, eine Reise, ihn.

Er sitzt auf der Bank, er ist sieben Jahre alt. Er hat seinen Schulranzen neben sich abgestellt. Am Abend zuvor, als alle Lichter gelöscht waren und seine Mutter ihm schon Gute Nacht gesagt hatte, hat er die Lampe wieder angeknipst und in seinen *Detective Comics* weitergelesen. Batman ist darin wie immer umhergeflogen, elegant, flink, stark. Aus seiner Angst hat er eine Superkraft gemacht. Das will er auch tun.

Fassen wir zusammen. Ein Held wird (unter besonderen Umständen oder in Brooklyn) geboren, mit übernatürlichen Kräften und manchmal auch einer Schwäche (er erinnert sich daran, irgendwo die Geschichte von Achilles gelesen zu haben, der, dank seiner Mutter, die ihn in den Unterweltfluss Styx taucht, ein unverwundbarer Held wird – nur leider hat sie ihn dabei an der Ferse festgehalten. Er hat ganze Armeen besiegt. Aber diese trocken gebliebene Ferse sollte ihm zum Verhängnis werden). Im Laufe seines Heranwachsens überwindet er eine Reihe von Schwierigkeiten (Monster, Drachen, Zyklopen vielleicht). Es gelingt ihm schließlich, wieder Ordnung herzustellen, woran er letztendlich stirbt. Jays Beine befinden sich senkrecht zu den Holzlatten der Bank. Er betrachtet die Bäume, die Gebäude, die Flugzeuge, die scheinbar starr am Himmel stehen. Er ist bereit.

Ein wunderbarer und einzigartiger Kampf steht bevor, umso mehr für einen Schwarzen aus Brooklyn. Er muss mit großer Sorgfalt seine Rüstung wählen. Lebendig, schwungvoll, königlich.

— Ja, aber eigentlich will ich doch fliegen.

— Das kommt aufs Gleiche raus. Wähle sie mit Bedacht.

Er hat es. Pegasus. Sofort blickt er starr geradeaus, legt die Ohren an, stellt die Füße in die Steigbügel. Los geht's.

•

Zehn Jahre später ist die Bank, auf die er sich setzt, rau und feucht. Die grüne Farbe blättert von ihr ab, das Holz ist mit Zeichnungen und Wörtern übersät. Seit er dort schläft, in dem Zelt bei dem Gitterzaun im östlichen Teil des Washington Square, ist dies seine Bank. Über jeden Abschnitt des Parks herrscht eine andere Gang, und dieser hier gehört den Acid-Dealern. Es gibt die Graffiti-Gang, die Dope-Dealer, die italienischen Hooligans, etwas weiter weg die Middleclass-Kids auf Abwegen. Jay geht von einer Gruppe zur nächsten. Die Graffiti-Gang nimmt sich die U-Bahnstationen und Parkplätze des Viertels vor. Und manchmal taucht eine mit Baseballschlägern bewaffnete Gang auf und zertrümmert ihnen allen die Schädel. Die Tage sind lang, das muss man schon sagen. Er ist seit vier Wochen von zu Hause abgehauen, am Anfang war es gut, aber mit der Zeit langweilt er sich ziemlich. Gerade hat er ein Blättchen geschluckt. LSD-25 hat Giovanni gerade frisch reinbekommen. Noch spürt er nichts. Er betrachtet die Vorbeigehenden. Er betrachtet sein fleckiges Hemd. Er steckt sich eine Kippe an.

Zwei Stunden später steht er am anderen Ende des Parks, ergründet das feuchte Grün der Bäume vor ihm und sieht ihnen beim Atmen zu.

Er ist an einem Dienstag im Morgengrauen getürmt. In der Schule haben sie sicherlich lange auf ihn gewartet. Er hat seelenruhig seine Tasche gepackt, wie jeden Morgen, nur dieses Mal ohne Bücher und Hefte, sondern mit Boxershorts, zwei Hosen, einer Konservendose, fertig. Am Abend zuvor hatte er am offenen Fenster seines Zimmers zusammen mit Al einen Joint, dick wie der Griff einer Spitzhacke, geraucht. Sie konnten nicht mehr vor Lachen, als plötzlich die Tür aufgestoßen wurde. Jays Vater hatte kehrtgemacht, ein Messer aus der Küchenschublade geholt und ist langsam zurück ins Zimmer gekommen. Den Gürtel, ja, den kannte er, seit sieben Jahren, immer mal wieder, aber ein Messer, das war neu. Die beiden Freunde am Fenster sahen die Klinge auf sich zuschnellen. Sie streifte Jays Hintern, als er versuchte, ihr auszuweichen. Am nächsten Morgen war er weg.

In Brooklyn Heights hatte er sich einen Irokesen schneiden lassen, damit man ihn nicht wiedererkennt. Er durchquert das ganze Viertel und nimmt dann einen Zug Richtung Norden bis zum Harriman State Park, wo er einige Nächte campt. Er lernt andere Jugendliche kennen. Zusammen klauen sie einer alten Frau ein paar Scheine. In jämmerlichem Zustand nimmt er am nächsten Morgen den Zug zurück nach New York. Er schläft ein paar Nächte bei Freunden im Meatpacking District. Dann geht er zurück auf die Straße und streunt durch das Viertel rund um den Washington Square. Er läuft ganze Nächte herum, setzt sich zu den Säufern und trinkt mit ihnen billigen Wein. Isst Cheez Doodles. Fünfzig Cent die Tüte. Er geht nicht mehr zurück nach Hause. So vergehen die Tage. Das alte Zelt eines Freundes wird sein Unterschlupf, ein paar Decken hat er und einen Schlafsack. Tagsüber ernährt er sich hauptsächlich von Acid. Dann vertieft er sich in den Anblick der Straßen, die vor seinen Augen zu schlingern beginnen. Er geht in eine Bar, wo er mit seinem durchgeknallten Lächeln eine junge

Frau hypnotisiert und eine Woche in ihrem Bett verbringt. Der Kühlschrank leert sich, ihre Freunde wollen bald vorbeikommen, er geht. Ihm ist kalt. Einer der Säufer leiht ihm einen klammen Pullover.

Sein Vater, Walter, geht abends oft in den Straßen nach ihm suchen. Er rennt blind durch die Gegend, zerfressen von dieser Nacht, in der er nicht er selbst gewesen ist. Er kommt spätnachts nach Hause, atmet schwer neben seiner neuen Frau, Nora. Jays Mutter ist endgültig in die Nervenheilanstalt nebenan eingezogen, nachdem sie kürzere Aufenthalte in fast jeder Klinik des Viertels hinter sich hatte.

Einen Monat später bekommt Walter einen Anruf von der Polizei. Man hat ihn unter einem Baum im Washington Square gesehen. Na, dann los, sagt er. Sie gabeln ihn in der MacDougal Street auf, eine Plastiktüte in der Hand. Der Polizist kommt näher. Jay fügt sich. Sein Vater unterschreibt die Papiere. Sie kehren, ohne ein Wort zu wechseln, nach Hause zurück.

SAMO

Sein Vater meldet ihn in einer Schule mit alternativen Unterrichtsmethoden an. Eine freie Erziehung ist sicherlich das Beste, um den Tornado im Zaum zu halten. Aber Jays Blick hat sich weiter verdunkelt. Er ist frech zu seinen Lehrern, prügelt sich mit seinen Mitschülern und raucht von morgens bis abends. Im Gesicht trägt er ein arrogantes Lächeln. Dabei ist in seiner neuen Schule alles darauf ausgerichtet, dass sich die Kinder frei entfalten können, so steht es in der Broschüre – und der ganze Spaß kostet ein Heidengeld. Aber Jay kann diese Menschen aus der Mittelklasse, aus der er selbst stammt, nicht mehr ertragen, sie ekeln ihn an. Er kommt nicht mehr jeden Abend nach Hause. Einmal besichtigt er mit seiner Schulklasse ein Museum und stiehlt ein Bild, das er später in einem Waldstückchen wegwirft.

Als er eines Abends die Pacific Street bis zur Nummer 553 hinunterläuft, spürt er es in sich brodeln. Er tritt auf die andere Straßenseite und betrachtet das Haus, das sein Vater einige Jahre zuvor gekauft hatte. Es ist ein schönes Gebäude aus leicht bräunlichem Sandstein, typisch für Brooklyn und seine aneinandergereihten Brownstones. Über ein paar Treppenstufen gelangt man zum Eingang und zu den drei Etagen. Dort ist er aufgewachsen, in diesem vornehmen

Viertel namens Boerum Hill, nah der großen Atlantic Avenue. Hinter diesem Fenster, durch das man ein großes Wohnzimmer erahnt mit Wänden voller Familienfotos, einigen Kunstdrucken und den in einem Furnierholzregal aufgereihten Bänden einer Encyclopædia Britannica, hat er gelebt. Er geht auf die Außentreppe zu und sieht seinen Vater auf dem mit bunten Achtecken gemusterten Sofa sitzen, der geöffnete Blazer mit Messingknöpfen an den Ärmeln gibt den Blick auf ein strahlend weißes Poloshirt frei, darunter eine makellos schwarze Brust, auf der noch ein paar auf halbem Weg im Wachstum stecken gebliebene Brusthaare übrig sind. Neben seinen Füßen liegt ein Tennisschläger. Jay steigt langsam die zwei mal fünfzehn Stufen hinauf, vermeidet dabei jeden Blickkontakt mit seinen beiden Schwestern, die auf ihren Betten liegen, kommt schließlich in seinem Zimmer an. Man müsste die Tapete herunterreißen. Man müsste alle Poster von den Wänden zerren, alles niederbrennen.

Am nächsten Morgen geht er wieder in die Schule, obwohl sich zu beiden Seiten des Gebäudes die Straßen der Stadt auseinanderfalten, endlos. Er gesellt sich zu den Mädchen und den Jungen, aber da ist etwas, das aus ihm herausragt und sich in die anderen hineinbohrt. Trotzdem zieht er sie wie magisch an. Zwar weiß er selbst nicht, wo er hinwill, die anderen aber wollen nur eines: ihm nah sein. Seine Stimme ist sanft und schleppend, man hört ihm zu. Er lässt seine

Haare wachsen, die nun von seinem Kopf abstehen. Er hat Appetit, aber auf was? Da ist Wut in seinen Gesten und auf seinem Gesicht, alle sehen das. Eines Abends mit Al, wie immer zugedröhnt, hat er eine Idee. Sie könnten eine Art Besenwagen erfinden, der die ganze Scheiße der Welt in sich aufnimmt, stell dir das mal vor, wir stecken die Wirklichkeit in einen großen Sack und nennen ihn Same Old Shit, immer der gleiche alte Scheiß, die ganze Welt würde sich den Lehren von SAMO anschließen. Einige starren ihr ganzes Leben lang Löcher in die Luft, Jay jedoch will den Eingang zum Himmelreich finden. Er will sich das Chaos auf Erden vornehmen, weiß nur noch nicht, ob es sich dabei dann verringert oder verdoppelt.

— Es ist die Matrix, die Kohle und Bourgeoisie heraufbeschwört, der große Aufwind, Al. Der neue Messias.

Hört, hört!

— Es ist ein universelles Bewusstsein. Ja, genau. Wir erfinden eine neue Religion, in der alles möglich ist. Ein herrlicher Wirrwarr.

Aus der Schnapsidee SAMO wird Ernst.

Der Gag eines zugekifften Abends verselbstständigt sich, rollt über das Plateau und wickelt alle Taugenichtse um sie herum mit ein. Unten im Tal ist daraus ein ganzes Knäuel geworden.

Jay und Al haben schwarze Sprühflaschen in ihre Taschen gesteckt, drei Graffiti-Marker. Bestimmt ist eigentlich Schule. Sie sitzen in einem Café auf der DeKalb Avenue an diesem klaren

Morgen im Mai 78. Vor ihnen der Eingang zur
U-Bahnlinie L, Richtung Manhattan. Die Sonne
schiebt sich empor. Sie leeren ihre Kaffeebecher
und legen los.

DIE TÜR

5. Februar 1979
Jay geht hinter ihr die Treppe hoch. Die Chanel-Tasche verhakt sich zwischen den Aufzugtüren. Sie zieht; die Metallflügel schließen sich. Im achtzehnten Stock steigt sie zuerst aus. Er betrachtet ihr weißes Kostüm, unter dem nur mit Mühe ein Hintern zu erkennen ist. Er betrachtet ihre ausgeleierte Haut, die unter dem linken Vorderarm etwas runterhängt. Das Erste, was er in ihrer Wohnung sieht: das große Wohnzimmer. Sie sagt, er solle mitkommen. Er streift das cremefarbene Sofa, geht auf sie zu. Dank ausgezeichneter Chirurgie konnte den Falten auf ihrem leicht gebräunten Gesicht Einhalt geboten werden. Er betritt das riesige Schlafzimmer, das über dem Himmel von New York zu schweben scheint. Fast nichts – lediglich: ein goldener Apfel auf dem Couchtisch, Bettwäsche in einem hellen Violett, so leicht, dass sie schon fast schwebt, ein Stapel *Cosmopolitan*-Ausgaben in einem Zeitschriftenkorb, ein prall gefüllter Kopfkissenbezug und direkt darüber beginnt eine große Dachschräge aus unbehandeltem Holz. Dahinter der wolkenverhangene Himmel.

Sie nimmt seine Hand. Wie alt ist er wohl, sechzehn, siebzehn?

Als sie ihn auf der Fifth Avenue um den Eingang des Central Park herumlungern sah, ist sie stehen geblieben. Er trug einen langen, grauen und am Saum befleckten Dufflecoat, Turnschuhe, kurze Haare. Was für ein Prachtstück, hat sie gedacht. Schwarz, ja, aber soft. Vielleicht lateinamerikanisch, ein sehr dunkler Latino – Kubaner, Dominikaner? Der Kragen seiner Jacke war aufgestellt, er wendete seinen Blick von ihr ab, sie ist näher gekommen. Als er sie gesehen hat, sagt er blitzschnell, ohne Luft zu holen: für 'nen Fuffi.

Sie erwidert nichts, mustert nur seine kindliche Haut, die glasigen Augen, den angespannten Kiefer, und mit einem kaum sichtbaren Nicken stimmt sie zu, allein ihr Kinn bewegt sich einen Hauch nach oben, als müsste sie betonen, wer hier ganz offensichtlich das Sagen hat. Sie schiebt ihre Hand mit einem leichten Druck über seine Jeans bis an die Stelle, wo sie leicht schwitzig wird. Sie wollte es ihm beibringen, aber sie merkt schnell, dass er Bescheid weiß. Jay schließt die Augen, um den schwarzen Holzkleiderschrank, die schwerfälligen, klapprigen Hände und die auf den Kurzflorteppich fallende Jeans nicht mehr sehen zu müssen. Als er die leicht fettige Haut auf sich spürt, versucht er, an die Strände von Puerto Rico zu denken, glatt, makellos, wo er als Kind immer war – und dann denkt er nichts mehr, dreht sie um und drängt sie gegen den Schrank, vor Überraschung, oder Angst, entfährt ihr ein kurzer Schrei, er holt seinen Schwanz raus und dringt plötzlich in sie ein. Hinter der Glastür befindet sich eine ganze Reihe Designerkleider, die Veronica Kraft zu Wohltätigkeitsanlässen trägt – seit drei Jahren ist das alles, was sie macht, ihren frühzeitigen Ruhestand stellt sie in die Dienste der Philanthropie. Die drei Türen sind mit einem weißen Knauf versehen. Sie klammert sich an den dritten. Er hätte es lieber, wenn sie ihm ihre kleinen Lustschreie ersparen und einfach die Fresse halten würde. Alles hier ist so geordnet, dass er sie am liebsten gegen die Wände stoßen würde, um zu sehen, ob die Dinge sich dadurch auch nur minimal verschieben. Ja, am liebsten würde er sie schlagen. Sie versucht, sich umzudrehen, aber er lässt es nicht zu, er möchte lieber ihren erstaunlich festen Rücken sehen, ihr mächtiges Hinterteil – ihre Augen, nein. Dann hält er plötzlich inne. Sie stöhnt und streichelt seinen Hintern. Er will hier weg. Er schaut auf seine Hände, hebt sie vor sein Gesicht. Und dann lacht er: Eigentlich könnte er auch bleiben, hier wohnen, bei der Alten könnte er alles haben, ein Dach überm Kopf, einen gedeckten Tisch, er müsste sich um nichts mehr sorgen. Alles in Ordnung?, flüstert sie. Ja – und dann macht er weiter, wirft sie aufs Bett, sie greift nach der Daunendecke, vergräbt darin ihr Gesicht – und dann, verdammt, das reicht, er kommt.

Er erinnert sich, seine Jeans langsam hochgezogen zu haben, mit erhobenem Kopf, um sich alle Details zu merken. Sie hat mit ihrem Theater aufgehört, sich die Haare hochgesteckt, ihre Haltung zurückgewonnen. Er hat sich den Rest seiner Kleidung im Wohnzimmer angezogen. An den Wänden hängen chinesische Holzschnitte. Während er sein Hemd zuknöpft, ist er an die große Fensterfront getreten. Ein Balkon erstreckt sich über die gesamte Hauswand und darunter stehen die geordneten Häuserreihen der Halbinsel Spalier. Er steigt über die bekannten Spitzen, das Chrysler Building, das Woolworth, immer weiter empor, bis sein Blick über die alles überragenden Häuser der Wall Street gleitet. Letzter Hemdknopf. Er streift sich den Dufflecoat über und stürzt davon.

NEW YORK 78

Jay läuft. An der Ecke 37te, ein paar Schritte vor der Penn Station kommt er an einem Dauerkino vorbei. Er würde gerne hineingehen, aber mit dem Klotz aus Alter und Hautfarbe an seinem Bein, vergiss es. Er geht weiter. Die Stadt rattert, wie jeden Tag. Er öffnet den Mund und schluckt Nutten, Dealer, Zuhälter, Müllgeruch, Eisenwaren, Hotdogs, Schreie, Staub der verputzten Fassaden und Abgase hinunter. Die Leuchtreklamen blinken vor seinen Augen.

New York 78. Die Stadt steht am Rande des Bankrotts. Regen fällt auf die Brachflächen. Über Trümmer stapeln sich Trümmer in beißendem Qualm. Von Alphabet City im Südosten von Manhattan am unteren Ende der Lower East Side bis nach Greenwich Village nichts als zerfallende Häuser, der letzte Tropfen perlt noch von der zurückgelassenen Spritze, Scheine knistern und gleiten von Hosentasche zu Hosentasche, mafiöse Geschäftsmänner und Heroindealer, Korrupte aller Art tummeln sich emsig, es stinkt nach verschmortem Gummi. New York 78. An Kreuzungen hält man lieber nicht. Drei Jahre zuvor hat der damalige Präsident Gerald Ford die Stadt vor dem Bankrott bewahrt, indem er mehr als zwei Milliarden Dollar aus öffentlichen Geldern investierte. Ed Koch, der erst vor Kurzem zum neuen

Bürgermeister ernannt wurde, setzt diese Bemühungen fort. Er möchte New York wieder zur Welthauptstadt machen. Dieser hagere, elegante Mann hat mit seiner Protokolluntreue und seinen politischen Anstrengungen bereits alle New Yorker für sich eingenommen. Er zeigt sich tanzend in Clubs, in Begleitung von Schauspielern, ebenso cool, wie seine Stadt es einmal war. Er möchte ihr diesen Status zurückgeben. Aber das allein reicht nicht. Die New Yorker verlassen die Stadt, genau wie die Industrie, Aufstände häufen sich, Harlem und die South Bronx sind zu Kriegszonen geworden.

Jay liebt es, in dieses brennende Chaos zu schlüpfen. Jeden Tag wacht er auf und stürzt sich auf die Straßen, zwischen die wütenden Neonreklamen, die einem Frauen in Strings und Big Shows versprechen. Er lungert um schäbige Diners und Kleinganoven in Ledermontur herum. Er geht bis zur 42ten und beobachtet die Nutten. Zigaretten rollen über das verblichene Rosa ihrer wulstigen Lippen. Jay geht die Seventh Avenue runter und biegt in die 14te bis Union Square ein. Hier beginnt sein Reich. Das East Village. Inmitten des Niedergangs ist er zu Hause. Er kennt jeden noch so zugewucherten Winkel. Er geht weiter. Jay ist einer, der sich vom Zufall treiben lässt in seiner bodenlangen Jacke. Er betrachtet die wurmstichigen Balken, die abgenutzten Eisentreppen, die ausgemergelten Gesichter, die abgehackten Schritte der Amphetaminabhängigen, die etwas langsamer sind, wenn Heroin im Spiel ist, das Gramm für zehn Piepen.

Er hat sie immer so gekannt, seine Stadt.

Er mag sie dreckig und verrufen, zerbrochene Fenster, stinkende Kanalisation und Ratten darin. Jay durchquert diese offene Wunde mit schnellem Schritt. Er trägt eine Lederjacke, die er am Tompkins Square gefunden hat. In seiner Tasche befinden sich ein paar Klamotten, eine Lampe, zwei Zeitschriften. Er ist siebzehn.

Er hört das Rauschen.

Manchmal geht er dem Lärm nach. In Harlem, in der Bronx hört er ihm zu.

Eine Stadt in Trümmern, die Könige und Dämonen hervorbringt. Jedes Mal, wenn eine alte Welt zugunsten einer neuen untergeht, wird dieser Wechsel durch einen latenten Rhythmus angekündigt. Propheten und Verrückte können ihn hören. Da ist er, schlägt, gedämpft, steigt in der feuchten Luft in Schwaden empor, ertönt aus Feuermeldern und Sackgassen, vom Brachland und aus den Hochhäusern von Harlem, den Betonfestungen, vor denen sich Jugendliche mit geballten Fäusten treffen, die mit ihren Fahrrädern die Schlammpfützen umkreisen und nicht wissen wohin, sich prügeln und grölen – er erklingt auf den Plätzen in der South Bronx, stagniert unter den hohen Pfeilern der aufgeständerten Subway-Schienen, ein dumpfes Pulsieren, das die ganze Stadt erobert, zieht vorbei an den mit einer 22-Millimeter ausgeraubten Kiosken, durch die Straßen der Gangs, schwere Schritte, geschulterte Ghettoblaster, Baseballcaps, Unterhemden, Bandanas auf den schwarzen Schädeln. Alle kennen sie, diese Jungs aus dem Viertel, mit ihrem Heranwachsen wuchs auch die Erniedrigung. Sie haben entschieden, sich nicht zu ergeben wie einst ihre Eltern. Die Polizei kann ihnen mit ihren Waffen nichts anhaben, ihre Hände sind offen, sie sind bereits tot, schießt doch. Die Knarren sind nutzlos, sie selbst sind die Bomben. Der Tabakwarenhändler sieht sie in Turnschuhen mit geröteten Augen vorbeigehen. Man hört die Plattenspieler knistern, ein paar Typen probieren herum und scratchen die Dreiunddreißiger. Daneben üben riesenhafte Schwarze in Jogginganzügen ihre Tanz-Moves auf dem nassen Asphalt. Die Wut breitet sich zwischen den Hochhäusern aus wie ein Gerücht.

Eines Abends im Mudd Club macht Jay Bekanntschaft mit Fab 5 Freddy, Graffitikünstler und DJ. Er trägt eine schwarze Sonnenbrille, einen schwarzen Schnurrbart, er spricht schnell mit abgehacktem Akzent. Eine Woche später steht Jay auf der Randall Avenue in der Bronx, wo ihm Fab 5 Freddy seine Leute aus dem Viertel, die Wegbereiter des Hip-Hop, vorstellt: Lee Quiñones, A-One, Rammellzee, Toxic. Jay spürt etwas, als er ihnen die Hände schüttelt.

An diesem Abend schläft er bei einem Mädchen, das er im Mudd Club kennengelernt hat.

Er schläft auch im Kino, auf den Stufen eines Wohnhauses, in einer Ecke im Gehölz des Central

Park, aus dem er regelmäßig von den Wächtern vertrieben wird; er legt sich einfach irgendwo hin und schläft.

Er findet schnell eine Crew. Sie sind an die fünfhundert, New York gehört jetzt ihnen. Sie tanzen in denselben Clubs (der Mudd Club vor allem, wo sich alles trifft, das Federn, Irokesen und Blouson trägt), sie hängen in denselben Parks ab. Sie alle wollen Künstler, Sänger, DJs sein. Keine festen Jobs, man verfeinert seine Technik in den Wohnzimmern von verreisten Freunden. Abends fetzen die Gitarren im CBGB auf der Bowery, im Loft wird getanzt, alle rennen ins kürzlich eröffnete Studio 54, wo zum ersten Mal Weiße und Schwarze zusammenkommen, der Bürgermeister Ed Koch und Grace Jones, die Punks vom St. Mark's Place und die Rich Kids aus der Upper West Side, Michael Jackson, Truman Capote, Patti Smith und Gloria Gaynor. Der Punkrock wird geboren, Hip-Hop und Disco wachsen heran.

— Wir drehen einen Film über das alles, sagt Edo Bertoglio, der die Kamera als sein Medium gewählt hat. Das muss man machen, wenn das alles noch heiß ist. Diese ganze Musik, irre. Und das alles. Und du, Jay, du spielst darin dich selbst.

— Und wer soll das sein?

— Junger Künstler und Lebemann aus dem East Village. Du kriegst die Hauptrolle.

— Okay.

Noch ist Jay ein Niemand und dennoch kennen ihn alle. Man erkennt ihn von Weitem in seinem Mantel. Jetzt kann er im Filmstudio schlafen, wie praktisch. So wissen sie morgens, wo er ist, und er kann in dem Hangar malen. Tagsüber drehen sie auf der Straße und nachts in den Clubs. Es ist die Geschichte eines Typen, der im Krankenhaus aufwacht und feststellen muss, dass sein New York sich im gleichen fiebrigen Zustand befindet wie er selbst. Sobald sie die Kamera ausschalten, greift Jay nach seinen Stiften.

Jay tanzt auf dem Floor des Club 57 in seinem zerlöcherten T-Shirt.
 Neben ihm ein Mann mit bemalter Stirn.
 Klaus Nomi ist 1972 aus West-Berlin nach New York gezogen. Nachdem er sich jahrelang abgerackert hat, findet er seine Stimme und ist nicht mehr aufzuhalten. Er entdeckt Bowie, und das war's dann. Er bemalt seinen Körper in Schwarz und Weiß, lässt seine Haare vom Kopf abstehen und erfindet eine neues Musikgenre: Pop-Oper. Seitdem ist er eine galaktische Traumgestalt, die mit ihrem gewaltigen Countertenor auf düsteren Bühnen ihr Publikum vom Hocker haut. Er gehört zu der kleinen Truppe dazu. Eine erstklassige Nachteule mit schwarzem Schnabel.
 Jay und Klaus tanzen zusammen wie jede Woche. Der Boden ist von Zigarettenstummeln übersät.
 — Na los, sag es noch einmal, bitte.
 — *Ich hab's oft gemacht*, wiederholt Klaus auf Deutsch.

Und Jay krümmt sich vor Lachen. Wenn er Deutsch hört, kriegt er sich nicht mehr ein.

Klaus küsst Jay ohne Vorwarnung, der das gar nicht so schlecht findet. Im Gegenteil: Er mag die Stärke, die von diesem zierlichen Körper ausgeht. Sie gehen zusammen nach Hause.

Klaus ist kein Schönling, eine kümmerliche Brust mit einem ovalen Kopf darüber, aber in ihm vibriert es, und Jay kann es spüren. Der Junge hat einen Antennenkörper, der bei der geringsten Berührung Schwingungen empfängt. Sanftheit ebenso wie Gewalt, Schmerz oder Überspanntheit springen ihn förmlich an. Jay schläft jetzt da, in seinem Bett, auf der Avenue A, in Alphabet City.

Klaus trägt nur einen Raumanzug. Er wird von zwei Tänzern und einem Chor begleitet. Die Konzertsäle füllen sich.

Aber Jay packt schon wieder seine Sachen und zieht weiter. Er langweilt sich schnell.

Bald kann man Jay nicht mehr von den Straßen seiner Stadt unterscheiden. Grautöne, cooles, zackiges Gehabe, inneres Brodeln und Speed, sie teilen alles miteinander. Oft verlässt man die Orte seiner Kindheit, weil man Luft zum Atmen braucht und neue Horizonte, die über das Ende der bisherigen Vorstellungskraft hinausgehen. Oder man hat schon immer die Unendlichkeit bewohnt und will sie nicht mehr verlassen; so war es bei ihm. Jay kennt nichts als diesen Himmel und diese Bürgersteige, die sich immer wieder neu vor ihm erstrecken. Er braucht keine neuen Quellen, er hat täglich wechselnde Einflüsse durch das Auf und Ab der Dinge, die ihn umgeben, das ist New York.

UNTERWELTEN

Sarah ist drei Jahre zuvor aus Toronto hierhergekommen. Davor lebte sie mit ihren Eltern in einer Wohnung mit Blick auf den Hinterhof der Euclid Avenue, die den ganzen unendlichen Winter lang nach totem Hund roch. Jeder Winkel der Stadt erschien ihr einladender als ihr eigenes Wohnzimmer, in dem ihre Mutter den lieben langen Tag die weißen Hemden ihres Vaters, von Beruf Schuhvertreter, bügelte. Je mehr die Mutter bügelte, desto weiter stieg Sarah in die unterirdische Welt der Clubs, von der sie bald zur Königin ernannt wurde, hinab. Eines Morgens kam sie wieder an die Oberfläche und wusste, dass der Zeitpunkt gekommen war. Sie ging nach Hause in ihr Kinderzimmer, sie war jetzt, na, sagen wir etwa achtzehn, sie holte den verchromten Koffer unter ihrem Bett hervor und legte zwei dicke Rollkragenpullover hinein, eine Lederjacke, drei Hosen, einen Kulturbeutel, ein Notizbuch, Unterwäsche, machte den Koffer zu und ging. Sie würde sie später anrufen, um es ihnen zu sagen. Den Fußweg bis zum Busbahnhof genoss sie ausgiebig, genau wie den Kaffee, den sie bei ihrer Ankunft dort bestellte. Der nächste Bus fuhr in einer Stunde. Am Fenster verfolgte sie lange und mit einem Lächeln das Ruckeln der Lichter in der Ferne, das schlanke Band der Autobahn. Gegen acht Uhr abends wurde daraus ein Streifenmuster am Himmel, Spuren, die zu allen Seiten wegstoben, eine Symphonie aus Autos, Farben und Schreien. Der Bus spuckte sie mitten in der Glut der Eighth Avenue aus, New York City. Jetzt konnte alles beginnen.

Sie fand ein herrlich heruntergekommenes Hotel in der Lower East Side, wo sie ihre Tasche abstellte und dann gleich zurück auf die Straße ging, deren bestialischer Gestank sie umgab wie eine zweite Haut. Sie ballte die Hände zu Fäusten, endlich allein, einfach drauofloslaufen, keine Schatten mehr über sich spüren.

Wie schon in Toronto stieg sie in die Clubs hinab und mischte sich unter die schrägen Vögel. Ein Club, die Pony Bar, wollte sie haben, also fing sie dort an. Mit ihrem neuen Gehalt konnte sie sich eine billige Bleibe unterhalb von St. Mark's Place auf der Avenue B leisten. Ihre Eltern machten sich Sorgen, wo bist du, sag uns doch wenigstens, wo du bist – mir geht es gut, vergesst mich einfach. Sie hatte sich noch nie so leicht gefühlt. Vorher bestand alles nur aus Reibereien und Zerklüftungen, aber jetzt tat sich vor ihr ein Leben in einer Ruinenstadt auf, in der man tanzen konnte. Sie fand Freunde, sie fand Liebhaber. Sarah war nahezu unwiderstehlich, eine im Schatten gereifte Frucht.

Sie schrieb sich an einer Filmhochschule ein. Jetzt würde auch sie Künstlerin werden. Sie wechselte den Job, sehr oft. 1978, 1979. Sie fing im Night Birds an. Sobald ihre Schicht vorbei war, nach zehn, elf Stunden, zog sie sich um, eine Line – und zack auf den Dancefloor.

Sie vergaß die alten Freunde, Toronto, die Schneewehen, die ins Nichts führenden Straßen.

Und eines Abends betrat Jay die Bar.

Sie schaute hoch und sie sah dieses Gesicht.

Schönheit eines pausbäckigen Kindes, Arroganz, trübe Magie, eine gewisse Brutalität und Milde zugleich, wie eine Welle, unmöglich, da nicht schwach zu werden. Gerade Nase, schmaler jugendlicher Mund und darüber kaum sichtbarer Flaum, glatte Wangen, eine leicht von Pickeln übersäte Stirn, gekrönt von einem Wald an Haaren, unentwirrbar und kraus. Karamellfarbene Haut. Dann sah sie seine kleinen Kinderohren. Er hatte inzwischen angefangen zu sprechen und der schleifende Klang seiner Stimme, gelangweilt irgendwie, hatte sie abschweifen lassen – da war Traurigkeit und Belustigung, alles schien, als könnte es jeden Augenblick kippen. Sie hörte nicht, was er sagte. Dieser Klang, es war ihre verlorene Kindheit, die Traurigkeit darüber. Sie hörte einfach zu.

Er wohnt jetzt bei ihr.

Jay kritzelt auf allem herum, was er findet: Tische, Kühlschränke, Holzfensterrahmen, er malt auf seiner Hand, seiner Kleidung, auf der weißen Lampe neben dem Sofa, auf den Rollläden, herumliegendem Papier, Zeitungen, er hört den Leuten mit einem Ohr zu und ist mit dem anderen bei seinen Linien. Diego Cortez, ein Künstlerfreund, der sich selbst zu seinem Agenten ernannt hat, kommt jeden Tag vorbei, um ein paar Zeichnungen mitzunehmen, mit denen er dann durch die Stadt zieht. Sarah hätte es währenddessen lieber, wenn er einen Moment mal mit dem Herumkritzeln aufhören würde.

—Ich sehe es nicht ein, dass ich hier für zwei schuften muss.

—Bald bin ich reich und dann musst du überhaupt nicht mehr arbeiten.

—Ich will, dass du gehst.

—Nein.

—Du bist nur hier, weil du nicht weißt, wo du sonst hinsollt, schreit Sarah. Ich bin dir scheißegal. Ich bin nur gut zum Kohleranschaffen und um den Abwasch zu machen.

—Venus, das stimmt doch gar nicht ...

Sie streiten immer häufiger in letzter Zeit.

Sarah weigert sich, mit ihm zu schlafen. Sie ist verrückt nach ihm, aber die Chemie zwischen ihnen scheint irgendwie nicht mehr zu stimmen. Sie flieht, ins Grüne, in den Norden von New York State.

—Und du verpisst dich von hier. Wenn ich zurückkomme, bist du weg.

Jay ist heute noch nicht rausgegangen und er fühlt sich wie ausgeliefert, wartet auf einen Windstoß, der ihn mitnimmt. Er geht langsam zum Regal, wo er nach einer mit Buntstiften gefüllten Zinnbüchse in Form eines Lasters greift und nach einem kleinen Radio, das er immer überallhin mitgenommen hat. Er klemmt sie sich unter den Arm und geht rüber zum Bett, legt sich hin, die Beine an die Brust gezogen. Sarah knallt die Tür zu.

— Lass die Schlüssel auf der Kommode, wenn du gehst.

Er presst sein Leben an sich.

Die Tage vergehen. Irgendwann steht er auf. Ein Freund von Sarah ist inzwischen in die Wohnung eingezogen, aber das ist ihm egal, er bleibt. Er lernt ein neues Mädchen kennen. Sarah ist schließlich nicht mehr da. Sie heißt Zoe, sie hat langes blondes Haar. Jays Augen machen ihr ein wenig Angst. Am 31. Dezember 1980, zu Beginn einer neuen Ära, sieht er sie den Mudd Club betreten, geht geradewegs auf sie zu und küsst sie mitten auf den Mund. Sie verbringen drei volle Tage im Bett miteinander. Er ist verrückt nach ihr. Ja, und auch das lässt schließlich nach: Er nimmt eine andere mit nach Puerto Rico. Und dann doch wieder: Er kommt zurück und sie empfängt ihn mit offenen Armen. Aber eigentlich ist es Sarah, die er will: Er geht sie suchen und kehrt mit ihr nach New York zurück.

Februar 1981. Diego Cortez organisiert eine große Ausstellung, *New York/New Wave*, für die er tausendsechshundert Werke von hundertzwanzig Newcomern in einer gigantischen Lagerhalle in Queens zusammengetragen hat. Jay ist die große

Sensation dieser Vernissage, auf der die gesamte neue New Yorker Szene aufschlägt, von der Nachtclubfauna bis hin zu Graffiti-Künstlern und Musikern. Jay stellt fünfzehn neue Werke aus, auf Schaumgummi und auf der Straße gefundenem Sperrholz. Vor dem Eingang bildet sich eine lange Schlange. Die Leute stehen vor seinen Bildern und können es nicht fassen.

Bruno Bischofberger, einer der wichtigsten Kunsthändler der Welt, geht auf Diego Cortez zu. Er will noch mehr von diesem Jungen sehen. Er kauft ihm dreißig Zeichnungen und fünfundzwanzig Gemälde ab.

Und danach geht alles sehr schnell. Wirklich verdammt schnell. Das hier ist nicht die Geschichte eines verfemten Künstlers, o nein.

Im Kunstmagazin *Artforum* erscheint ein langer Artikel: »The Radiant Child. Ein strahlendes Kind und Genie hält Einzug in die zeitgenössische Kunstszene«.

Eine große, elegante Frau spricht ihn am Abend der Vernissage an. Jay kennt sie natürlich, er hat auf die Wände ihrer Galerie, eine der bekanntesten in SoHo, getaggt. Annina Nosei hat ihm einen Drink gereicht und gesagt:

— Du kannst im Keller meiner Galerie arbeiten. Du malst, all das gehört dir, die Rahmen, das Sofa, du kannst sogar Musik hören, wenn du willst, und ich kümmere mich um den Rest.

Sie haben sich darauf die Hand gegeben.

Von nun an also arbeitet Jay in diesen Kellerräumen. An den Wänden stehen acht angefangene Leinwände, auf dem Boden Farbtöpfe, Kanister mit Acrylfarbe, Pinsel, Ölkreiden, aufgeschlagene Bücher. Endlich hat er seine Ruhe.

Es kommt ihm vor, als hätte er davor nur so getan, als ob.

Jetzt malt er von morgens bis abends.

Der Raum ist riesig und er breitet sich darin aus. Er stellt die großformatigen Bilder an der Wand ab, eines neben dem anderen, er geht von einem zum nächsten, fügt hier und da ein Detail hinzu, hier ein Wort, bearbeitet das große Ganze. Er tanzt. Malen ist für ihn, sich mit Armen und Beinen im richtigen Rhythmus um die weißen Leinwände oder Holzbretter zu schwingen, sich darum winden und tanzen. Es ist ein Vor und Zurück und in dieser Bewegung schwenkt er seine mit Mandelgrün oder Kobaltblau beladene Hand. Man muss im richtigen Moment innehalten und wieder beginnen.

Er hat ein Auge geöffnet, nicht den leisesten Schimmer, wie spät es ist, dann hat er eine Ecke blauen Himmel in einer der Kacheln des Kellerfensters entdeckt, ist sich mit den Händen über das Gesicht gefahren, hat die Dreadlocks zusammengebunden und sich einen Kaffee gemacht.

Er rührt gerade einen Orangeton an, als sich oben die Tür öffnet. Das sind zweifellos High Heels und Straßenschuhe, die da die Metallstufen herunterkommen, er würde diesen Typen gerne ein Stück Aas vor die Füße zeichnen. Sie sind unten angekommen und unterhalten sich in einer fremden Sprache, Russisch vielleicht oder Kroatisch. Für Jay entsteht folgendes Bild: ein Mann, ein Aas, eine Schlange und Fliegen. Die tiefe Stimme scheint etwas zu sagen, die zarte Stimme bekräftigt die Behauptungen. Den Typen hat er schon fertig, Hände am Körper anliegend, mit einem Heiligenschein, kann auch Stacheldraht sein. Annina Nosei sagt: Oh, na ja, so ist es dann auch wieder nicht. Jay dreht sein Kofferradio, aus dem Bowie gerade irgendetwas schreit, auf volle Lautstärke. Hinter ihm der Duft von Veilchen. Er macht mit der Rolle weiter. Der breitschultrige Sammler beobachtet diesen Schwarzen, der den Raum in seinem grauen, bekleckstem Pyjama durchquert, diesen jungen Bengel von knapp über einem Meter achtzig, eingehüllt in eine Wolke aus dichtem Qualm sieht er ihn um die Leinwand gleiten und findet das faszinierend. Er gibt seiner Frau ein Zeichen, welches würde dir gefallen? Sie ist sprachlos, alles hier ist irgendwie schmuddelig und sie versteht sowieso nicht viel davon, und wer ist eigentlich dieser Straßenjunge da, der nichts sagt und augenscheinlich Dope raucht – oh, das überlässt sie lieber ihrem Mann, na schön, das da drüben zum Beispiel. Sie sind eigentlich nicht deswegen gekommen, aber Annina Nosei hat ihnen ein Angebot gemacht: ein preiswertes Bild von diesem neuen Talent für den Kauf eines Gemäldes von David Salle, dem bereits weithin anerkannten postmodernen Künstler. Jay hört im Radio, wie eine Frau Informationen über Long Island liefert, er versteht nicht alles, weil er vor allem damit beschäftigt ist, eine grobe Schicht Rot auf das zuvor hingeklatschte Orange aufzutragen.

— Wer ist dieser Typ?, fragt die Frau.
— Ein Künstler, mein Schatz. Die sind so.
— Ah.
— Welches hätten Sie denn gerne?
— Das da drüben, und das da, in der Ecke, das nehme ich auch.
— Sehr schön.

Sie sagt »bis später« zu Jay, der nicht reagiert, ihm wäre es viel lieber, wenn die alte Italienerin ein paar der Scheine gleich rüberwachsen lassen würde, damit er mit ihrem Fahrer eine Spritztour durchs Viertel machen kann. Er mag es, einfach so durch die Gegend zu fahren, vor einem Deli zu halten, um eine Pizza oder eine Lasagne zu kaufen, weiterzufahren und die ganze East Side vor dem Fenster vorbeiziehen zu sehen, seine Lieblingsshow an jeder Straßenecke, Trickfilme, Leder, Irokesen, Dealer, Baseballcaps. Wenn er mal Geld hat, weiß er schon, was er will: einen Chauffeur und einfach losfahren.

So macht er immer weiter, da unten in seinem Keller.

Annina kommt zu ihm runter, die Käufer zeigen auf ein Bild, am Ende des Tages geht Jay nach oben, sammelt seine Kohle ein und geht tanzen ins Studio 54. Er kommt in den späten Morgenstunden zurück und macht weiter.

Boléro von Ravel läuft in Dauerschleife. Annina stampft mit einem Besenstiel auf den Fußboden und schreit dabei, dass er das ausmachen soll. Jay findet es lustig. Er mag diese kleine Schauerballade, die ihm den Rhythmus vorgibt und sie in den Wahnsinn treibt. Dann wechselt er zu Charlie Parker. Neben Coltrane und Miles Davis hat er beim Hören dieser Musik verstanden, was er einmal machen will: Bebop in die Tat umsetzen. Sein Pinsel so schnell wie das Saxofon von Bird. Auf der Leinwand fände man Kontrapunkt, Chorus, Wiederholung, unterbrochene und wiederaufgenommene Melodie, Kommata, Schleifen – Jazz. Taktsicherheit und Improvisation.

Er malt in großer Eile.

Er mimt für sie den *im Käfig*, den *ungezähmten Künstler*, das *erfolgreiche Genie*, alles, was sie lieben, und dabei weiß er ganz genau, was er tut: Er mischt die unterschiedlichsten Techniken. Er weiß, wie man eine Leinwand gestaltet und sie zu einem Meisterwerk der Harmonie und Finesse macht, wie er das Bildelement dort und dieses Schwarz hier gestaltet, um jenes Detail auszugleichen, er weiß (woher nur?), wie er strotzende Kraft (Masken, Schreie, Furcht, alles, was ihr wollt) ungeheuer virtuos mit der Postmoderne vereint. Seine Bilder sind ein heilloses, dennoch gut durchdachtes Durcheinander. Die Leute gehen an ihm vorbei und sehen auf den ersten Blick, mit seinem groben Auftreten, seinen Dreadlocks, ein Enfant terrible; blieben sie stehen, würden sie merken, dass seine Bilder alles, was sie bis dahin gesehen haben, nacherzählen.

Als Jay eines Morgens noch nicht wieder aufgetaucht ist, geht Annina Nosei hinunter. Sie sieht diese an die Wand gelehnten Objekte. Sie betrachtet jedes eingehend. Woher kommt dieser Bursche? Es ist ihr, ehrlich gesagt, egal: ob er eine Ausbildung hat oder nicht, ob er, wie er behauptet, eine Waise ist oder einfach nur ein Aufschneider. Sie ist sich nur einer Sache sicher: So etwas hat sie noch nie gesehen.

101 CROSBY STREET

Der Junge tanzt in seiner Pyjamahose. Der Junge fällt. Der Junge ist nie ein Kind gewesen – vielmehr war er immer nur ein Bengel, ein Rotzbengel sogar, aber lebensklug, als wäre er tausend Jahre alt, ausgestattet mit einer uralten Weisheit und einem Blick, der sein Gegenüber von vornherein durchschaut. Der Junge holt sich jeden Tag ein Stück Kindheit zurück. Er malt wie ein Kind. Er tanzt wie ein Kind. Er isst wie ein Kind. Er spricht wie ein alter Weiser. Er vereint alle erdenklichen Gegensätze: ausgehungert, erloschen, verspielt, verzweifelt, übermütig, verschlossen, wahnsinnig, ernst, idealistisch, zynisch, irre, vorausschauend. Er mag keine halben Sachen, keine Unentschlossenheit. Er handelt. Er entspringt geradewegs einem Roman, der Vorstellung des Jungen selbst. Er ist seine schönste Schöpfung. Aber aufgepasst, Junge. Auch Fiktionen haben ihre Tücken.

Er hat in diesen Kellerräumen mehrere Monate unermüdlich gearbeitet. Zwischen Hand und Gehirn herrscht perfekte Harmonie. Er trägt Schicht um Schicht auf, streicht, erneuert, gleicht aus, bis er diese komplexe Überlagerung von Lesarten erreicht, die er einst beim Anblick von *Guernica* geglaubt hatte, zu erkennen.

Aber ihm fällt in diesem Keller so langsam die Decke auf den Kopf. Annina schlägt vor, ihm mit dem Geld, das seine Bilder einbringen, eine Wohnung zu mieten.

Seit vier Jahren pennt er nun schon in besetzten Häusern und in den Wohnzimmern von Freunden, in den Betten seiner Geliebten, in Hallen, auf Bänken, und endlich hat er es geschafft: März 1982, Jay hat zum ersten Mal eine eigene Wohnung, ein Loft in 101 Crosby Street, mitten in SoHo. Ein Raum reiht sich an den nächsten, ein gigantisches Wohnzimmer und sein Schlafzimmer, ganz hinten, mit bodentiefen Fenstern: Er stellt seine Tasche ab, er ist angekommen.

Die Maschine ist außer Rand und Band. Alle Kunsthändler und Galeristen aus Manhattan wollen die Bilder von Jay, der sich gerade Beethovens *3. Sinfonie* in seinem Wohnzimmer anhört. Eine Symphonie, die auch *Eroica* genannt wird und zwischen 1802 und 1803 komponiert wurde, »zu Ehren Napoleon Bonapartes«, so steht es auf der Plattenhülle. Jay schreibt den Namen des französischen Kaisers unten rechts auf die Leinwand und daneben: *Ludwig Van Fusil 1803 Der Obelisk 3. Symphonie in Es-Dur*.

Er mag es, zu schweigen und zu spüren, wie sich seine geschlossenen Lippen berühren, nichts geht durch sie hindurch, reine Stille. So hat er Zugang zu den Schubladen und Kisten, von denen jedes eingefangene Licht direkt zurückgeworfen wird. Er trägt einen maritimen Streifenpullover. Vor ihm stehen zwei große Leinwände, drei Meter mal zwei Meter vierzig. Sein Assistent Trevor, den er kürzlich eingestellt hat, spannt gerade eine weitere Leinwand auf. Sein Job besteht darin, tagelang durch die Straßen zu streifen, wo er nach kaputten Fenstern, Türen, marodem Holz und Autoteilen sucht, er sammelt Abfall auf Brachflächen, Bretter, bringt dann alles nach Hause, bastelt, zerschneidet, klebt, sägt, baut auseinander und wieder zusammen: Bis er am Ende einen Rahmen vor sich hat. Zusammen erfinden sie etwas Neues. Noch nie hat man die Ecken einer Rahmenkonstruktion so hervorstehen sehen. Vier Holzleisten, die mit sichtbaren Schnüren zusammengehalten werden, formen rechte Winkel. Darüber spannt er eine Leinwand, und fertig. Manchmal lässt er auch die Leinwand ganz weg und Jay malt direkt auf das Holz. Oder aber Trevor grundiert den Hintergrund vor. Dann mustert ihn Jay. Trevor, der diese Augen kennt, hört dann auf und macht sich schleunigst an den nächsten Rahmen.

Sie haben sich vor dem Mudd Club kennengelernt. Jay machte sich gerade einen Joint an. Er hat ihn Trevor hingehalten. Am Anfang hat niemand Trevor beachtet. Er war offensichtlich aus gutem Hause und hatte sich hierher verirrt. Und irgendwann hat da keiner mehr drüber nachgedacht – er war einfach da und gehörte offensichtlich zur Gang. Jay hatte den Stummel weggeworfen. Sie haben sich in den folgenden Wochen immer wieder an derselben Stelle getroffen. Jay hatte Trevor gesagt, dass er jemanden brauche. Wofür? Alles Mögliche. Den Einlass kontrollieren, wer kommt und geht, Einkäufe und vor allem, um Keilrahmen anzufertigen.

— Ich zahle dir achthundert Dollar im Monat. Und du kannst bei mir wohnen.

— Okay.

Seitdem machen sie so gut wie alles zusammen. Sie arbeiten trinken schnupfen Koks tanzen albern herum in einem Atemzug. Am Morgen oder am Nachmittag, je nachdem, wann ihre Körper vornüberkippen, legt sich Jay im hinteren Schlafzimmer hin und Trevor schläft in dem Zimmer mit Blick zum Hof.

•

In dieser Wohnung im vierten Stock gehen pausenlos Menschen ein und aus. Trevor kümmert sich um die Tür, siebt aus, öffnet. Freunde, Schmarotzer, Dealer, Hipster, junge Frauen, Künstler, alle kommen vorbei, gehen hoch und machen es sich auf dem großen, weichen Sofa bequem, plaudern und gehen dann wieder.

Das Parkett knarzt unter den vielen Schritten. Die Leute setzen sich hin, wo Platz ist, zwischen die Kanister mit Acryl und Terpentin, auf den fleckigen Fußboden, den Heizkörper, die Fensterbank, aufs Sofa oder neben den Fernseher. Aus dem Radio dröhnt eine Mischung aus Calypso und Ska, auf dem großen Couchtisch wird in rauen Mengen gekokst. Jay wirft einen Hühnerknochen aus dem Fenster. Er geht zum Tisch, reißt ein Stück Papier ab, rollt es zu einem Röhrchen, steckt es sich ins rechte Nasenloch, weit nach oben, und fährt damit die Line entlang. Ein scharfer Wind strömt in sein Gehirn, für einen Moment ist alles weiß, er richtet den Kopf auf, das Röhrchen noch in der Nase, mit angehaltenem Atem, er denkt an nichts mehr, wie ein Tropfen auf einen See lässt er sich nach hinten fallen. Dann atmet er weiter, richtet sich wieder auf, und sein ganzer Körper wird von einer großen Ruhe erfüllt. Das Herz schlägt schnell, Brust und Kopf werden warm, aber der Rest entspannt sich, seine Bewegungen sind lebhaft, präzise, klar. Er arbeitet weiter. Manchmal schmeißt er alle raus – weil ihm die ganzen Gesichter auf den Sack gehen, weil es siebzehn Uhr ist, verdammt, irgendwann ist auch mal gut. Oder er packt Trevor am Arm und sie gehen ins Hotel in der Houston Street, wo sie mit Sicherheit etwas mehr Ruhe haben. Aber generell mag er das, die Geräuschkulisse ist wie Radiohören. Er schnappt Wörter auf, Ausdrücke, er zerstückelt jeden Tick, nimmt Stimmungen wahr, er will alles in seine Gemälde einfließen lassen, er will, dass das Geflüster der Welt in seine Bilder fließt und sie aufrüttelt, möchte, dass sich alles wie eine zähe Masse darüber verteilt, Fliegen, die Börse, Sex, Kapitalismus, Liebeskomödien,

Pumpguns, Chet Baker, Marvin Gaye, serbische Diktatoren, Art Blakey, De Niro, Dinkelmehl, das Stottern von Woody Allen, Opiumrauch, die Osterinseln, der Aufwärtshaken von Joe Louis, ein sternförmiges Hinterteil, die Spuren der Zulu, alles rein damit, also öffnet er das Fenster und lässt die Leute krakeelen, er schnappt ihre Sätze auf und bringt sie ungefiltert auf die Leinwand, er fügt noch zwei Dreiecke, ein wenig Papier hinzu, das war's, gerade noch in Bewegung und schon zum Gemälde erstarrt.

Sie können ruhig darüberlaufen, kein Problem. Jarmusch, hör auf, dich zu entschuldigen, Turnschuhabdrücke sind auch in Ordnung. In der Zwischenzeit schreibe ich all die Worte, die ihr so hervorwürgt, auf, ihr nutzlosen Junkies, ich nehme eure verbrauchten Körper auseinander, eure steifen Knochen, eure schlagenden Herzen, eure Eingeweide, ich öffne sie, so, und mische Voodoogötter, Frischfleisch, Superhelden und alle möglichen Insekten hinein, noch etwas Ochsenblut, Schwarz, und dann klatsche ich alles wieder hin, Mann, ich breche jeden Zauber, da habt ihr es. Es muss sich etwas tun.

Sarah ist zurück. Sie wohnt hier. Jay kommt und geht, wie es ihm gefällt. Er steht nachmittags um halb fünf auf, arbeitet bis um drei Uhr morgens, geht raus und kommt mittags oder erst zwei Tage später nach Hause. Wenn er zurückkommt, schreit sie, du Arschloch, du glaubst wohl, du kannst mich für dumm verkaufen, wir wohnen zusammen und du, du machst einfach, was du willst

— Oh Venus ...

Und er kommt doch immer irgendwie, auf wundersame Weise, damit durch, *ja, aber du weißt doch*, oder besser noch, ohne Worte, mit einem Lächeln, einem Blick, er weiß bei jeder Person, wie er sie rumkriegt – Sarah, zum Beispiel, kann ihm einfach nicht widerstehen. Sie gibt jedes Mal nach und das bringt sie um, aber was soll man machen, sie sieht ihn da im Türrahmen stehen, animalischer Gott, sie sieht seine Hände und dann spürt sie ihn, und er gleitet wie eine Schlange in ihr hoch, sie bäumt sich auf, sie vergisst alles, und er ist da, in ihr und umschließt sie mit seinen Händen, und er stöhnt in ihr Ohr und sie sagt ja, sie greift nach seinen Dreadlocks und zieht daran, sein Herz ist kurz vorm Zerspringen, lange Nacht, die rechte Herzkammer pumpt das Blut voller Kokain rasend schnell durch den ausgestreckten Körper, der sich windet und versteift, sie drückt ihn nieder und richtet sich über ihm auf, stolz, den Kopf im Nacken, pralle Brüste, er umfasst ihre Pobacken und hebt seine an, stöhnt noch tiefer, ihre Augen sind geschlossen, unter ihren Lidern ist Bewegung, sie würde es feige finden, wenn sie überhaupt darüber nachdenken würde, aber gerade ist sie mit ganz anderen Dingen beschäftigt, sie legt eine Hand auf seine Narbe auf Höhe des Zwerchfells und beschleunigt, sie reibt ihr Schambein an seinem Glied, schnell, schnell, er füllt sie ganz aus und ihre Lust nimmt zu, ihr Kopf fällt mit einem Mal nach vorne, etwas explodiert in ihr, sie lässt einen tierischen Schrei ertönen und erstarrt, steht völlig neben sich, rollt sich zusammen, er nimmt sie in den Arm, komm, Venus, komm her, und er streichelt ihr übers Haar, und ihre Körper sind schweißnass, und sie ist da, in seinen Armen.

•

Er ist im Museum of Modern Art. Er hat eine Flasche in der Hand. Er läuft bis zum dritten Raum des Ostflügels. Dort bleibt er stehen. Jedes Mal wieder überrascht sie ihn. Die *Odalisque mit Tamburin* von Matisse in ihrem Sessel, lasziv, ihr linker Arm liegt in einem Bogen über ihrem Kopf. Hinter ihr befindet sich ein Fenster, das den Blick auf ein blaues Rechteck freigibt. Ein Tamburin liegt auf dem Bett. Ihre nackte Haut wird von einem hauchdünnen, weißen Hemd umspielt. Jay geht näher heran, um das Rot des Bodens, ein Ton zwischen Zinnober und Mohn, das Pfauenblau mit schwarzen Motiven der Vorhänge, die in Falten dargebotene Haut, das glitzernde Gelb und Grün des Sessels besser betrachten zu können.

Er verschüttet etwas Wasser auf dem Boden, geht weiter.

Die Leere, die das nach Spanien zurückgesandte Gemälde *Guernica* hinterlassen hat, ist durch ein anderes, lächerlich wirkendes Bild, ebenso von Picasso, gefüllt worden. Jays Mutter trägt ein Blumenkleid. Ihre Haare fallen auf ihre dunkle Haut. Jay rennt durch die Gänge, er ist vielleicht acht Jahre alt. So sieht der Sommer für ihn aus: in den Straßen explodierende Hydranten, Eis, das Kleid seiner Mutter. Sie sind die Etagen emporgestiegen, stehen geblieben und er begreift nicht, was er da sieht. Vor ihm alles Schwarz, Weiß, Grau, gigantisch. Da sind sich aufbäumende Pferde, brüllende Münder, Schreie und Weinen. Er weiß, dass es ein Gemälde ist, in der Schule hat man es ihm erklärt, ein Typ setzt sich hin und malt, alles schön und gut, aber was er an diesem Tag sieht, ist weit mehr als ein Kerl, der sich Mühe in seinem Atelier gibt. Er sieht Köpfe fliegen, aufgeschlitzte Gliedmaßen am Boden liegen, eine einzelne Hand, die eine Kerze hält, eine Frau gleichzeitig von der Seite und von vorne, ein Kind in den Armen. Es ist eigentlich nur ein Ölgemälde. Wie kommt es dann, dass er gleichzeitig Pferd, Menschen, Dreiecke, Wimmern, fast schon Grün vor lauter Grau sieht?

Ein Schauer rinnt ihm den Rücken hinunter.

Er öffnet die Augen: Die Wand ist weiß. Er dreht um.

Bevor er aufbricht, geht er schnell noch einmal unten im Ersten vorbei, um sich die Lithografie *Mangeurs d'oiseaux* anzusehen, auf der ein grässliches Paar Spatzen verspeist. Grausamkeit, Kühnheit, von Dubuffet: Die Kunst der Verrückten soll auch seine Kunst sein.

Daneben, auf der Wand, steht dieser Satz des französischen Künstlers: »Ich liebe das Embryonale, das mangelhaft Gearbeitete, das Unvollkommene, das Gemischte. Ich bevorzuge die rohen Diamanten in ihrem Gestein. Und mit Fehlern.« Er besprengt erneut den Boden, denn all das hier gehört ihm. Ein Museumsaufseher kommt näher, zögert, was zum ... – aber der souveräne Gang des Schwarzen mit Dreadlocks, immerhin, lässt ihn innehalten. Jay verlässt das Museum.

Er winkt ein Taxi heran. Das Auto hält nicht. Sein Arm verharrt in der Luft, die Autos fahren an ihm vorbei. Er knotet seine Haare zusammen. Das ist hier die Sixth Avenue, verdammt noch mal! Er rennt, nimmt schließlich die Subway bis Crosby Street. Oben angekommen, macht er Charlie Parker an und beschließt, dass es an der Zeit ist, einen Tempel zu erschaffen. Sie haben den Jazz, Blues, Hip-Hop, Amerika erfunden. Wenn ich diesen *Negroes* die Namen von Königen gebe, werden sie keine andere Wahl haben, als sie ins MoMA zu packen. Er lauscht andächtig den Klängen des Saxofons, das Linien in die Luft malt, dann steht er auf und beginnt in der Mitte mit einem sitzenden Mann. Zwei große Boxhandschuhe an den Händen. Er ist ein Herrscher. Um ihn herum Manager, Zuschauer, die, die die Scheiße wegwischen. Darüber schreibt Jay in Großbuchstaben: *ST. JO E LOUIS*. Und darunter: *umgeben von Schlangen*. Dann lässt er die Farbe bis auf den Boden hinunterlaufen.

Er geht zu einem anderen Keilrahmen, den Trevor vorbereitet hat. Er ersetzt das Ding durch ein Wort, schreibt in die Mitte *Charles the First* und platziert eine Krone darüber. Charlie Parker wird de facto zum König. Alle sollen es werden. Er hat die Worte dafür. Sie werden ihren Platz im Museum bekommen. Wir haben uns immer gewaltsam Zugang zu Clubs, Restaurants, Schulen verschaffen müssen, sind ungeladen zum Bankett erschienen, jetzt müssen wir es dort genauso machen – durch den Haupteingang lassen sie uns nicht rein. Er arbeitet bis vier Uhr morgens. Er trifft Venus vorm Paradise Garage. Dort werden sie mit offenen Armen empfangen. Sie schwingen die Hüften. Sarah wiegt sich wie ein Zweig im Wind, Jay legt seinen berühmten Move hin, den Kopf nach vorn, die Hände eng am Körper, und los.

Als sie die Augen aufschlagen, ist Zeit vergangen. Etwas hat sich getan.

WAS SIE WOLLEN

Es regnet Schotter.

Kritiker, Händler, Sammler, alle reden sie davon und sie kaufen.

Jay weiß ganz genau, was sie von ihm erwarten.

Sie wollen den *verfemten Künstler*. Er soll ein Fantast, ein Wunderkind, ein Typ sein, der sich die Flügel verbrennt (»das müsst ihr sehen, Leute, man kann regelrecht hören, wie er sich Haut versengt«), ein Waisenkind aus der Gosse, ein Schwarzer! Ja, ihr habt richtig gehört, ein Schwarzer! Sehr wahrscheinlich von den Eltern gepeinigt, einer, der seine Nahrung aus der Mülltonne fischt, ein Selfmademan, der nie die Schulbank gedrückt hat. Es ist verrückt. Er muss sich ja zudröhnen, wie sonst könnte er das aushalten. Ja, es ist immer wieder die alte Geschichte (Rimbaud, Parker, Coltrane, sucht es euch aus): Einmal mehr wohnen wir der Selbstentzündung eines Irrlichtes bei. Setzen Sie sich. Es könnte recht spannend werden. Wenn es das ist, was sie wollen, dann sollen sie es bekommen.

Aber er weiß nur zu gut, dass es eigentlich um etwas ganz anderes geht. Ihre endlos wiedergekäuten Mythen benutzt er nur, um sich darauf zu stützen, wie auf eine Bank, er nutzt ihre Schwächen und ihre Phantasmen, um sich das Zepter zu schnappen und die Geschichte neu zu schreiben.

Deswegen ist er da. Er hat nächtelang auf gammeligen Sofas in den Regalen vergessene Künstler wie Rembrandt und Fra Angelico studiert. Er hat sich alles genau angesehen und er wollte es verstehen. Er hat sich über van Goghs wulstige Pinselstriche gebeugt, ist mit seinem Finger über die vollendeten Werke Raffaels gefahren und über die anmutigen Bilder von Ingres. Die Pracht der abgetrennten Köpfe des Caravaggio, die Kanallandschaften von Canaletto. Er wollte begreifen, wie Malewitsch, Kandinsky und Pollock die Formen zerstört haben, er hat die lebhaften und farbenfrohen Gemälde von Ernst Ludwig Kirchner gemustert, die radikal aus dem Nichts erfundenen von Warhol, das vorsätzliche Gekritzel von Cy Twombly, die Kraft (das Grauen) der Bilder von Bacon, er hat sich alles angesehen. Die Nächte waren lang und er kannte keine Müdigkeit. Während er auf seine Hände oder die Fotos von Man Ray malte (der Eigentümer des Buches hat nichts davon mitbekommen), hat er sich schon bald einen eigenen, etwas rohen Stil angeeignet, der ihm gefiel. Er wollte keine perfekten Figuren oder beflügelten Engel, die Welt der Malerei war vorbei, aber er wollte auch keine absolut wirklichkeitsfremden Skizzen. Nachdem er das alles in irrsinnigem Tempo in sich aufgenommen hatte, konnte er jetzt seelenruhig seinen Weg gehen: steil empor. Er wollte Körper, Totems, Linien, Lastwagen, Hydranten, die Stadt und die Verrückten, aber all das *wohlüberlegt*. In seinen Werken verarbeitet er das, was er über Konzeptkunst gelernt hat, um etwas ganz Neues daraus zu machen, kreierte seine eigene Sprache, von der er allein die Syntax beherrschte: zwischen lesbar und unverständlich. Eine Sprache, die aus einer Überfülle an Zeichen besteht, aus einer komplexen Architektur, einem kindlichen und drahtigen Pinselstrich, radikaler Poesie, ohne jedwede Übereinkunft mit dem Kanon.

Und die ganze Welt soll es erfahren. Er hält nichts von der Romantik des »verfemten Künstlers«. Um sich einen Namen zu machen, setzt er auf andere Karten. Er hat es sich nicht ausgesucht, so zu sein, ungesittet und abgebrüht, aber wenn es ihnen gefällt, umso besser. Niemand hätte sich für van Goghs Gemälde interessiert, wenn er nicht zuvor durch die Hölle gegangen wäre (als bräuchten sie einen absurden Beweis für sein Genie). Erst danach haben sie es gesehen. Man musste sie also auf sich aufmerksam machen (diese Volltrottel). Was die Nachwelt angeht, konnte er auf etwas anderes bauen: seine Bilder.

— Das ist nur grob skizziert. Wirklich. Ihr –

— Ob ihr es glaubt oder nicht: In Wirklichkeit kann ich zeichnen.

Elende Schwachköpfe – wenn ich vom Protokoll abweiche, dann mit Absicht, aus Neugier. Ich kann auch anders; wenn ihr wollt, kann ich euch einen Flughafen oder einen Kran zeichnen, aber wozu? Matisse und Picasso mussten das auch erst alles wieder verlernen, um etwas Neues zu erschaffen.

Also mimt er für sie den *Wilden*, den *Hitzkopf*. Respektlosigkeit – das lieben sie. Sie brauchen Peitschenhiebe, um aufzuwachen.

Natürlich warten sie erst, bis er tot ist, um sich in ihrer Meinung bestätigt zu sehen: *Ein wahres Genie setzt sich selbst in Brand.*

Alle sehen ihn an, sind fasziniert. Was sollen sie mit diesem wunderschönen und unverschämten jungen Mann machen? Im Zweifel machen sie einen Gott aus ihm. Der strahlende Apollon, ohne irgendetwas davon zu verstehen, natürlich.

Später, wenn alles so läuft wie geplant, werden sie dieses Feuer, das ihnen selbst fehlt, für das Hundertfache ersteigern. Während das Wunderkind langsam unter der Erde verrottet, thronen seine Bilder in ihren Wohnzimmern. Du bist jetzt Staub und Asche, aber dein Genie – »hab ich es euch nicht gleich gesagt« – ist hier in sicheren Händen.

Er weiß, dass sie nur darauf warten.

Aber diesen letzten Gefallen will er ihnen nicht tun.

AGORA

Als Jay in der Crosby Street eintrifft, sitzt da ein Mann auf seinem Sofa. Er hat anscheinend auf ihn gewartet. Sarah hat ihn hereingelassen.

Er will dir ein Bild abkaufen.

Er sieht sie starr an. Sie durchquert das Wohnzimmer und schließt die Tür des Schlafzimmers hinter sich. Jay nimmt die italienische Espressokanne und gießt langsam Kaffee in eine Tasse. Er greift nach ihr und führt sie an seine Lippen, wiederholt dies mehrmals, ehe er den Besucher auch nur eines Blickes würdigt. Er ist vielleicht fünfunddreißig, trägt einen maßgeschneiderten, zweiteiligen Anzug, glänzende Schuhe, Wirtschaftsanwalt. Zuletzt hat er Michelle Pfeiffer in einem Rechtsstreit mit Warner nach dem Dreh von *Grease II* vertreten. Er hat gewonnen. Er hüstelt in seinen Handrücken und beginnt zu reden:

— Ich bin für meine Frau hier. Ich habe mir gedacht, so geht es bestimmt schneller, als wenn ich Ihre Agentin anrufe, oder Ihren Händler, na ja, Sie wissen schon.

Er streicht mit einer Hand durch seine gegelten Haare und fährt fort:

— Sie hätte gerne etwas Rotes. Fürs Wohnzimmer.

Jay betrachtet die Ohren des Typen. Er betrachtet seine rechte Hand, die eine Armbanduhr an seinem linken Handgelenk rauf- und runterschiebt. Er muss sich verhört haben.

Da Jay regungslos geblieben ist, wiederholt der Jurist sein Anliegen. Etwas Rotes. Das wäre wirklich ideal, passend zur Wandfarbe, und außerdem sollte es schön fröhlich sein. Jay stellt seine Tasse ab, zieht seine Hose hoch und geht langsam aufs Sofa zu. Er packt den Kerl am Knoten seiner Krawatte, wie bei einem Hampelmann wird der Rest seines Körpers mit hochgezogen.

— Hey, hey, ist ja schon gut!

Er schleift ihn bis zum Eingang, schnappt sich seinen Aktenkoffer und schmeißt den ganzen Mist vor die Tür.

— Verfluchte Scheiße, wenn ich dich hier noch einmal sehe, mach ich dich platt. Er rammt seinen rechten Fuß gegen die Beine des Kerls, der daraufhin mit einem großen Satz die Treppe hinunter verschwindet. Jay schnappt sich die Schachtel Cornflakes und die Milch vom Couchtisch und stellt sich ans Fenster. Dieser Hurensohn. Als er von unten Schritte vernimmt, schmeißt er alles auf die Straße.

— Du bist schwarz, Jay. Du kannst dich nicht wie ein Weißer aufführen.

Freddy setzt sich nie hin. Er dreht Kreise um die Hocker am Tresen. Man versteht nichts in dieser Bar in der 2nd Street, die Rockmusik dröhnt und die Biker stehen grölend um den Flipper herum.

Für Jay war es von Beginn an nicht leicht gewesen, nach seinen Vorstellungen zu handeln: in diesem bestimmten Restaurant essen, mit diesen bestimmten Leuten sprechen, dass ihm die Leute zuhören, wenn er spricht. Heute tun sie das, aber immer durch das Prisma seiner Hautfarbe.

— Das ist ein Krimineller, vom Baseballcap bis zum Pinsel.

— Soll das auf dem Bild der Mississippi sein? Haiti?

Er wird von der Polizei für »Routinekontrollen« angehalten. Er muss darauf achten, wo er sich im Bus hinsetzt. Muss er deswegen gleich einen auf Muhammad Ali machen, stolz darauf, schwarz zu sein, und die Faust heben?

— Du bist schwarz. Wir befinden uns mitten im Kampf, du kannst nicht so tun, als ob dich das nichts angeht.

— Seh ich aus wie ein Weißer, oder was? Ich male, Alter, das reicht.

— Das reicht nicht.

Freddy sieht Jay an.

— Niemand hat mir zu sagen, was ich zu tun habe. Niemand. Sage ich dir etwa, was ich von deinem Leben halte, von deinen Haaren, von deiner letzten Scheißplatte?

Er stellt sein Bierglas auf den Tresen und schnappt sich seine Jacke.

Jay hat seine Gianni-Versace-Krawatte umgebunden.

Er trägt seine schwarze Sonnenbrille.

Er geht zwischen den Leuten umher. Es ist die bis jetzt größte Ausstellung in Annina Noseis Galerie. Es ist März 1982.

Er hat es geschafft. Er hat alles erreicht, ohne einmal Luft zu holen, und jetzt ist er da. Seine Bilder verkaufen sich zwischen acht- und fünfzehntausend Dollar das Stück. Vor zwei Jahren hat er noch Postkarten auf der Straße verkauft, jetzt wohnt er in einem Loft.

Aber es gibt ein ernstes Problem. Ein junger, einundzwanzigjähriger Mann aus Brooklyn, der malt, erfindet, verblüfft, der gut aussieht, nicht zeichnen kann, der arrogant, zugedröhnt, unausstehlich ist, der alle mit seinen Kampfansagen ohne Kopf und Fuß verstrahlt: Das ist zu viel, nein, es ist eine Farce, Heuchelei. Denn unterdessen gibt es Menschen, die tatsächlich arbeiten.

— Er ist gerade *wegen* all dieser Gründe da, wo er heute ist, und nicht nur wegen seiner Bilder, sagt Jennifer Hoben von der *Herald Tribune*, die von ihren Kollegen jeden Tag aufs Neue erstaunte Blicke erntet, was für sie Beweis genug ist, dass sie nicht das allergrößte Dummchen sein kann.

Die Schlacht hat begonnen.

Die Köpfe rollen wie immer, Körper werden niedergeknüppelt, in der Bronx werden Schaufenster zerschlagen, aber er ist einer latenteren, vielleicht sogar giftigeren Form von Gewalt ausgesetzt, wie ein Raunen oder Hintergrundrauschen. 1982 packt der Krieg euch wie ein Fieber.

Die Leute kommen zu Jay. Man hat ihm was zu sagen.

— Weißt du ...

Die Sätze fangen überraschenderweise fast immer so an, aber offensichtlich weiß er nicht, er weiß gar nichts und deswegen sind sie da: um ihn aufzuklären, ihm etwas zu sagen, zu zeigen, und er wird es ihnen danken.

— Weißt du, in der Welt der zeitgenössischen Kunst gibt es viele Mistkerle, sei vorsichtig, Jay.

Meistens ist der Typ, der so etwas sagt, genau der, der ihm im nächsten Moment das Messer in den Rücken rammt. Er sagt es einfach schon mal, dann hat er ihn wenigstens vorgewarnt.

— Weißt du, am besten, du überlässt alles einem Agenten, wenigstens ist dann –

Genau das Gegenteil davon zu machen, wozu einem geraten wird, ist immer die beste Lösung, jedenfalls für einen selbst.

— Basquiat, oh, ja, was für ein Talent, dieser Mann. Und so jung ...

— Man weiß nie genau, ob es die Drogen sind oder das Genie, die aus ihm einen Künstler machen, aber wie dem auch sei, es ist wirklich nicht übel.

— Es ist ein heilloses Durcheinander, aber anscheinend ist das jetzt modern.

— Er ist auf der Straße aufgewachsen, wussten Sie das?

— Nein, das gibt's ja nicht.
— Sein Vater stammt aus Haiti. Seine Mutter aus Puerto Rico. Oder andersherum, hab's vergessen.
— Na, ein Schwarzer eben.
— Ja, so viel steht fest.

Er ist von Stimmen umringt. Dabei ist Jay doch da, überhaupt nicht tot, er steht neben ihnen und hört sie, aber es ist, als läge er schon unter der Erde.

Er hat vor zwei Jahren angefangen und es sind jetzt dreihundertzwanzig Bilder, mehr als zweihundert Zeichnungen, überall verstreut. Er ist müde.

— Verrückt, man kann die afrikanische Kunst förmlich spüren, sagt eine laute, schrille Stimme, es gibt einen deutlichen Einfluss der primitiven Kunst.

Er geht zwischen den Leuten hindurch. Man winkt ihn zu sich. Er läuft einfach weiter.

— Genau wie Twombly. Oh jaja. Absolut. Und da, das ist Picasso, ganz klar.
— Nein, nein, nein, also da kann ich dir üüüberhaupt nicht zustimmen. Man spürt vor allem den im*men*sen Einfluss von Dubuffet. Das *kann* man doch gar nicht übersehen. Manchmal überraschst du mich, mein Lieber.
— Ja, das sehe ich auch, aber man kann doch nicht einfach so tun, als ob Warhol nicht existiert hätte?
— Keineswegs, wer würde denn so etwas behaupten?

— Na du, gerade eben.

— Du raubst mir den letzten Nerv, Paul.

Annina Nosei säuselt Jay etwas ins Ohr. Sie hat sich zu Hause bestimmt mehrmals die Zähne geputzt. Sie trägt diese Ohrhänger in Form von Booten, die er hasst. Ihr schwarzes Fransenkleid riecht neu.

— Es ist herrlich, Jay, herrlich.

Er geht auf das mit Kreuzen und Beleidigungen und Dollarzeichen übersäte Gemälde mit dem Titel *Man From Naples* zu, auf dem ein Eselskopf in Rot und Blau in der Mitte prangt, ein Bild, das er in Italien für einen Händler gemalt hat, der ihn genau wie dieses Tier mit der Peitsche antreiben wollte. Hier, für dich, verficktes Arschloch, hat Jay gesagt und die Wohnung in Modena in einem Zustand hinterlassen, als hätte jemand mit Acrylfarben Krieg gespielt. Jetzt nimmt er kurz die Ray-Ban ab, betrachtet eine Spur heruntergelaufener Farbe am rechten Bildrand, die etwas breiter ist als die anderen, zeigt auf etwas, als wäre er geistig zurückgeblieben, setzt seine Brille wieder auf, entfernt sich. Fab 5 Freddy beobachtet ihn vom anderen Ende des Raumes aus. Er müsste zu ihm hingehen, er sieht ja, dass es Jay nicht gut geht, aber was soll er sagen? Niemand weiß, was er in einem solchen Moment sagen soll. Er nimmt einen Schluck Gin Tonic.

— Diese Ausstellung ist absurd. Ich habe so etwas noch nie gesehen.

— Die Kraft, die von diesem Bild ausgeht ... das

ist nicht sehr *durchdacht*, aber irgendwie hat dieses Gemälde was ... eine ursprüngliche, kindliche Kraft, ein bisschen einfältig, um ganz ehrlich zu sein, aber dennoch kraftvoll.

— Soll ich dir Chips mitbringen, Schatz?

— Das ist schon außergewöhnlich ... der Typ kann weder malen noch zeichnen noch denken, und die Leute führen sich auf, als hätten sie die Jungfrau Maria gesehen. Was soll das hier, ich verstehe das nicht. Ich dachte, die Räume einer Galerie seien Kunstwerken vorbehalten. Für Schrott ist auf der Straße doch genug Platz.

— Ich bin ganz deiner Meinung, Liebling, aber reg dich nicht so auf, das ist nicht gut für deinen –

— Was einem sofort ins Auge fällt, ist der Voodoo, sagt eine leicht rauchige Stimme. Man sieht klar und deutlich, wie der Bursche höhere Kräfte in sein Schaffen hineinspielen lässt, so wie die Maler aus Haiti und Afrika. Mit Totems, Hexern, grotesken Masken.

Jay zündet sich einen Dreiblatt-Joint an, den er sich gerade draußen gebaut hat. Das Gras kommt aus Guatemala – was einem die Dealer alles für dummes Zeug erzählen –, ziemlich bitter, stark. Eine dicke Wolke breitet sich schnell im Hauptraum der Galerie aus. Joyce traut ihren Augen nicht.

— Die Wörter da verstehe ich nicht. Das macht doch gar keinen Sinn. *Salz. Parasiten. Moses. 2.000.000.* Er schreibt sie hin und dann streicht er sie durch. Warum durchstreichen, wenn er sie geschrieben hat. Und dann diese Schrift ... ist der Typ nicht zur Schule gegangen?

— Anscheinend, flüstert eine andere, anscheinend ist er schwarz. Ist also nicht verwunderlich. Es hat schon auch was von einem bunten Kuddelmuddel. Und nicht sehr sauber, man kann nicht behaupten, es sei sauber – stopp, nein, jetzt legst du mir Worte in den Mund, die ich nie gesagt habe. Ich sage nur, dass es mich nicht überrascht. Malen, das ist wie beim Hundertmeterlauf: auf der einen Seite die Weißen, auf der anderen die Schwarzen. So ist es eben.

— Malerei! Malerei! ... Gemäldekunst im Jahr 1982, dafür muss man erst mal die Eier in der Hose haben ... alle wissen schließlich, dass 1913 mit Duchamp das Aus der figurativen Künste war! Vor siebzig Jahren! Und Warhol hat das Ganze dann noch viel später besiegelt. Der Kerl tut so, als ob es die Konzeptkunst nie gegeben hätte ... der erwacht wohl gerade aus dem Winterschlaf.

— Und was für Malerei! Alles ist verdammt noch mal schief und krumm!

— Na, offensichtlich geht er damit durch die Decke ... zwölftausend Dollar das Bild! Ist das zu fassen?

— Ich habe irgendwie das Gefühl, dieser Typ ist vor allem ein Symbol. Die Sprengung des Kunstmarktes brauchte ein Gesicht, und das ist er, aber es ist nicht wegen seiner Bilder, so viel steht fest.

— Es gibt immer Leute, die zum rechten Zeitpunkt am rechten Ort sind.

— Die Kunstwelt ist voll von Leuten aus dem linken Flügel, sagt Hilton Kramer, ein berühmter Kunstkritiker, zu seinem Freund, dem Journalisten Roger Kimball. Sie haben gemerkt, dass es nun an der Zeit ist, den ethnischen und sozialen Minderheiten ein bisschen unter die Arme zu greifen. Und so sieht das dann aus. Aber dieser junge Bengel ist mit Sicherheit schnell wieder weg vom Fenster. Das alles hier kann man ja nicht ernst nehmen.

— Ah, sieh mal das da vorne, das ist gar nicht schlecht, sagt Mark mit einer Kinnbewegung.

— Also ich sehe hier nur ein Kind, das Ambosse zeichnet, Umrisse, Gewehre, aber Gewehre, die keine sind, eine Unterart davon, ungenaue Skizzen von Gewehren, das, was man gemeinhin Krickelkrakel nennt.

— Das da gefällt mir, sagt Sofia und neigt ihren Kopf zur Seite, um die Parallelität der Formen besser sehen zu können. Ich weiß nicht richtig, wo oben und unten ist, aber irgendwie hat das was.

— Das ist nur eine Mode. Und wie alle Moden wird auch diese vorbeigehen.

Matt Kaplan betritt den Hauptraum. Sein Körper scheint breiter als hoch. Aus seinem Karohemd sprießt eine dichte Brustbehaarung hervor. Er trägt eine eckige Brille mit dick umrahmten Gläsern. Sein Kopf wirkt im Vergleich zur Brust, die ihm vorauseilt, leicht zurückversetzt. Er wartet darauf, dass man zu ihm kommt: Er sei nun bereit für Gespräche.

Matt mag Jays Arbeit. Er findet das wirklich nicht schlecht. Noch etwas unreif, unpräzise, ein Mangel an Weitsicht manchmal, klar, aber der Kleine hat was. Er weiß, dass Jay nur zu gerne seinen Platz einnehmen würde. Dafür muss er noch viel arbeiten, aber Ehrgeiz ist schon mal viel wert.

— Und, malst du auch gerade?

— Nein, ich interessiere mich mehr für Sport in letzter Zeit, antwortet Richard Saler, Versicherungsmakler. Aber wenn man diese Ausstellung sieht, könnte man meinen, jeder kann es schaffen! Vielleicht versuche ich es noch mal. Immerhin habe ich das nötige Material schon zu Hause.

Matt geht auf eines der Bilder zu, nimmt seine Brille ab. Dieses Männchen da findet er interessant. Das Ganze ist sehr konfus. Aber dieses Männchen. Seine Umrisse könnten nicht gröber sein. Es hat keine wirkliche Form. Und dennoch. Es wirkt ein bisschen so, als spräche es einen direkt an. Als ob es aus dem Bild steigt.

— Siehst du nicht mehr so gut?

Matt nimmt seinen Kopf etwas zurück; Jay steht neben ihm.

— Ich sehe, Jay, ich sehe ganz gut, aber ich wollte mir dieses Kerlchen hier genauer ansehen ...

— Ah.

— Und, du bist bestimmt zufrieden, es sind viele gekommen, oder?

Eine verschleierte Frau stellt sich hinter Jay und versucht, über seine Schulter zu sehen, flüstert ihrer Begleitung etwas zu.

— Ich bin erst zufrieden, wenn ich dich endlich geschlagen habe. Du bist in die Breite gegangen, speckig, ich dagegen kann tanzen.

Matt prustet laut los, er legt Jay eine Hand auf die Schulter, sie lachen sich kaputt, na ja, vor allem Matt.

Sie haben sich zwei Jahre zuvor kennengelernt. Jay hatte damals, wie alle, von Matt Kaplan gehört. Das Wunderkind des »Neoexpressionismus«, *nach jahrelangem Minimalismus wird uns endlich eine Pause gegönnt.* Er war der glückliche Auserwählte, der diese Neuerung in der Kunstwelt repräsentieren sollte. Andy Warhol, der König der New Yorker Künstler, musste es noch besiegeln, und das tat er. Man hatte das neue Gesicht gefunden.

Jay war, wie damals alle, mit seinem Freund Al zum großen Ausstellungsereignis in der Mary Boone Gallery gegangen. Er hatte sich alles angesehen, mehrmals sogar, hatte die Bilder eingehend betrachtet, jedes Detail (und davon gab es viele). Als Al ihn draußen gefragt hatte, was er davon halte, hatte er nicht gewusst, wie er antworten sollte.

— Es gibt nichts daran auszusetzen. Es ist nicht schlecht. Es ist banal.

Dabei hatte Matt voll ins Schwarze getroffen. Er hatte seine Bilder auf Steinbrocken und zerbrochenem Glas gemalt. Glas! Stein! Stark.

Man hatte die Nase voll, das Ende der Siebziger war erstickend. Die Malerei war eine unterkühl-

te Kunst geworden. Wir brauchten eine Rückkehr zum Expressionismus, etwas Gewagtes, Provokantes. Und seht her! Das hier hat Schmiss!

Matt Kaplan stand direkt am Empfang. Sein Foto hing am Eingang, man konnte ihn also leicht erkennen. Jay studierte sein beleibtes Gesicht, die tief liegenden Augen, die winzigen Ohren. Sein Kopf wackelte hin und her, Grund dafür war ein heftiger Lachanfall, der seine ganze Brust zum Zittern brachte. Freunde, Bewunderer, Sammler hatten einen Kreis um ihn gebildet. Alle starrten auf sein mit Neon-Dreiecken gespicktes Hemd.

Jay war mit Al wieder in Richtung der zu dieser Zeit stillen Straßen verschwunden. In ihren Rucksäcken war alles, was sie brauchten. Ein Blick nach rechts.

SAMO spielt mit deinem Leben.

Dann hatten sie sich wiedergesehen und geredet. Was Matt an Jay gefiel, war seine Unbändigkeit. Jay mochte Matts Ansehen. Seine Hemden mochte er nicht.

— Verdammt noch mal, mit der Kohle, die du verdienst, könntest du dich schon etwas besser anziehen.

Und Matt fand das lustig, jedes Mal brach er in dieses maßlos übertriebene Lachen aus, wobei er sich gegen Ende meistens der Person, die ihn dazu angestiftet hatte (oder die miteingestimmt hatte), körperlich nähert, um das Beben zu stoppen. Jetzt legt er Jay gerade seine schwere Hand auf die Schulter. Er drückt leicht zu und Jay fragt sich, ob er ihm damit gratulieren will oder etwas anderes.

— Weißt du, Jay, ich habe meinem Kumpel von der *New York Times*, Ewan Reese, von dir erzählt. Er war sehr interessiert. Er wollte heute Abend vorbeikommen.

— Mach dir das nächste Mal nicht so viele Umstände.

So ist Jay nun mal, sagt sich Matt. Ein kleines Arschloch. Durch die Eingangstür strömen immer mehr Leute: So ist das, wenn man ein ansprechendes Äußeres hat, dann kommen die Leute auch zur Vernissage.

— Das da muss der Maler sein.

— Ah ... okay, sehr gut, verstehe.

— Ist das nicht eher der Türsteher?

— Ich habe Hunger, Schatz. Ich hätte Lust auf Pommes.

— Lustig, das erinnert mich an ein Bild von meinem Neffen Dean.

— Ist das Gras, wonach es hier riecht?

— Meinetwegen auch ein ordentliches Steak, ganz egal.

— Na gut, dann lass uns gehen.

— Mach deine Jacke zu, Schatz, es ist kalt draußen.

Der *USA-Network*-Journalist hat gewartet, bis die Leute gehen. Jay hat zugesagt, aber danach.

Es gibt nur noch ein paar Gläser und etwas Champagner, jetzt müsste die Show vorbei sein.

— Herr Basquiat?
— Ich heiße Jay.
— Darf ich Ihnen ein paar Fragen stellen? Also ... ich habe mir alles angesehen ... das ist wirklich sehr gut ... um uns ein bisschen Kontext zu geben ... könnte man sagen, dass Sie eine Art »primitiver« Expressionist sind?
— Meinen Sie wie ein Primat? Ein Affe?
— Nein, nein. Ich meinte wegen der Stärke, oder ich weiß auch nicht, wegen des Instinkts?
— Ja, sicher. Wissen Sie, ich habe eben etwas Tierisches an mir.

Der Journalist atmet tief ein und rückt sein Mikro zurecht. Noch mal von vorne.

— Na gut, dann vielleicht an einem konkreten Beispiel, sagt er und geht auf ein großformatiges Bild zu. Sagen Sie uns, wie Sie das machen.
— Was?
— Na, das da, das Bild?
— Was?
— Wie gehen Sie vor, womit fangen Sie an?
— Mit dem Anfang.
— Und dann?
— Mache ich weiter.
— Aber ich meine, wie ordnen Sie die Bildelemente an? Warum zum Beispiel diese Inschriften hier?
— Das sind Namen von römischen Kaisern.
— Ah. Und warum?

— Warum nicht.

Jay dreht den Kopf in einer Art Lächeln weg, von dem man nicht genau sagen kann, ob es geniert oder ironisch ist.

— Was hat das zu bedeuten?

— Na schön, stellen wir uns mal vor (keine Ahnung, etwas Einleuchtendes), dass ich nicht dieser Typ mit dem Baseballcap der New York Giants bin, sondern Duchamp oder Rothko: Würden Sie den fragen, warum er diesen blauen Fleck hier und nicht da hingemalt hat? Und warum eigentlich Blau? Und Cézanne, warum Äpfel und nicht Birnen, verdammt? Denn Birnen sind doch auch nett.

— Ich wollte Sie nicht ... ich wollte nur den kreativen Schaffensprozess etwas besser verstehen –

— Oh ja, Blumen mag ich auch sehr.

— Und diese Zeichnung hier?

Der Typ mit dem Mikro zeigt auf etwas am rechten Bildrand.

— Ja, das ist eine Zeichnung.

— Wie ist Ihnen die Idee dazu gekommen?

— Ich hatte Lust zu zeichnen. Also bin ich ins Metropolitan Museum gegangen und habe diesen römischen Helm auf einem Zeichenblock skizziert. Und dann bin ich nach Hause und hab es da unten noch einmal hingezeichnet. So, da haben Sie jetzt den ganzen Schaffensprozess.

— Ah ... das haben Sie also alles gemacht ... sieh an, das ist ja interessant.

— Ja, genau, sehr interessant.

— Das heißt, im Museum malen Sie ab.
— Nein, dort zeichne ich.
— Ja, natürlich. Und dann setzen Sie es dort ein.
— Nein, ich zeichne es erneut. Es ist jedes Mal anders.
— Und wie arrangieren Sie das Ganze, woher wissen Sie, dass diese Zeichnung dorthin, dieses Wort hierhin gehört?
— Einfach so. Ich weiß eben, wo sie hingehören.
— Sie denken vorher nicht darüber nach?
— Nein.
— Und woran denken Sie bei der Arbeit?
— Ich denke an nichts. Ich höre den Geräuschen aus dem Fernseher zu. Oder ich sehe fern.
— Beim Malen?
— Ja. Ist das ein Problem?
— Nein, nein, man hat nur immer dieses Bild vom ganz in seine Innenwelt versunkenen Maler, auf der Suche nach Erleuchtung vor Augen –
— Nein, ich sehe stattdessen fern. Um die Welt zu hören, gibt es keine bessere Beschäftigung für mich. Aber dann bin ich bestimmt einfach kein richtiger Künstler. Ich bin sowieso wahrscheinlich nur ein dreckiger Junkie, der sich in die Kunstwelt verirrt hat.
— Und die Farben, wie kann man sich das vorstellen?
— Die reinste Folter.
— Die Farben?
— Nein, das hier, was wir hier machen. Was war Ihre Frage?

— Wie geht das mit den Farben vonstatten?

— So wie immer: eintunken und losschmieren.

— Und das Endergebnis, welchen Sinn ergeben diese ganzen Elemente zusammen?

— Genau den Sinn, den Leute wie Sie ihm geben wollen. Damit wäre wohl alles gesagt.

— Wie soll ich das verstehen?

— Oh, ganz wie Sie wollen.

— Meines Wissens habe ich Sie nicht beleidigt.

— Oh nein, niemals! Aber der *Künstler*, der hat nicht lange gezögert. Elender Dreckskerl.

— Das haben Sie jetzt gesagt.

— War's das?

— Ja.

— Tschüss.

KEITH

6. September 1979
Keith Haring ist den ganzen Tag den Schriftzügen an den Wänden entlang gefolgt.

Bezahl deine Suppe / Kauf ein Schloss / Brenn alles nieder Er geht um die Ecke. Alle Wände wurden seit einigen Tagen überhäuft von Sätzen, die nichts mit dem Graffiti aus den Subways gemein haben, die Keith, ganz nebenbei, liebt und die den Namen des Künstlers in schwungvollen, farbenfrohen Lettern wiedergeben. Diese neuen, mit einer schwarzen Sprühdose geschriebenen Sätze auf den Wänden von SoHo, Manhattan, sind kurze, auffallend wirkungsvolle Gedichte: gez. SAMO. Er biegt in die Wooster Street ab.

SAMO oder das Ende der Hirnwäsche im großen Stil

Die Fassaden der berühmten Galerien von Tony Shafrazi, Leo Castelli, Annina Nosei sind Ziel dieser Geistesblitze – oder Drohungen? – geworden.

SAMO: Schatz, heute Abend komme ich nicht nach Hause

Zehn Tage zuvor ist Keith vor einem dieser Tags gleich beim Vesuvio Playground stehen geblieben. Ein Typ ist näher gekommen und hat es sich ebenfalls angesehen.

Das Leben ist zurzeit verwirrend. SAMO ©

Keith hat sich umgedreht. Der Typ hieß Sergio, sie haben sich unterhalten. Nur kurz. Dann sind sie zu ihm gegangen. Sie haben sich ausgezogen. Haben auf dem Fußboden gevögelt. Der junge Mann ist gegangen. Keith hat sich ans Fenster gestellt.

Er hat seine Tour durchs Viertel fortgesetzt.

Er folgt den Sätzen.

Die Leute sprechen von nichts anderem.

Wer ist dieser Typ, der das alles geschrieben hat? Keith folgt der Spur aus Worten, die Hände in den Taschen vergraben, in seinem weißen, bekritzelten T-Shirt.

SAMO © ist / nicht schuld / am Krebs / der Laborratten

Das muss einer der Typen sein, die mit ihm zusammen studieren, an der School of Visual Arts. Kleine weiße Schlaumeier, die Rimbaud oder Debord gelesen haben. Junge Kerle mit Baseballcaps auf dem Kopf, die so tun, als wären sie Gangster aus der South Bronx.

SAMO oder der Geruch der entsicherten Granate

Keith ist acht Monate zuvor aus Pittsburgh nach New York gekommen. Er hat seine Ordner zugemacht, sich von seinen Profs verabschiedet, diese rechteckige und feuchte Stadt brachte ihn um den Verstand. Er wollte hier Kunst studieren. Seit er eine Ausstellung von Pierre Alechinsky im Carnegie Museum in Pittsburgh gesehen hat, konnte er an nichts anderes mehr denken. Zeichnen. Die Linie finden und dem Arm freien Lauf lassen. Natürlich musste er nach New York. Wie alle hat er nachts vom Times Square geträumt, bevor er eines Morgens seinen Rucksack aus dem Gepäckfach eines Greyhound-Busses heraushievte. Er hat eine Wohnung gefunden, in der er mit zwei jungen Frauen lebt, Karen und Madonna, die mit ihm durch die Clubs im East Village ziehen. Alles ist noch viel chaotischer und dreckiger, als er es sich vorgestellt hatte. Es ist perfekt.

Und dann erst die Graffitis.

Keith ist begeistert von diesen Geistesblitzen auf den Wänden. Er mag lebhafte, einfache und direkte Dinge. Diese neuartigen Bilder präsentieren sich ihm völlig ungefiltert. Wie ein Wichtel, runde Brille, braune Locken, huscht er über die Bürgersteige.

Er geht die Second Avenue wieder hoch, Richtung Art School. Ein paar Meter vor dem Eingangstor spürt er etwas in seinem Rücken. Er dreht sich um: Ein Typ steht da.

— He, Mann ... nimmst du mich mit rein?
— Klar.

Keith klingelt, zeigt seine Studentenkarte, man macht ihm auf.

Der junge Mann neben ihm trägt eine Jeansjacke. Er bedankt sich, geht an ihm vorbei und verschwindet hinter einer Ecke.

Die Aktzeichenstunde ist ziemlich öde heute. Das Aktmodell ist am zweiten Tag nicht wieder aufgetaucht und sie zeichnen aus dem Nichts heraus. Keith malt Kreise mit seinem Stift. Dann ist der Unterricht vorbei; er umarmt Shirley und geht raus in den Hof. Zu seiner Rechten weckt etwas seine Aufmerksamkeit. Dort hat sich eine Traube aus Studenten und Profs gebildet. Er geht darauf zu. Die Mauer, die an den Unterrichtsräumen entlangführt, ist über und über mit schwarzen Tags beschrieben. Keith liest: *SAMO für den freien Verkauf von Wildtieren. Öffnet die Türen und verlasst diesen Ort*

Genau das hatte er gerade vorgehabt.

DIE ARME UM DIE WELT

Bestimmt ist man kein richtiger Künstler, wenn man nicht den Anspruch hat, die ganze Welt mit seiner Kamera einzufangen. Auch wenn man nur ein Steinchen auf dem Weg filmt, nur den geöffneten Mund einer Nutte, möchte man dennoch – auch wenn man es nicht immer zugeben will –, dass diese Einzelheiten für das Ganze stehen und dass der abgestandene oder großartige Duft der Dinge durch jede mögliche Öffnung hereinströmt.

Aber das hier hat damit rein gar nichts zu tun.

Der Junge hat eine Gabe. Mit Spezialantennen – oder ist es eine Sonde? – erfasst er die ganze Welt und haut sie ohne System wieder raus auf sein Stück Holz. Alles, einfach alles, Lachen, Ängste und Schreie, Visionen, Beleidigungen Boshaftigkeiten, Spitzen, Kojoten, Casanova, Nixon.

Das Internet gibt es noch nicht, aber genau so kann man es sich vorstellen.

Alles ist mit allem verknüpft, große, aberwitzige Architektur, Verlauf, Pfeile, Ziele, Verzeichnis, Billardspieler auf einer brennenden Welt, kurzum, alles hängt *zusammen*.

Er steht wieder aufrecht, Gesicht zur Leinwand.

Zu seinen Füßen liegen aufgeschlagene Bücher: *Vasco da Gamas erste Fahrt nach Indien 1497–1499: Ein Augenzeugenbericht, Ab urbe condita* von Titus Livius, Henry Dreyfuss' *Symbol Sourcebook*, Dantes *Göttliche Komödie*, illustriert von Dürer, fünf Ausgaben *Marvel Comics* und *Action Comics* (eine davon ausschließlich den Abenteuern von Flash gewidmet), eine Monografie über Auguste Renoir und eine weitere über Arnold Böcklin (er ist gefesselt von seiner *Toteninsel*, die er sich regelmäßig im MoMA ansieht) sowie Abhandlungen zu Alchemie, alle im Antiquariat Nähe Union Square gekauft.

Er macht den Fernseher lauter, schnappt sich ein Stück weiße Kreide und legt los.

Ferner Norden Mittlerer Osten telegrafisches Auge oder Heilsalbe für die Seele © / Benjamin Franklin Aorta sauber durchtrennt – bim – bim – bim / Unzählige Legenden berichten von Reisen ins Totenreich /

Aus allen Ecken dringen Sätze zu ihm durch

Er hört

Alle Geräusche die Zeit

Schreiende Frauen auf Flüssen

Tauchende Körper

Herabschnellende Knüppel

Man hat die Waffe gefunden, mit der John Lennon getötet wurde Software Hardware Die Krise hat vielerlei Ursachen Marie Antoinette Dschingis Khan / Herkunft der Baumwolle / Öl Benzin / Dies ist unverkäuflich Dies ist unverkäuflich / Schlacht der Heiligen / unmoralisch tödlich: 200 Piepen

Er befindet sich in der Matrix

Er schreibt:

Schwarzpulver: Nicht verschütten / Erfinder der Fotokopie einsamer Tod / Alkoholreste auf kontaktfreudiger Haut / Schwarze Sonne / 60.000.000 $ /

Er schreibt *Leonardo da Vinci Greatest Hits*, um sich den Ablauf des Abendmahles zu verbildlichen und selbst am Tisch Platz zu nehmen.

Weltmeister im Schwergewicht nach Punkten / Ausrüstungsreste im Gelände / Fragt man Miles Davis, wie er das macht?

Er zündet die Welt an und stürzt alles um

Der Cartoon-Kojote mit dem Bügeleisen in der Hand / die Zukunft der Süßkartoffel / Radium3 / ← coast to coast → /

Es gibt absolut keine Regel, keine Logik, kein Fundament, die Welt ist dieses brennende Chaos, niederträchtiges, undurchsichtiges Triebwerk – und da soll sein Bild stillstehen? Seine Hände arbeiten, sein Herz pumpt, Kraftwerke explodieren auf Pazifikinseln, man muss schnell sein, wenn man will

85 % Malcolm X haitianische Baseballhandschuhfabrik / schrillender elektrischer Stuhl / Vasco Da Gama 1469–1524 / Der Mann schwamm lange auf dem schwarzen Fluss /

Alle Quellen sind geöffnet, die Hände auch

Schwarze Könige von Amerika / Hoden wo eine Harfe / Geister abwehren /

Es war, wenn er sich recht erinnert, William Burroughs, der ihm den Weg gezeigt hat. Seine großen Bücher handelten genau davon: ausschneiden und neu ordnen. Man hat ein Blatt voller Zeichen vor sich (die Welt, ein Buch, egal), man schneidet etwas aus (diagonal, vertikal, in Streifen), man teilt alles in kleine Stückchen und klebt sie auf ein neues Blatt: das eigene.

Seitdem hat er beständig genau das gemacht.

Geldbündel, um Wilde zu kaufen / Diese Notiz für alle Staatsschulden

Die Welt an sich hat keine Bedeutung. Aber wenn er

Cheese Popcorn / Ein schwarzer Türsteher in einem Vorkriegsfilm / Auf der Suche nach dem Allheilmittel

Dann erhellt sich alles

Zulus auf dem Rollfeld / Platon erzählt euch live vom Ende einer Welt

Er ist ein DJ wie jeder andere, er lässt die Platten laufen und scratcht los. Aus alten Songs macht er neue.

Zutaten: Rind, Schwein, Natrium, Nitrate, Salz

Was er am Malen liebt, ist das Lernen. Mit einem Chip in seinem Handgelenk würde er gerne alle Bücher auf einmal, in einem Klick, in sich aufnehmen. Er bedient sich der Malerei, um die Oberfläche anzukratzen und *die 300.000 massakrierten Ureinwohner © PERFEKTER SONNENAUFGANG / Geigenbauer im Abendgras verkohlt / Humboldts Ankunft in Mexiko / Carotis Knie Plexus /* zu verstehen. *Die königliche Familie flieht 1791 aus Paris /* Warum? */ Chrysler Plymouth Vaginalinfektion / Sonnenfinsternis auf den Ruinen von Baalbek /*

Er ist unendlich neugierig. Bücher, Filme, Reisen, Dokus, er saugt sie in sich hinein wie ein Vampir. Next.

Warum *Benito Mussolini* und wie *Zirrhose des Nervensystems / In Louisiana singt ein Mann vom Totalverlust /*

Aber all diese Dinge sind nicht simple Tatsachen, wie tote Nacktschnecken, es sind fusionierende Elektronen, kraftvolle Bomben.

Lincoln Jesus Hannibal

Man muss damit keine Schränke füllen, feinste Stoffe für die Abendgarderobe.

Die Rückkehr des Wunderfußes

Alles (die Befreiung ägyptischer Sklaven und der Niedergang von Tenochtitlán) passiert *zur selben Zeit*, wenn er Worte und Blut auf der Leinwand mischt.

Wiedergekäute Geschichte

von

Telex Nr. 3 blaues Semikolon fünfzig Jahre Garantie

über

Unter der Platinblonden made in Bangladesh Opiatreste

Bis hin zu

Die Spaltung des Atoms

Er ist todmüde, macht den Fernseher aus, die Augen zu, legt die Kreide weg und sich aufs Sofa.

Aber es hört nicht auf. Das Wortgewitter beschränkt sich nicht auf die Leinwand. Ob in einer

Bar im Auto am Fenster, einfach immerzu ist da dieses

— Ich habe gestern gesehen, dass
— Du hast mir nicht die
— Das Problem mit dir ist
— Er hat noch nie sein

Wie Fliegen schwirren die Sätze, schwirren um seinen Kopf.

Zwischen ihm und der Wirklichkeit ist nicht die geringste Barriere.

— Jay, ich hab
— Du mieses Arschloch
— Als ich ihn kennengelernt habe, hatte es
— Er hat seine Frau in den frühen Morgenstunden umgebracht

Es ist nicht wie mit Büchern, die er am Abend zuschlagen kann, nein, sein Trommelfell wird pausenlos beschallt

— Die Ostküste ist gelähmt von
— Er hat mich geschlagen und gesagt
— Entführung von drei

Und wenn es nur einfache Sätze wären, aber es sind Schläge, Kerben

— Fick dich
— Ich hab deine Schwester vergewaltigt
— Ich sehe immer noch ihre Augen vor mir, als ich ihr die Kehle durchgeschnitten habe

Irgendwann steht er auf und läuft durch die Straßen. Es ist zwei Uhr vierzig, das Rad eines Taxis verkeilt sich in einem Schlagloch. Er trifft Sarah in einer Bar in Alphabet City.

— Ja, aber weißt du

— Ohhh, wie geht es dir was machst du – hör mal, also ich

Auch aus seinem eigenen Mund kommt dieser gammelige Mist

— Du kannst dir gar nicht vorstellen, was

Und nebenan:

— Hör mal

— Also ich finde, auch wenn ich nichts davon verstehe

Es hört nie auf

— Arrrrgh

— Jay, was hältst du von

— Jay, hättest du vielleicht

— Warum wolltest du nicht mit mir zusammenziehen

Gäbe es doch nur eine Sperre, ein Ventil, irgendwas, damit

— Nein, also wirklich, das ist einfach *unglaublich*!

— Ich habe eine Theorie zu

Hört doch mal auf, ständig so viel zu labern, es gibt Leute, die euch zuhören, so wie mich

— Sie hat zugenommen, oder? In diesem Alter ist es

— Die Immobilienpreise hören gar nicht mehr auf

— Oh, es ist kafkaesk, ich sage Ihnen, kaf-ka-esk

Und er läuft durch die Straßen

Den Kopf in die Hände gestützt

Er hört

Alles
Abflussrohre
Geschwüre
Ein letztes Aufstöhnen
Das
Alles
Unaufhörlich

Mitten auf der Houston Street brüllt er los, den Blick gen Himmel. Die Leute gucken. Noch so ein Verrückter.

Er brüllt und die Welt dreht sich wie ein irrer Kreisel um ihn herum.

ZERFETZEN

Da ist immer noch diese stillschweigende Übereinkunft, die ihn und Annina Nosei verbindet, aber er hat so langsam die Nase voll von ihrem absurden Akzent und diesem Gehabe einer alten Aristokratin. Übereinkünfte gehen ihm sowieso am Arsch vorbei. Er ist durch keinerlei Abkommen an nichts und niemanden gebunden, nur damit das klar ist. Seit Wochen nun kommen Lawrence Gill, Alex Brock, Silvio Cassara direkt zu ihm: Wie viel hast du dabei? Welches gefällt dir, dieses da? Es gehört dir. Wie viel hast du noch mal?

Die Leute bedienen sich, das ist viel einfacher so. Er braucht keine Sklaventreiberin, die dermaßen schlechtes Englisch spricht.

Es ist drei Uhr morgens, Jay und Trevor sind bestimmt bekifft, von hier aus sieht man es nicht so gut. Sie können die ganze Nacht lang arbeiten oder sie stehen plötzlich auf und gehen tanzen – eine Kopfbewegung von Jay: und los. Trevor kann es nie genau vorhersagen, es kommt immer ganz auf den Geruch der Nacht, der Farbtöpfe an – wie es scheint, arbeitet Jay immer, bis es nicht mehr geht, und dann verlässt er die Wohnung. Tagsüber kann man es sowieso vergessen: Da schläft er. Er hasst grelles, totales, faschistisches Licht. Die Nacht in all ihren Nuancen ist unendlich subtiler. Sie empfängt einen mit offenen Armen. Es ist ihr Reich. Während bei Tage alles segmentiert ist, entfaltet sich die Nacht ins Unendliche. Wie gesagt, es ist drei Uhr morgens. Trevor ist wach, er spannt eine Leinwand auf den Drei-mal-fünf-Meter-Rahmen, den er gerade gebaut hat. Jay kauert am Boden, er zeichnet einen Eimer auf den Kopf eines Typen. Er geht ein paar Zentimeter auf Abstand, um die Sache in ihrer Gesamtheit zu betrachten: ein Einfall.

— Was?

— Schnapp dir deine Jacke, wir machen die Biege.

Der Pinsel dreht sich noch im Topf; sie sind schon unten. Die Luft ist klebrig, die Straßen hängen einem an den Kleidern. Sie gehen die Prince Street hoch. Sie brauchen, na, etwa zehn Minuten, wenn überhaupt. Sie lachen wie die Bekloppten. Vor der Tür von Annina Noseis Galerie holt Jay den Schlüssel heraus, den er natürlich behalten hat. Sie gehen hinunter in den Keller. Jays Bilder sind noch immer da, an die Wand gelehnt, und die meisten liegen im Lager, übereinandergestapelt und trocken, sehr trocken mittlerweile. Er betrachtet sie. Ich mache zwei Stapel: Hier kommen meine hin und da deine, wenn man so will. Du hast schließlich hart gearbeitet, meine Liebe, hast Telefonate geführt, Kunden angerufen, das muss man dir lassen. Die Typen sind hier aufgekreuzt und man muss sie empfangen, ihnen Tee anbieten, die Kosten unterschätzt man viel zu oft. Personal kommt auch noch hinzu. Und man braucht auch ein gutes Auge, ein Gespür, nicht wahr, alle möglichen Sinne. Oh, ich bin wirklich gemein zu dir, du hast mich in deinem Keller aufgenommen, mir das ganze Material besorgt, mir gesagt, ich könne bleiben, das war nett von dir, ja ehrlich, so ein Kanakenkind, das weder Papiere noch Arbeit hat, bestimmt ein Krimineller, bei dir malen zu lassen, seine Bilder zu verkaufen, es ist nur, ich ertrage es nicht, meine Gute, wenn man mir vorschreibt, was ich zu tun habe, niemand sagt mir, was ich zu tun habe, nie. Aber mir ist auch klar, dass du Ausgaben hattest, deswegen sind diese Bilder da für dich. Du hast schließlich eine Familie, Familie ist wichtig, und was die essen können, an Strom verbrauchen, Pommes, Schuhe, und das alles ist für dich. Der ganze Stapel ist deins. Da, dieser Haufen beschissener Kritzeleien, der ist für mich. Trev, hilf mir mal: Das da, genau, das da auch, und die an den Wänden? Tja, was soll ich sagen, sie sind fast alle für mich, liebe Annina, so ist es eben.

Dann macht er noch mal zwei Stapel aus seinen Bildern, nimmt einen Cutter aus der Dose beim Schreibtisch und beginnt sie zu zerfetzen. Er nimmt sich ein Gemälde, schneidet überall hinein oder tritt einmal ordentlich in die Ecken, bevor er es zur Seite schiebt und sich das nächste vornimmt. So zerstört er den ganzen Stapel. Noch einen ordentlichen Schwall weißer Farbe darüber und dann, hopp!, lässt er den Eimer daneben auf den Boden fallen.

Jay und Trevor schlagen ein.

Draußen haben sie noch lange ihren Spaß.

— Weißt du, Annina, ich habe das nicht gemacht, weil du mich nicht gut genug bezahlt hast und immer zu spät und weil ich dein schöner, schwarzer Sklave war (was ich auch nie war, das ist alles völliger Bullshit), nein, ich habe es wegen der Geister gemacht. Sie waren da, über mir, haben mich beobachtet und nachts fliegen sie im Kreis, sie sind da und deswegen hatte ich keine andere Wahl, entweder schlitze ich das alles auf, oder – na ja, du kannst es dir vorstellen.

— Ja, sicher, Jay. Ich glaube dir kein Wort.

— Hast recht, ich auch nicht.

Von nun an ist er seine Ketten los und malt zu Hause. Er hat die Malerei gewählt, weil er naiverweise dachte, dass sie ihm außer Farben und Formen noch etwas geben würde (aufgepasst, Trommelwirbel): Freiheit. Genau. Von wegen. Es ist überall die gleiche Scheiße. Die gleichen Abzocker, die gleichen Ketten. Fast wäre er darauf reingefallen. Frei ist vielleicht (wenn überhaupt) der Pinselstrich, aber nichts kann der Matrix entkommen. Wie auch immer. Er arbeitet jetzt zu Hause und wer etwas von ihm will, muss zu ihm.

•

Kaum in SoHo angekommen, will er auch schon wieder weg. Die Galerien hier hat er alle schon in der Tasche, Schluss jetzt. Er will in der Fun Gallery im East Village bei den Graffitikünstlern ausstellen. Auch wenn er keiner von ihnen ist, will er doch lieber zu ihnen, einen Schritt in ihre Richtung machen, als sich von den Speichelleckern der noblen Galerien auf der anderen Seite den Hof machen zu lassen. Als ihm die alten Freunde aus seinen Keller- und Parkplatzzeiten einen Spot anbieten, sagt er zu.

Der große Tag rückt näher und Jay ist nicht zufrieden mit seiner Arbeit. Er hat sich einen Monat lang in seiner Wohnung eingeschlossen, bewegungslos in einer dicken Rauchwolke, aber nichts – er macht, macht neu, schmeißt weg, fügt hinzu. Alles, was gedacht wird, muss darauf sichtbar sein, der ganze Prozess an sich ist wichtig, die Bildelemente werden übereinander ergänzt und so weiter, bis zum Schluss.

Die Ausstellung ist morgen, Trevor hat alle Bilder zusammen mit einem anderen Assistenten in die Fun Gallery gebracht, es fehlen nur noch zwei. Es ist Nacht, zwei Uhr, Trevor nimmt im Treppenhaus der Crosby Street zwei Stufen auf einmal. Er klemmt sich je einen König unter jeden Arm, den Baseballspieler Hank Aaron auf die eine und Sugar Robinson, in einer Ecke des Rings, auf die andere Seite, und eilt die Etagen wieder hinunter. Ein Taxi setzt ihn vor der Nummer 229, 11th Street, ab. Jay kauert am Boden. Er hat ein Holzbrett unten an einem der auf Türflügel gemalten Bilder angebracht, auf das er flaschengrüne Farbe aufträgt. Er steht auf, wechselt den Pinsel, nimmt den großen diesmal, tunkt ihn tief ins Schwarz und schreibt damit über die Mitte des Bildes ein großes *NOT FOR SALE*. Die Farbe jedes einzelnen Buchstaben läuft bis auf den Boden. Und dennoch wird es verkauft werden, morgen.

Es ist halb fünf in der Früh.

— Wir sind nicht fertig, scheiße, so geht das nicht.

Er rüstet nach.

Um acht Uhr, als die Leiterin der Galerie durch die Tür kommt, ist er immer noch da, arbeitet weiter.

— Es ist perfekt, sagt sie mit noch beschlagener Stimme. Geh dich ausruhen …

Jay dreht sich um und blickt sie an, ganz ohne Feindseligkeit, aber so langsam und mit einer so überwältigenden Ruhe, dass sie sofort versteht, dass sie es dabei belassen sollte. Um fünfzehn Uhr lässt Jay seine Pinsel sinken, Trevor räumt alles auf, das war's. Vier Stunden später kommen sie zurück in Comme-des-Garçons-Anzügen und mit einem breiten Grinsen im Gesicht. Zwei ordentliche Opiumpfeifen haben sie wieder aufgebaut, Jay steckt sich jetzt noch eine Zigarre an, die ersten Autos fahren vor. Und die ganze Stadt ist da, von den Hip-Hoppern bis zu den Hipstern aus Downtown Manhattan, alle, Galeristen, Freunde, Graffitikünstler, Kritiker, es riecht nach Gras, Chanel N° 5 und dem alkoholisierten Atem von Arbeitern am Feierabend. Jay taumelt durch diese heitere Brandung, in der alle ganz oben schwimmen, gesehen werden, einen schlauen Kommentar loswerden, existieren wollen. Annina Nosei lässt sich um einundzwanzig Uhr zehn von ihrem Fahrer absetzen. Sie betritt den Raum, sieht sich um. Sie kauft der Galeristin ein großformatiges Bild ab.

— Sie liefern es mir noch diese Woche, in Ordnung?

Sie bemerkt Jay in einem der hinteren Räume. Sie lächelt – du bist ein Vandale, aber ich hab dich trotzdem gern – und geht wieder. Zehn Tage später verkauft sie das Bild für das Dreifache.

Jay hat alles selbst aufgebaut, die Installationen, die Trennwände zwischen den verschiedenen Abteilungen, er wollte eine Bedeutungssteigerung und ein explosives Finale. Alle Besucher, Kenner, Sammler und Passanten der East Side sind völlig gefesselt. Einige haben den Eindruck, sich an etwas zu verbrennen. Einen Monat zuvor hatte Jay seine Bilder in Fetzen gerissen. Manche davon, die nur an den Seiten beschädigt sind, befinden sich an den Wänden. Ihre Wirkungskraft hat sich vervielfacht.

— Ist das, was da schwebt, meine Seele?

Der Fußboden der Galerie ist völlig versifft, die Gläser stapeln sich in den Ecken.

— Nicht einen Pfennig, Leute, ich habe keinen Pfennig verdient. Verdammt, an Bildern hat es jedenfalls nicht gefehlt. Sie sind alle weg. Nie hat man mir irgendetwas geschickt, sagt Jay ein Jahr später.

— Ja, aber durch den Tausch von Limousinen gegen Lederjacken hast du wenigstens die Chance, dich noch mal neu zu erfinden.

Er betrachtet den nun leeren Raum. Er fühlt sich völlig ruhig. Der Türsteher kommt näher.

— Sollen wir?

Er geht auf dem linken Bürgersteig. All seine Freunde sind ins Studio 54 weitergezogen. Er geht nicht hin. Er kurbelt das Fenster des Taxis, in dem er gerade Platz genommen hat, herunter und sieht die Leuchtreklamen, die abgehackten Schritte der Passanten, die Straßen ins Nirgendwo vorbeiziehen. Einfach fahren und bloß nichts sagen. Er fühlt, wie etwas auf seinem Kopf wächst. Er lässt das Fenster noch weiter herunter und atmet die Gerüche von dreckigem Geschirr, Frühlingsrollen, nassem Asphalt, Gummi ein, die Stadt ist für ihn wie ein Lebenselixier. Ein Lächeln erscheint auf seinen Lippen. Er wollte immer der König von New York sein – er öffnet die Augen, atmet noch einmal tief ein, verschlingt alles: Er ist es. Auf seinem Kopf glänzen drei Zacken. Bremsen, Schreie, Sirenen, Pfeile, glühendes Metall, gerade Linien: Das alles gehört jetzt ihm.

VON EINEM ATELIER ZUM ANDEREN

26. Oktober 1982
Jay sitzt in seinem Wohnzimmer und starrt auf die Tür vor sich. Er weiß nicht, er weiß nichts, er schaut einfach. Wartet auf eine Überraschung.

Nichts passiert. Dann steht er plötzlich auf und beschmiert die Tür.

Das Atelier von Keith Haring ist eintausenddreihundertsiebenundzwanzig Meter entfernt – man muss durch die Prince Street gehen, dann in die Bowery einbiegen, weiter in die Stanton Street und dann ist man da. Hier, in einem großen Raum, kann Keith seine Welt entfalten. Er installiert große Keilrahmen an den Wänden und dann kann ihn nichts mehr aufhalten. Sein Stil ist einfach, seine Hand schnellt mit virtuoser Sicherheit über die Leinwand. Er hat vor ein paar Monaten sein Markenzeichen gefunden. Er hat diese abgerundeten Cartoonfiguren entworfen, ohne Augen, ohne Gesicht, ohne alles, einfach Formen. Sich biegende, absurde Röhren (auch wahlberechtigte Bürger genannt), die sich Gott, den Machthabern, dem Krieg oder Amerika stellen. Diese unsteten kleinen Gestalten haben Genitalien von der Größe ihres Kopfes. Meistens gehen sie nahtlos ineinander über. Oder auch in Hunde. Am Tag, an dem er sein Emblem, diesen

Durchschnittsbürger, der von der Menge hin- und hergeworfen wird, gefunden hatte, war er überglücklich. Er hatte vor Freude laut aufgeschrien in seinem Zimmer im East Village, wo damals noch sein ganzer Krempel verstreut lag. Seitdem ist er durch den Verkauf von sieben Bildern an einen alten Industriellen von der Park Avenue zu Geld gekommen und mietet diese Räume von einem deutschen Autohersteller, der hier ursprünglich Ersatzteile und Werkzeug lagerte. Die kopflosen Gestalten küssen sich heute, er lässt sie machen.

Jay sieht sich den Fleck nicht an. Er will nicht verstehen.

Man muss absolut dumm und gleichzeitig hochintelligent sein

Die perfekte Konzentration auf seine Gliedmaßen ermöglicht ihm, Improvisation und Gleichgewicht, Instinkt und Übersicht miteinander zu verbinden. Alles muss natürlich und explosiv wirken, und doch ist alles durchdacht und konstruiert.

Keith tritt ein paar Meter zurück. Es geht gut voran. Die beiden Gestalten sind wie Luft. Sie wirbeln herum. Um sie wimmeln Hunderte andere, kopulieren, hüpfen, ballen die Fäuste, wie bei einer großen Symphonie. Er wollte sie genau so, auf ihre kurvigen Konturen reduziert, die Linie erschafft den Menschen, der mit losen Gliedern in die große Leere der Leinwand springt. Runde Köpfe und verblüffte Glatzen.

Jay korrigiert alles, noch während er es macht. Er sieht, wie die Formen, die Wörter sich vervielfachen. Er streicht einige sofort wieder durch, wenn sie nicht passen oder gerade weil sie das tun. Das Chaos ordnet sich im Laufe seiner Entstehung. Die Konstellation muss auf der Leinwand *Halt* finden, nichts darf schweben, sonst fällt alles zusammen.
   Natürlich gibt es absolut kein Thema
   Gäbe es eines, wäre alles vorbei
Er malt, damit er nichts mehr sagen muss.

Das Wichtigste dabei ist immer noch die Konzentration. Er braucht Zugang zu allen erdenklichen Daten (Neandertaler → Manhattan) und muss sich aus allen Quellen gleichzeitig speisen. Er vermag diese totale Konzentration vor allem, was sie stören könnte, zu schützen, Lärm, Mensch, Fliege, ein zu jedem Zeitpunkt mögliches Abdriften von Körper und Geist.

   Genau in diesem Moment schaudert es ihn. Es geschieht ganz automatisch: Immer wenn er eine halbe Stunde oder maximal eine Stunde lang gemalt hat, breitet sich eine diffuse Wärme in seinem Unterleib aus, in seinen Beinen, seinem Glied. Es ist, als ob sich das Blut an dieser Stelle staut, und es beginnt in seinen Adern zu pochen. Dann muss er sich überwinden weiterzumachen, was ihm schwerfällt und dabei gleichzeitig leichter von der Hand geht; natürlich bringt ihn diese unterschwellige Erregung aus dem Konzept, nachdem er mit der Zeit jedoch gelernt hat sie zu zähmen, hat er seine Gesten umso besser unter Kontrolle. Dafür muss er diese punktuelle Wärme auf seinen gesamten Körper verteilen. Manchmal möchte er ins Badezimmer rennen, um seinem geschwollenen Glied Erleichterung zu verschaffen. Auch wenn er an manchen Tagen von dem, was bei ungünstiger Verteilung der Energie mehr zu einem Zwang als einer Verlockung wird, übermannt wird, versucht er, diese Kraft immer in Pinselschwingungen umzuleiten. Heute gelingt ihm das. Es ist eine Note, die in der Luft vibriert und solange es geht gehalten werden muss, eine Herausforderung, der er sich jeden Tag aufs Neue mit Freude stellt – bis sein zerschmelzender Körper, nach stundenlanger Arbeit und geheimer Alchemie, schließlich nachgibt; dann kann er seine innere Glut nur noch in den Straßen mit ihren kreisförmigen Bewegungen abkühlen.

Er spürt, wie sein Körper nach der anfänglichen Schwere jetzt geschmeidig durch die Luft gleitet, wobei ihm die Kleckse viel leichter aus der Hand spritzen.

> Keith legt seine Farbrolle zur Seite.
> Beide Gemälde sind fertig.
> Die Arme können jetzt ruhen.
> Die Stadt rauscht.

MUTTER

Man muss im Eingang stehen bleiben und seinen Namen nennen, aber heute (wie etwa jeden zweiten Tag) sollte ihm lieber keiner dumm kommen; er geht schnurstracks geradeaus. Die Frau hinter dem Empfang erkennt ihn und weiß, dass es sich nicht lohnt, etwas zu sagen. Er durchquert einen Flur, dann noch einen, und kommt schließlich vor dem Zimmer mit der Nummer siebenundvierzig an, das erst kürzlich in Naturweiß gestrichen wurde, wie auch der ganze Rest der Anstalt. Seine Mutter öffnet ihm, die Krankenschwester kommt nur gelegentlich vorbei und sehr selten am Nachmittag.

— Jay! ... Komm rein, ich komme gerade von draußen.

Sie hat einen kleinen, hellen Holztisch auf den Rasen gestellt, darauf ein geöffnetes Buch und eine Teekanne.

— Setz dich, mein Schatz.

Auf den zweiten Klappstuhl. Sie reicht ihm eine Tasse, will ihm Tee einschenken, aber er sagt, nein, hast du nicht eher Kaffee? Seine Mutter verzieht plötzlich das Gesicht. Sie schiebt ihre Brille, die an einer rosa Kordel um ihren Hals befestigt ist, auf die Nasenspitze. Sie hat eine flache Stirn, ihre Wangen hängen leicht herab, ihre Augen wirken, als suchten sie etwas in der Nähe, das für sie jedoch unerreichbar bleibt. Sie ist sechsundvierzig Jahre alt.

— Ich freue mich, dich zu sehen. Ich hatte nicht mit dir gerechnet, das ist gut.

Er versucht, sie anzulächeln, aber es will ihm nicht recht gelingen. Er blickt ihr nach, als sie an der Tür einer Zimmernachbarin klopfen geht und nach Kaffee fragt. Sie kommt mit einem kleinen Tütchen Instantkaffee zurück.

— Bin gleich wieder da.

Im Januar hatte er sie noch im Atlantic-Avenue-Krankenhaus besucht. Man hatte ihr dort auch ein Zimmer gegeben, aber kleiner als dieses hier. Und dann war dort kein Platz mehr für sie gewesen und man hatte ihr gesagt, es sei Zeit, nach Hause zu gehen. Ihr Zuhause, sie wusste nicht mehr, wo das war, jedenfalls war es schon lange nicht mehr dort, wo Jays Vater wohnte, der schon vor fünf Jahren aus Brooklyn weggezogen war. Dann ist sie in dieses spezialisierte Heim in Park Slope gekommen. Also hat Jay die Brooklyn Bridge in umgekehrter Richtung genommen und einen überfüllten Wagen der Linie R. Es war immerhin seine Mutter.

Sie stellt eine brühheiße Tasse vor ihm ab. Es riecht verbrannt.

— Kannst du dir selbst Kaffee machen?

Oh jaja, ich mache das nicht oft, aber wenn Kris kommt, mache ich ihm einen Kurzen, schön stark, weil er ihn so am liebsten trinkt, richtig schön stark und so. Ich trinke keinen mehr, davon muss ich immer schwitzen. Sag mir lieber, wie es dir geht.

— Gut.

— Ah, das höre ich gerne. Und deinen Schwestern?

— Woher soll ich das wissen?

Sie nimmt seine Hand und versucht, ihn anzusehen. Es gibt nichts zu sagen. Er rührt mit seinem Löffel in der Tasse, kleine konzentrische Kreise. Dabei hat er gar keinen Zucker genommen, er macht das nur, um irgendetwas zu tun zu haben. Er malt, er läuft herum, er geht aus – was gibt es da zu erzählen?

Und dann ...

Sie steht plötzlich auf, weil ein Vogel vor ihren Augen davongeflogen ist.

Und dann ...

Sie streckt die Arme vor sich aus, als wollte sie sich strecken, aber läuft dabei rückwärts und stolpert, weil sie nicht mehr weiß, was sie mit den zwei labberigen Stielen machen soll, die an ihr herabhängen.

Und dann ...

Er hört in seinem Inneren etwas knacken, als sie zu ihm sagt, ich habe angefangen, einen neuen Handschuh zu häkeln, eine Seite ist schon fertig.

Da streckt er die Hand nach ihr aus. Sie sieht ihn an. Ihre Augen glänzen leicht. Seine Hand liegt in ihrer, wie an diesem Sommertag, er war vielleicht fünf oder sechs Jahre alt, sie war vorne eingestiegen, die drei Kinder hinten stritten sich um die Fensterplätze. Jay hatte seine Nase an die Scheibe gedrückt, um die Brückenbauarbeiten besser sehen zu können, die Motels und die Tanklaster. Niemand sprach. Seine Mutter war offensichtlich in Gedanken vertieft. Die Hand, die er heute vor sich sieht, steuerte damals stur geradeaus. Sie dachte, dass sie lieber mit Ryan hätte ausgehen sollen, der sie zum Ball ausführen wollte. Sie dachte an die Landschaft, die sich unter ihr in die Länge zog. Sie spürte, wie etwas zerbrach. Dieser Mann neben ihr war nicht Ryan. Ihr tat immer irgendwo etwas weh. Elvis im Radio sagte: Yeah, Baby, yeah. Die Brücke war da. Sie hatte die drei kleinen Köpfe ihrer Kinder im Rückspiegel gesehen. Die Hand, die er heute hält, hatte das Lenkrad herumgerissen, das Auto hatte die Leitplanke verfehlt und war geradewegs auf den Fluss Connecticut zugesteuert. Ihnen war nicht viel passiert, der Vater ein paar gebrochene Rippen, die Kinder ein paar Prellungen. Sie war ins Heim nebenan gekommen. Er hält ihre Hand. Er versucht, sich einzureden, dass sie nicht immer so gezittert hat. Er versucht, seine Hand in der ihren zu spüren, zu der Hand zu werden und sich zu fühlen, als hätte er ausnahmsweise mal eine Mutter. Er möchte ihren Blick und den Schmerz darin nicht sehen – also schließt er seine Augen. Es dauert einige Sekunden, er hört keinen Laut. Er spürt etwas. Dann ein Geräusch und alles geht wieder los: die Wand, der Stuhl, der Blick seiner Mutter.

— Es gibt auch ein Spielzimmer hier, wie im anderen, und ich habe gelernt, Backgammon zu spielen, das mochte deine Großmutter immer so gerne, wir können eine Partie spielen, wenn du willst – aber erzähl mir lieber von deiner Malerei, läuft die Arbeit gut?

— Ja.

— Wo lebst du gerade?

— In SoHo.

— Das ist gut, mein Junge, sehr gut ...

Er steht plötzlich auf, so, seine Geduld ist am Ende, sie sieht ihn an, wie er da vor dem Tisch steht, möchtest du Zucker, warte, setz dich, ich hole welchen, sie steht überstürzt auf und ihr Knie stößt gegen die Kante des Tisches, der ins Wanken gerät, die Teekanne fällt um und der Tee läuft über den Boden.

— So ein Mist, ich bin immer so –

Er hilft ihr auf die Beine, wischt den Boden mit einem Lappen. Ich muss jetzt los, Mum. Nein, bleib ruhig hier, ich finde allein raus. Wolltest du nicht Backgammon spielen? Nein, Mum, nicht heute, ich muss los, aber nächstes Mal, nächstes Mal spielen wir.

Er beugt sich zu ihr und küsst sie auf die Stirn. Sie murmelt etwas. Sie lächelt, die Augen geschlossen. Er sieht sie noch einmal an, wie sie zusammengesunken auf ihrem Klappstuhl sitzt.

— Bis bald, Mum.

Er tritt durch die Schiebetür vom Garten zurück ins Zimmer, durchquert es, sie brabbelt

irgendetwas, er greift nach dem Türgriff, bis bald –
er möchte sich nicht umdrehen, macht es aber
dennoch, und sie steht da hinten vor ihrem Stuhl,
bewegt die Hand zum Gruß und dann schließt
sich (na los, schnell bitte) die Tür hinter ihm.

BÜRGERKRIEG

Die Schlacht ist da, na klar, wütet drinnen, draußen, überall, in den Winkeln, das Unerwartete, an den Flanken. Verbündete gibt es nur zeitweise. Dennoch gehören sie zu seiner verlässlichsten Ausrüstung, Gras, LSD, Kokain, Heroin, sie begleiten ihn, helfen ihm, den Ritt zu meistern, zu gehen, wiederzukommen, lassen die Wirklichkeit erstrahlen, wie einen Kristall. Aber wenn die Liebe dafür so groß ist (vor allem für Kokain und Heroin), das heißt, wenn der Nucleus accumbens und das ventrale Pallidum die Freude, die sie empfinden, verstärken, ohne dass der präfrontale Cortex das als unangemessen oder das (für das langfristige Funktionieren der Maschine) als gefährlich eingestufte Verhalten ausreichend bremst (was eigentlich seine Aufgabe ist), dann sind sie einfach immer da. Und man fühlt sich so stark, als könnte man Tische zerschlagen. Und manchmal möchte man einfach nur sterben nach dreiundfünfzig schlaflosen Stunden voller Tanzen und Arbeit kann man einfach nicht mehr und möchte sich an eine dieser fünfzehn Meter hohen Wellen der australischen Küste schmiegen, in sie hineingleiten und vergessen.

    Jay steht mitten im Wohnzimmer der Crosby Street. Vor ihm drei riesige Leinwände, er geht von einer zur anderen.

— Die Leute nehmen Drogen, um zu vergessen, um davonzulaufen. Es ist eine Flucht, verkündete gestern Christina Fields mit bedeutsamer Miene.

Eben wegen solcher Sätze schweigt er. Er hasst die Leute und er hasst ihre Phrasen. Drogen sind genau das Gegenteil von Flucht, es ist eine Reise zum Mittelpunkt. Es ist nicht etwas, das ihm einfach so passiert ist, es ist sein Leben. Er verheimlicht es auch nicht, noch verliert er die Kontrolle darüber, es ist eine Chance, ein Wunder, ein Werkzeug. Dank der Drogen hat er es geschafft, seinen Lebensdrang und gleichzeitigen Todeswunsch miteinander zu versöhnen. Sie vergrößern, sie bohren sich hinein. Sie steigern Kraft und Schnelligkeit – er kann dank ihnen sechzehn Stunden am Stück arbeiten. Er trinkt einen Schluck seines lauwarmen Biers und streicht links ein Wort durch.

Heute zeichnet er. Mit Kohlestift. Das beruhigt.

Er ist etwas angespannt in letzter Zeit. Er schläft nicht viel.

Es klingelt. Ein Geräusch, das er schon gar nicht mehr wahrnimmt. Trevor geht an die Tür. John Lurie kommt herein. Sein alter Kumpel aus dem Mudd Club, der verrückte Saxofonist aus dem wunderbaren Film von Jim Jarmusch, *Stranger Than Paradise*.

Sie schlagen ein.

— Fühl dich wie zu Hause, Mann.

Das tut er.

Aber:

— Sag mal, Alter, sagt Jay, warum ziehst du dich noch so an? Die Beatniks sind cool und alles, aber man muss es nicht übertreiben. Hast du keinen anderen Fetzen anzuziehen?

Lurie mustert ihn.

— Und dein Hut, das ist immer der gleiche, seit ich dich kenne. Und es ist schon eine Weile her, dass wir uns kennengelernt haben, oder? Du bist ein Penner, wenn man es genau nimmt. Hast du überhaupt noch Gigs? Denn es ist echt unmöglich –

Zwei Minuten später verschwindet Lurie wieder.

Die Leute gehen ein und aus, wie es ihnen passt.

Heute ist es brechend voll. Afrika Bambaataa tönt aus den Boxen. Flaschen werden herumgereicht.

— Zoe!

Jay greift nach ihr im Vorbeigehen.

— Schnapp dir die Stifte da und das Glas, wir gehen im hinteren Zimmer arbeiten.

Sarah fängt sie ab.

— Was läuft denn hier?

— Wir gehen ein bisschen malen.

Sie sehen sich an.

— Der Abwasch wartet noch auf dich, oder?, sagt Jay.

Sarah versetzt ihm einen Tritt gegen das rechte Knie und geht sich auf der Straße abreagieren.

Als sie am nächsten Morgen wiederkommt, ist der Loft immer noch voller Menschen. Sie geht auf Jay zu und verpasst ihm eine Ohrfeige. Er rührt sich nicht. Die eisige Stimme von Nico – *and what costume shall the poor girl wear to all tomorrow's parties* – hängt in der nikotinschweren Luft. Sie versöhnen sich lautstark und Jay macht da weiter, wo er aufgehört hat. Sie bleibt am Fenster stehen. Was für ein Mistkerl, ein Diamant. Ich könnte gehen, das sollte ich auch lieber. Aber sieh ihn dir an, siehst du das? Er macht fast gar nichts da mitten im Raum. Aber er läuft, wie andere tanzen. Er trägt eine weite graue Hose, seine Gesten sind weit. Da ist Anmut in ihm. Das muss man bedenken. Göttern verzeiht man alles sofort. Ihre Brutalität, ihre Niedertracht, ihre Grausamkeit, ihre Gleichgültigkeit. Sogar ihre Genialität (an der es uns so sehr fehlt) kann man ihnen irgendwann verzeihen. Göttern verzeiht man – was hat man denn für eine Wahl?

Oder wir machen es so:

Die Müdigkeit, sicherlich, und alles – Sarah nimmt zwei Bilder, eines unter jeden Arm, und geht die Treppe hinunter. Sie geht dreimal um den Block und dreht sich dabei um sich selbst. Wieder am Anfang angekommen, schmeißt sie die Bilder auf den Bürgersteig der Crosby Street. Sie schüttet Benzin darüber und wirft ihr brennendes Feuerzeug hinterher.

— Sieh nur, wie schön das brennt, du Arschloch!

Trevor hört etwas. Er öffnet das Fenster. Alter, das solltest du dir ansehen. Jay tritt heran. Joa. Na gut. Er zieht sich ein Sweatshirt der Giants über und geht mit majestätisch langsamem Schritt die Etagen des Wohnhauses hinunter.

Die Flammen steigen vom gegenüberliegenden Bürgersteig auf. In der Abendluft findet er das ziemlich schön.

DAS LOCH

Er ist die Stufen wieder emporgestiegen.

Die Party ist irgendwann vorbei gewesen.

Ein Tag ist verstrichen, oder vielleicht zwei Stunden. Alle sind gegangen.

Jay hat sich auf die zu dieser Zeit noch warmen Dielen gelegt.

Dort ist er liegen geblieben.

Alles gelingt ihm im Moment. Jetzt darf er auf keinen Fall auf die Bremse treten.

Er liegt da, die Arme zum Kreuz, er starrt an die Decke.

Ja.

Die Bilder, der Erfolg, die Frauen. Wie der Kaffee, trinkfertig. An der Zimmerdecke, kein einziger Lichtschimmer, sein Jungengesicht, wunderbares, verheißungsvolles Gesicht.

Ja.

Ja, aber.

Im Herzen dieses Mannes ist eine Leere, die nichts zu füllen vermag.

Es ist Platz darin. Platz, der gefüllt werden muss, mit Dingen, vielen Dingen, sonst nimmt ihn sich der Wind.

Manchmal, wenn er Menschen mit einem Pinsel in der Hand ausweidet, denkt er, dass er das alles nur macht, um zu ergründen, woher diese Leere kommt. Indem er Organe einkreist,

Muskeln zersticht, unter die Haut kriecht, sucht er eigentlich nach dem Ursprung seiner Launen. Wie ein Renaissance-Anatom hat er Hoffnung, getrübt, zweifellos, durch den lauwarmen Schwall des Wissens, dass er, wenn er die Leber mit seiner Nadel etwas anhebt, die Ursprungsorte (insgesamt vier, er weiß noch, wie er sie einmal auf einer Zeichnung in Robert Burtons *Anatomie der Melancholie* gesehen hat: Blut, Phlegma, Galle und Melancholie) aufspüren kann – dass er, wenn er die linke Lunge wegschiebt, das Skelett zum Brechen bringen und seine Niederlage bekunden kann.

Er würde seinen Körper gerne in einem Stück zusammenhalten. Damit es etwas weniger schwankt. An Abenden, an denen er sich mit seinen Stiften im Kreis dreht und sich in endlosen Kritzeleien verrennt, denkt er, dass er den Ort seiner Traurigkeit nicht ergründen kann, weil er gar nicht mehr da ist. Er ist einmal da gewesen, aber jetzt ist dort nur noch ein Loch.

Er kommt zurecht, doch das Loch spürt er jeden Tag. Wenn er läuft, wenn er tanzt, wenn er liebt. Das Meer hat mit seinem Rückgang eine Spur hinterlassen. Der Sand ist noch feucht, etwas, das ihn einst bedeckte, ist nun nicht mehr da. Es ist in seinem Bauch, in seiner Brust, in seiner Kehle, seinen Augen, seinen Beinen, seinen Haaren. Unser Held des zwanzigsten Jahrhunderts ist weit entfernt von Achilles, der seine Schwäche genau zu verorten wusste. Jay würde gerne den Finger darauflegen, auf seine Narbe am Brustbein, den abwesenden Vater, die entfremdete Mutter, und sagen, mein Leben hat mir das angetan. Das hätte er gerne, aber so ist es nicht. Sein Abgrund ist er selbst. Er ist eins mit seinem Genie und mit seiner Leere. Der Held ist eines Morgens zu früh erwacht und hat eine gottlose Welt vorgefunden, ohne festen Boden, mit einem feuchten Horizont als einzigem Anhaltspunkt. Er hat sich dennoch auf den Weg gemacht. Das war der Beginn der Scherereien.

Die Katastrophe hat keinen Ort. Er ist die Katastrophe. Seit der Mensch sich einige Jahrzehnte zuvor selbst verstümmelt hat, ist er die Ursache seiner eigenen Niederlage.

Jay rudert auf den Dielen mit den Armen. Crosby Street ist ruhig, während das Leben auf der Houston Street, etwas weiter unten, die ganze Nacht hindurch tobt.

Er steht auf. Er zündet sich eine Lucky an. Eigentlich lacht ihm das Leben doch zu. Die Königin aller Städte, die er leidenschaftlich liebt, die all seine Qualitäten, seine Wildheit, seine Ausdruckskraft unterstreicht, ist sein Zuhause. Er ist genau da, wo er sein will, er hat die Skala der Selbstentfaltung bis an die Spitze erklommen, das erreicht, wonach die ganze Menschheit tagtäglich strebt. Er weiß genau, was sein Talent ist und was er damit machen will.

Aber im Herzen dieses Mannes ist eine Leere, die nichts zu füllen vermag.

Nichts? Doch, ganz klar – denkt er, am Fenster, ein rötliches Glimmen zwischen den Lippen – Kohle, Autos, Kunst, Liebe, das müsste doch reichen.

Er schließt das Fenster und arbeitet weiter.

Ja, das müsste reichen.

Er hat eine Abfolge von Wörtern und winzigen Zeichnungen, alles mechanische Kleinteile oder Avengers-Figuren, von Hulk bis Iron Man, auf die drei Türen gemalt, die Trevor letzte Woche wie zu einem Flügelaltar angeordnet hat. Als auf den Türen kein Platz mehr ist, rührt er ein Cyanblau in einer Blechdose an, ein recht neuer Farbton für ihn (beim Umrühren der Mixtur kleckert er alles voll), und übermalt damit dann seine Zeichnungen, wobei einige an der Oberfläche sichtbar bleiben.

Seine Lösung lautet: alles, in großen Mengen.

Er muss sich alles einverleiben, was geht, um die Leere zu füllen.

Er muss

mehr Bilder als Picasso malen

bessere Skizzen als Leonardo da Vinci anfertigen

mit mehr Frauen als Mick Jagger vögeln (das wird schwierig, aber nur Mut)

sich mehr Coke als Bowie im Jahr 1974 aus seiner stets gut gefüllten Salatschüssel reinziehen

Matisse in Farbe und Anmut übertreffen

Bacon in Verschrobenheit und Grauen

Twombly im Durcheinander
rockiger sein als Lou Reed
berühmter als John Lennon
cooler als Steve McQueen
Van Gogh in Schwindelgefühlen übertrumpfen
Das ist sein Plan.

Auf den rechten Türflügel malt er einen riesigen brüllenden Schädel mit weit geöffnetem, zahnlosem Mund und irren Augen.

Das Wichtigste ist, das alles mit möglichst großer innerer Ruhe zu tun, als wäre es ganz normal, mit seinem typisch gleichgültigen Schritt, den man in allen Ecken Manhattans von ihm gewohnt ist.

Die Türen müssen klappern, wie bei einem heftigen Sturm – er springt von einer zur anderen und platziert Rauten und Buchstaben, schreiende, verzerrte, zerhackte Gesichter – er hat Spaß.

Ja, und dennoch.

Wozu einen Plan: einfach geradeaus.

Alles, immer, und dennoch erstirbt das Lächeln in den Mundwinkeln. Er könnte versuchen, es vorzutäuschen, ja, nur mal so, als Versuch, aber es gelingt nicht von allein.

Etwas hindert ihn daran.

Etwas.

Und dieses bescheuerte Gesicht wird es ihm nicht zurückgeben.

Es ist vielleicht fünf Uhr, zehn, zwei, wer weiß.

Er geht erst dann raus, wenn er fertig ist, ganz einfach.

Mitchell Crew: So soll das Bild heißen. So heißt die Gang bestehend aus Toxic und seinen Freunden, die die Bronx umgekrempelt haben. Er betrachtet die Masken und das Blau drumherum. Er wollte die Wut dieser Typen abbilden. Sie ist da.

Ja

Ja, aber

UNTER DER HAUT

20. November 1982
Heute möchte er die Geschichte eines Mannes erzählen. Er zeichnet seine Knochen mit Blau. Er bohrt sich in seine Adern, die unter der Haut hervorschimmern. Dann macht er sich an die Organe.

Der Ball war immer etwas platt, weiß-schwarzes Leder, und sie traten wie die Irren darauf ein, das Ding hob ab, schwebte einen Augenblick, sie rannten hinterher, der Ball landete auf dem linken oder rechten Bürgersteig, je nachdem, wie der Wind stand.

Er zeichnet Zehen, Kehlkopf, gespaltene Aorta, einen gebrochenen Oberschenkelknochen, starke Bizepse, Kleinhirn am Straßenrand verirrt. Er nimmt einen Schluck Bier und macht sich dann an den Dünndarm, an die Nerven der Finger, die sich über die gesamte Fläche ziehen, vorbei an Seen, Brunnen, Spalten, unter der Haut hindurch – er hält inne (ausgelöschte, ausgestopfte Gestalt) und setzt bei seinem Nebenmann das wilde Geflecht aus Adern, Wasser- und Blutrinnsalen, Salzbächen, mit Proteinen und weißen Blutkörperchen gesättigten Schläuchen fort.

Sie spielten jeden Tag um fünf, kurz nach Schulschluss hatten sie den Platz für sich, aber heute ist er voller großer Zehnjähriger, die sich nicht vertreiben lassen, auch nachdem Jay und Sean es versucht haben, also spielen sie draußen, auf der Straße, da ist sowieso keiner, und ordentlich draufhauen kann man auch, der Ball ist weich, keine Gefahr für die Autos, sie fangen an, zwei gegen zwei und der fünfte im Tor.

Er weiß nicht, was er auf die Haut malen soll. Alles, was knackt und lebt, sich spannt und dehnt, befindet sich darunter, das Mischmasch aus Fleisch, Knochen, Nerven und Blut im gleichmäßigen Takt, die er zeichnet, während der unendliche Tumult der Welt in Schwaden über dem Hudson aufsteigt, während alles (Organe, Knochen, Zellen) unter den Stromkabeln und Linien am Himmel vor Schmerz schreit, und Jay hört dieses stumme Leid aller Dinge, er möchte das alles miteinfließen lassen, also beginnt er von vorne: verkohlte Bauchmuskeln, verkrampfte Vorderarme, ein unter der Last der Tage verdrehter Hals.

Sean hatte fest dagegengetreten und Jay verfolgte, wie der Ball in gemächlichem Bogen durch die Luft segelte, als das Auto nach links abgebogen und mit dem Schwung des dritten Gangs, aus dem herauszuschalten Vince Trane wohl nicht für nötig gehalten hatte, der Ball immer noch hoch, hoch oben, frontal in Jay hineingerast ist (er ist sieben, es ist Sommer), der die Augen gen Himmel, auf die Flugbahn gerichtet hält.

Großer Brustmuskel, übergroßer Ellenbogenbeuger, langer, rissiger Hohlhandmuskel und dann unten, der seitliche Wadenbeinnerv voll durchgestreckt, kurz vorm Zerreißen.

Die Karosserie sauste in Bauch, Unterleib, Leber, Milz, Bauchspeicheldrüse, Magen, alles ging nach innen, heißer Atem strömte durch den Brustkorb und entwich durch Jays halb geöffneten Mund, dessen Augen sich im selben Moment schlossen. Vorhang auf für den Sturm: Alles zerbricht, die Leitungen, die Wasserbahnen, die Nerven, die ganze minutiöse Architektur stiebt sternartig auseinander beim ungebremsten Aufprall von Metall auf Haut.

Jay ist jetzt zweiundzwanzig Jahre alt und tritt einen Schritt zurück, bevor er auf der rechten Seite weitermacht. Dort will er eine Figur, die er noch genauer sezieren kann, vom Zwerchfell bis zum Hirn – er skizziert sie mit schnellen, ungenauen Strichen, streckt sie auf der Tragbahre nieder und nimmt sie aus. Die Hände in dunklem Pflaumenrot, legt er das noch schleimige Colon ascendens in dieses Freilichtgrab hinein, Gallenblase, Dünndarm, er befreit das Rektum aus seiner Vereinsamung und setzt es obendrauf. Der Mann liegt ausgestreckt vor ihm.

Der Körper des kleinen Jay wird von dem völlig verstörten Fahrer hochgehoben, dann kommt Jays Mutter herbeigerannt, die ihn auf die Rückbank ihres Autos legt und ins Brooklyn Hospital Center auf der DeKalb Avenue rast. Alles läuft und quillt aus diesem leblosen Körper auf der Rückbank heraus. Bei ihrer Ankunft legen zwei Träger das unförmige Häufchen auf eine mit Tuch bespannte Bahre und schleppen es durch die Flure bis zum

OP-Tisch. Die Handgriffe sind schnell und präzise. Der Chirurg und der Chefarzt betreten gleichzeitig den Raum, Jay würde schreien, wenn er es in seinem Zustand könnte, sie begutachten den Bauch, und die Entscheidung ist schnell getroffen, sie müssen an die Leber ran, an den Rest sicherlich auch, geronnenes Rot, sie schneiden ihn auf und werden dann sehen.

Er erinnert sich an Zeichnungen von Leonardo da Vinci. Er erinnert sich an die Genauigkeit, an die Schönheit der angespannten Muskeln und an die Feinheit der Sehnen.

Jays Stift gleitet die Wirbelsäule hinab. Der Typ vor ihm würde schreien, wenn er einen Mund hätte. Er hat gebrochene Fingerknochen, zerlöcherte Lungen, das Geschlecht ist zweigeteilt. Die völlig zerkauten Nägel sind nach innen gebogen. Seine Adern liegen da in einem Schaumbad.

Der Chirurg bohrt sein Skalpell einen Zentimeter vom Zwerchfell entfernt in die Haut, sie zerreißt, das Skalpell schneidet und gleitet hinab, immer weiter, achtzehn Zentimeter, bis zum Schambein, wo die Klinge aus der Haut gezogen wird. Der weit geöffnete Bauchraum überlässt sich den OP-Werkzeugen. Der Typ sieht es sofort. Die Milz ist gerissen, eine gelbliche Flüssigkeit rinnt seitlich heraus und über die Bauchspeicheldrüse. Sie muss raus. Er nimmt sich sein –

Aber Jay hat jetzt Lust bekommen, das Herz auseinanderzunehmen, um zu sehen, was sich darin verbirgt, was darin schlägt und warum.

Vielleicht das Rätsel lösen – warum sein immer noch so starkes Herz nichts spürt, wenn es nicht genug brennt, wie das alles funktioniert eben –, also greift er erneut mit der Hand hinein und durchbohrt die Aorta, dieses zarte, leuchtend rote Gefäß, das sich in zwei teilt und dann in vier bläuliche Vorhöfe, er erfindet nichts, die Farben fliegen ihm zu, er hat die Dinge immer so gezeichnet, wie es ihm in den Sinn kam, – dann schiebt er eine der Herzkammern auseinander, faltet sie auf, wie ein Buch, schneidet Gefäße durch und die Mitralklappe und zerdrückt dabei die fettige Kreide auf seiner Leinwand.

Die Milz ist kein Problem, ein schneller Schnitt oben, dann unten, kauterisieren, zunähen. Man kann ohne sie leben. Die Milz ist dazu da, das Blut von Unreinheiten zu reinigen, es von Keimen und Bakterien zu befreien, von abgestorbenen Zellen, auch für deren Erneuerung – ja, sie ist nicht unwichtig, aber gut, in diesem Fall hat man keine Wahl, sie muss raus, sonst droht ein inneres Verbluten – sie ist ohnehin völlig zerrissen. Der Chirurg hat bereits zum Schnitt angesetzt, mithilfe von Margareth, der unentbehrlichen Krankenpflegerin, jetzt kommt der heikle Moment, die Wunde muss verätzt werden, er beeilt sich, das Kind steht unter Vollnarkose, er wird danach die Mutter in Kenntnis setzen.

Der Kopf, dafür hat er erst einmal keine Zeit, darin würde er sich verlieren. Er will jetzt vor allem wissen, was in diesem Arm passiert, dort, unter dem Brachioradialis, die große Muskelmasse der Schulter auf Höhe des Deltamuskels durchtrennen, einen Riss hineinmachen und sehen, wie sich der Arm ohne ihn bewegt, in den rohen Muskel, der wie eine Harfensaite gespannt ist, eindringen.

Jetzt ist alles an seinem Platz, ein bisschen verbeult, aber gut, es muss noch alles zugenäht werden, aber das ist die Sache von Dan Bass, einem Meister seines Faches. Der Chirurg zieht seine Handschuhe aus, wirft sie in den dafür vorgesehenen Behälter, schaut sich das Kind an, es ist gleich vorbei. Er geht durch die Schleuse nach draußen.

Fünfzehn Jahre später legt Jay den Pinsel hin.

Als er die Augen wieder öffnet, liegt er in einem breiten weißen Bett, seine Mutter lächelt ihn an und nimmt seine Hand. Wo bin ich? Du bist hier, bei mir. Du hattest einen Unfall, mein Schatz, es ist alles in Ordnung. Ihm tut alles weh. Er spürt den Sack aus Fleisch und Knochen, der ihn erdrückt. Er trägt einen weißen, gestreiften Kittel. Seine Mutter küsst ihn auf die Stirn. Jay streckt eine Hand zu seinem brennenden Bauch aus. Nein, sagt sie. Sie haben dich aufgeschnitten, mein Schatz. Mach dir keine Sorgen. Sie haben dir nur etwas genommen, das nicht gebraucht wurde. Und ich habe dir ein Buch mitgebracht, mein Schatz, ein schönes Buch mit Zeichnungen. Was war das noch gleich, dieses Ding, das nichts nützt? *The spleen*, sagt sie, die Milz. Das ist ein schöner Name, aber du wirst auch ohne sie gut leben können. Er atmet ein. Und der Sack aus Knochen und Fleisch krümmt sich, sein Mund auch: Jay geht wieder dahin zurück, wo er hergekommen war.

Ohne Spleen leben, wenn sie doch nur recht behalten könnte.

Als er aufwacht, ist seine Mutter weg, aber das Buch ist da. Es heißt *Gray's Anatomy*, benannt nach dem Arzt, der es geschrieben hat. Der Körper ist aufgeschnitten, seziert, geöffnet. Er blättert durch die Seiten. Alles ist da, leuchtend rot, vor ihm. Das also ist unter der Haut. Er betrachtet die Flüsse, die Tunnel, die Organe. Er lächelt. Sein Bauch tut ihm nicht mehr weh. Sein Bauch liegt vor ihm.

ANDERES BETT

Zwei Tage später, am 3. Juni 1968, um dreizehn Uhr zehn steht Valerie Solanas vor der Factory am Union Square 33. Sie möchte mit Andy Warhol sprechen.

— Da werden Sie etwas warten müssen, er ist noch nicht vom Mittagessen zurück.

Ihre angespannte Miene versteift sich noch etwas mehr. Ihre Haare, die wie Micky-Maus-Ohren von ihrem Kopf abstehen, sehen ungepflegt aus. Die Sonne macht ihr in ihrer offenen Winterjacke über dem Rollkragenpullover zu schaffen. Ihre Lippen sind rot. Sie drückt eine Papiertüte an sich.

Sie dreht eine Runde um den Block. Der Typ am Eingang sagt, jetzt könne sie hochgehen. Sie nimmt den Aufzug. Paul empfängt sie und begleitet sie zum Büro von Andy Warhol. Sie kennen sich, Warhol hatte einmal das Manuskript eines ihrer Stücke verloren, woraufhin er ihr zwei kleinere Rollen in zweien seiner Filme gab, damit sie aufhörte, ihn zu bedrängen. Er steht aufrecht im Raum, am Telefon. Er kaut am Daumen, während er abwesend der Stimme am anderen Ende lauscht. Er trägt ein Hemd, das den Blick auf seine bleichen Arme freigibt. Seine weiße Perücke sitzt perfekt. Er säuselt etwas, will das Gespräch beenden. Als er den Hörer auflegt, lösen sich zwei Schüsse. Warhol fällt. Valerie Solanas geht auf ihn zu und feuert einen dritten Schuss ab. Dann dreht sie sich um und schießt auf Mario Amaya, Andy Warhols Lebensgefährten, zielt auf Fred Hughes (seinen Agenten), der in diesem Moment zu ihnen gerannt kommt. Ihre Waffe ist leer, aber sie richtet sie weiterhin hoch. Dann steckt Valerie Solanas sie zurück in die Tasche und geht seelenruhig zum Aufzug. Warhol liegt in einer recht unscheinbaren Blutlache am Boden. Das Geschoss hat die Lunge, die Leber, den Magen, die Milz und die Speiseröhre getroffen.

Sein zerfetzter Puppenkörper wird umgehend ins Phillips Ambulatory Care Center eingeliefert. Er befindet sich in einem Koma.

— Er wird es nicht schaffen, murmelt Dr. Bowers an Paul Morrissey gewandt, der ans Krankenbett geeilt ist.

Dieser Satzfetzen dringt in die Tiefen der Vorhölle, in der Andy umherdümpelt und sich von Ast zu Ast hangelt, während er langsam abdriftet. Er weiß, dass dies das Ende ist, und es ist ihm ein bisschen egal, er kostet vor allem diesen Moment völliger Freiheit, des ungebremsten Fallens im eigenen Körper aus.

Es dauert.

Und dann öffnet er eines Morgens die Augen. Alles ist weiß um ihn herum. So ist das also. Der Fernseher vor ihm läuft. Er hatte immer gewusst, dass der ihn bis ans Ende begleiten würde. Auf dem Bildschirm, ganz weit hinten, wird ein Sarg von einer ganz in Schwarz gekleideten Familie getragen. Er wohnt ungerührt seiner eigenen Beerdigung bei und ist sich dabei dieser einmaligen Chance bewusst. Die Leute sehen sehr betroffen aus. Besonders dieses kleine Mädchen, das er nicht kennt, die ihn aber sehr gemocht haben muss. Seine Arme schweben, er kann seine Beine nicht spüren, Gott hat ihm diesen letzten Moment höchstwahrscheinlich als Zeichen seiner Dankbarkeit für alles, was er für ihn getan hat, geschenkt. Nachbilden, abpausen, kreieren: Ihre Berufe glichen sich in gewisser Weise. Das kleine Mädchen erstickt fast an ihrem Rotz. Andy lächelt. Die Kamera zeigt in einer Totalen die riesige versammelte Menschenmenge (was für eine schöne Überraschung), bevor sie heranzoomt und eine Frau unter einem schwarzen Schleier voller makelloser Anmut und Eleganz in Großaufnahme zeigt. Der sicherlich große Schmerz lässt sich auf dem ebenmäßigen Gesicht nicht ablesen. So viel steht fest, denkt Andy, diese Frau kenne ich nicht. Alle gehen auf sie zu und bekunden ihr Beileid.

— Die Witwe von Bob Kennedy nimmt die Beileidsbekundungen der amerikanischen Senatoren entgegen, sagt eine Stimme aus dem Off.

Na toll.

Jay ist am 7. Juli 1968 um zwölf Uhr vierunddreißig an der Hand seiner Mutter aus dem Kings County Hospital entlassen worden. An der Ecke Rutland Road kauft sie ihm ein Pistazieneis. Eine große Narbe verläuft längs über seinen Bauch, vom Scham- bis hinauf zum Brustbein.

Andy Warhol verlässt am 28. Juli 1968 in Bandagen gehüllt das Phillips-Krankenhaus. Er ist dem Abgrund entkommen. Halbwegs jedenfalls.

Beide torkeln an diesem Tag durch die Straßen New Yorks, der eine in Brooklyn, der andere in Manhattan. Der ausgemergelte Albino mit seinen vierzig Jahren, der Karibikjunge mit acht. Beiden wurde zum Überleben die Milz entfernt. Ihre Bäuche wurden über dieser Leere wieder zusammengeflickt. So muss es jetzt weitergehen.

SIE HAT SEELENRUHIG IHRE STRÜMPFE EINGEPACKT

Sarah hat seelenruhig ihre Strümpfe eingepackt, ihre Kaschmirpullover, die zerlöcherten T-Shirts, ihre Höschen, eines nach dem anderen, säuberlich gefaltet, in zwei weit geöffnete Koffer. Sie hat Zeit.

Sie nimmt ihre Bücher, die zwei Gramm Koks aus dem Kühlschrank, ein bisschen Obst als Proviant, ihren Lippenstift, ihre schwarze Brille. Sie wären eigentlich zusammen nach Rom gereist. Sie hat ihm gesagt, dass er sich die Flugtickets sonst wo hinstecken kann. Er hat tausend Dollar Taschengeld für sie auf den Tisch gelegt, sie hat ihm die Scheine ins Gesicht gepfeffert. Er ist gegangen.

Alles ist wie immer, die Gemälde lehnen an den Wänden, unberührt, die ausgelesenen Zeitungen, die Bücher in wackeligen Stapeln, der angegessene Apfel auf dem Holztisch. Sie hinterlässt keine Nachricht. Sie schließt die Koffer, versichert sich mit einem letzten Blick, dass sie auch nichts vergessen hat, schnappt sich einen Geldschein (zur Hölle mit ihm), schließt die Tür mit einer Entschlossenheit und Ruhe, die deutlich machen, dass es das letzte Mal ist.

Sie geht langsam die Stufen hinab, sie ist am Ende, ihre Gesten sind präzise und ohne jegliches

Pathos. Auf der Houston Street begegnet sie zwei Typen, die ihr eine Bleibe anbieten, sie geht mit ihnen mit. Sie schläft bei ihnen. Sie versuchen nicht wirklich, sie ins Bett zu kriegen, na ja, einer der beiden streckt einen Arm aus, als der Abend in vollem Gange ist, als alles gut ist, es wurde gelacht, es wurde auch einiges getrunken, der Arm hat nach ihrer Haut gesucht – er hat schnell begriffen, hat es aufgegeben. Sie trinken die Flasche aus. Am Morgen steht sie auf und geht in der neuen Bar auf der Bowery arbeiten.

Jay ist derweil in Rom gewesen und nun auf dem Weg nach Japan in Begleitung eines Topmodels mit olivfarbener Haut, die nach Mandeln schmeckt – ist es die Hautpflege von Clé de Peau, oder steckt etwas Mysteriöseres dahinter? Sie lieben sich im achtunddreißigsten Stock des Okura Hotels, sie ist japanisch-brasilianischer Abstammung, sie bestellen eine Flasche Veuve Clicquot, Jahrgang 1957. Der Tag und die Nacht gehen vorüber, er geht widerwillig malen bei dem Mäzen, der ihn hergeholt hat, Tokio ist geradlinig und verrückt zugleich, das Mädchen hat er schon satt, er hat ihr nichts mehr zu sagen, er nimmt den Abendflug zurück. (Verrückt, dass er sich von einer Frau vollkommen erfüllt fühlen kann und sich genauso schnell ganz von ihr befreien will, denkt er, während er sich streckt. Jede Frau reißt ihn mit, er lässt sich umhauen, von einem Handgelenk, einem überflüssigen Wort, das er gleich wieder vergisst. Er ist ein Blitzromantiker.)

Er macht die Tür zu seiner Wohnung in der Crosby Street sechzehn Stunden später auf und wie erwartet ist dort niemand. Er geht wieder runter, eine Suppe beim Asiaten unten im Haus essen, und macht sich dann auf die Suche. Er klingelt hier und da, niemand, na gut. Er macht sich an die Arbeit. Sie kommt schon wieder, oder eben nicht.

Er arbeitet gerade an drei großformatigen Bildern, als sie einige Wochen später durchs Wohnzimmer geht. Sie ist vorrangig gekommen, um ihre Schreibmaschine abzuholen. Er geht auf sie zu.

— Wo warst du? Ich habe nach dir gesucht.

— Hast mich offensichtlich nicht gefunden.

— Bleibst du?

— Arschloch, sagt sie ihm mitten ins Gesicht.

Sie ist kurz davor, ihn zu schlagen, er spürt das, er gibt auf.

Sie dreht sich um und geht, die Schreibmaschine unterm Arm.

Sie sehen sich häufig in Bars und in den üblichen Clubs wieder. Sie ist nicht mehr wütend, es ist ihr egal geworden. An einem Abend begegnen sie sich bei Keith Haring.

— Wann kommst du zurück?

— Ich komme nicht zurück, Jay, ich habe es dir schon so oft gesagt, vergiss es. Ich kann nicht mehr mit dir zusammen sein.

Es ist eine dieser Phasen, die er insgeheim mag, weil sie so eine unterschwellige Blase in seiner Brust entstehen lassen. Seine Paranoia, wie er es auch manchmal nennt, nährt sich aus täglichen Stichen und Verletzungen.

Sarah verschwindet wieder in den Straßen von Chinatown.

Sie wohnt wieder in der 98 Avenue A, direkt am Tompkins Square Park. Niemand ist zwischenzeitlich eingezogen, der Eigentümer hat ihr die Wohnung für denselben Preis erneut vermietet. Sie hat ihre Teller eingeräumt, sich eine Teekanne und einen Toaster angeschafft, hat ihre Platten auf das Regalbrett gestellt, das dort geblieben war, und hat dann von vorne angefangen: Bars, Kippen, New Wave, zielloses Umherlaufen, mondlose Nächte. Einen Monat später kratzt es an ihrer Tür. Sie macht auf und da steht er, vor ihr, barfuß. Sie hat ihm noch nie etwas verweigern können. Er sieht sie mit seiner Mitleidsmiene an, als hätte er gerade die ganze Stadt bei Regen durchquert. Er nimmt im Wohnzimmer Platz, sagt kein Wort. Sie macht Abendessen für ihn, ein Hühnchencurry, geht unten einen Château Lafite kaufen. Er schließt die Augen, als er sich den Wein in den Mund gießt. Dann öffnet er sie wieder, und sie kann deutlich erkennen, dass seine Augen um die Iris herum nicht weiß sind, wie sie es sein sollten. Seine Traurigkeit hat sie immer schon entwaffnet. Sie geht auf ihn zu, wie er da vor seinem Hühnchen sitzt, und nimmt ihn in den Arm. Stimmen dringen vom Park herauf. Er würde die Welt gerne weit weg in eine Kiste sperren, möchte sich dort, in die Ecke des Wohnzimmers kauern, hinter den Schrank schlüpfen und nichts mehr hören. Er möchte in ihre Arme. Er kämpft sich durch die Tage, macht, was von ihm erwartet wird, ohne zu murren, aber nie gelingt es ihm, dieses Rauschen im Herzen, diesen Schmerz, den er verspürt, zu lindern. Kann ich hierbleiben, Sarah? Bitte. Komm, sagt sie, komm her, alles ist gut. So schläft er ein.

Am frühen Nachmittag wacht er auf. Seine Dreadlocks bilden eine wilde Masse unter seinem Kopf. Er macht Kaffee, auch Sarah wird gerade erst wach. Sie hat nah bei ihm geschlafen. Er zieht sein T-Shirt wieder an. In seinen Augen ist noch zu viel Gelb. Er müsste bis zum Jahresende schlafen und Wasser trinken, aber er weiß, dass er nicht hier sein sollte, also geht er zur Tür. Bevor er hinaustritt, gibt sie ihm einen Apfel. Er lächelt sie an und nimmt sie in den Arm. Ein paar Minuten später klopft es wieder.

— Ich wollte mich verabschieden.
— Das hast du gerade, Jay, aber ist nett von dir.
— Sarah. Du bist meine beste Freundin.
Sie lächelt.
— Du bist mein Kumpel, sagt sie mannhaft mit gestraffter Brust.

Dann dreht er sich um, seine leicht gebückte Gestalt, seine in den Taschen vergrabenen Hände, seine auf dem Linoleum der Eingangshalle schleifenden Füße, bei diesem Anblick zieht sich ihr der Magen zusammen.

DER DANDY

Andy Warhol ist der König von New York und eigentlich sogar der ganzen Welt. Er hat die Geschichte verändert. Er hat es geschafft, die Kunstwelt ins Zeitalter der Reproduktion zu transportieren. Besser als irgendwer hat er die Moderne verstanden und sie unter schallendem Gelächter umgekrempelt. Er hat dabei alle wesentlichen Akteure des Kunstschaffens des letzten Jahrzehnts förmlich angezogen. Er ist ein Weiser, ein Visionär, ein Magnet. Wie gesagt, er ist der König.

Aber Warhol ist müde. Er hat alles gemacht, alles ausprobiert, er hat sich, seit Valerie Solanas auf ihn geschossen hat, langsam von der Welt gelöst, er, der sowieso schon so losgelöst war – er ist nicht mehr da, so scheint es jedenfalls, denn er sieht, begreift, hört alles, er macht weiter, das ist sein Job. Wie dem auch sei, jetzt, 1982, ist ihm einfach sterbenslangweilig. Jeden Morgen erzählt er seiner Assistentin, einer jungen Psychologiestudentin, im Detail, was er am vorherigen Tag gemacht hat, was sie daraufhin in gewissenhaften Sprachnotizen festhält. Sein Kommen und Gehen, seine Taxifahrten, die Cocktailabende, zu denen er gegangen ist, er sagt ihr alles, bevor er es sofort wieder vergisst. Er findet weiterhin Gefallen an den gesellschaftlichen Veranstaltungen, das Ballett von jungen, zarten Männern und exzentrischen Frauen, auch wenn er die New Yorker Gesellschaft in- und auswendig kennt. Was soll er auch sonst tun? Kinofilme, Malerei, Installationskunst? Er streicht mit dem Messer zweimal über seine Scheibe Erdnussbutterbrot.

Jay möchte Andy Warhol kennenlernen. Warhol ist seit jeher sein Idol, was für einen jungen New Yorker Künstler unbeschreiblich fantasielos ist. Er hat ihn auch schon getroffen: An einem Tag im April 1979, er war achtzehn, als er ihn in einem Restaurant in der 14th Street unterhalb des Union Square neben seinem Freund, dem Kunstkurator Henry Geldzahler entdeckt. Er geht also hinein und bietet ihm eine seiner farbverschmierten Postkarten, auf denen vollgekleckste Fotos von ihm selbst mit Irokesen gedruckt sind, zum Kauf an. Warhol sieht diesen jungen Schwarzen in seiner Aufmachung vor sich stehen, drückt ihm schnell zwei Dollar in die Hand, damit er verschwindet. Geldzahler schiebt ihn schließlich weg mit den Worten »Das alles hat keine Substanz« und Jay verschwindet, verletzt. Vier Jahre sind seitdem vergangen, seine Haare sind länger geworden, sein Gesicht schmaler. Er ist jetzt berühmt.

Bruno Bischofberger, Andy Warhols Händler, hatte ihn 1980 nach der Ausstellung *New York/ New Wave* kontaktiert, um ihm ein paar seiner Werke abzukaufen. Jay hat sich nicht bei ihm gemeldet. Irgendwann willigt er ein, ihn seine Bilder verkaufen zu lassen. Dieser Schweizer Kunsthändler ist einer der besten der Welt, er macht das wirklich wunderbar, er kümmert sich um – um ehrlich zu sein, ist es Jay schnuppe, was ihn interessiert, ist erstens: er kauft, zweitens: er verkauft und drittens: er macht das Gleiche mit Warhol. Heute stößt er Goldfinger, wie er ihn nennt, mit dem Ellenbogen an: Ey, sag schon, wann sehen wir Andy endlich mal?

Am 22. Oktober 1982 nimmt Bischofberger Jay mit in die Factory, die große Kunstfabrik, die Andy Warhol zu Berühmtheit verholfen hat und die sich neuerdings am Union Square befindet.

— Glaubst du wirklich, der Typ taugt was?, hat ihn Warhol am Vortag gefragt.

Bischofberger hat genickt. Jay betritt die große Halle. Sie schütteln sich die Hände. Jay schaut sich um, sieht die Typen, die dort arbeiten, bleibt vor einer Leinwand stehen, unterhält sich mit Warhol, der denkt, Guter Gott, was für ein schöner Mann. Er holt seine Polaroidkamera raus und macht ein Foto von ihm.

— Kann ich auch eines haben?, sagt Jay. Bruno, kannst du eins machen?

Warhols Gesicht ist verschlossen, wie immer – Jay lächelt. Er lässt sich nichts anmerken, aber er ist schwer beeindruckt. Er steht neben Andy Warhol, dem Erfinder von fast allem. Einem der seltenen Künstler, denen es gelungen ist, die

Wirklichkeit selbst zu modellieren. Er weiß nicht genau, was er mit den auf ihm ruhenden Augen dieses seltenen Insekts mit strohweißem Haar und aufgesetzten Gesten anfangen soll. Als es dann heißt, los, wir gehen was essen, gleich nebenan, antwortet er, ich muss los, und verschwindet in Richtung Union Square. Er geht den Broadway hinunter, ungefähr eine Meile bis Houston Street, und biegt an der Ecke Crosby Street ab, steigt die Etagen empor, öffnet die Tür, schnappt sich eine Leinwand und fängt an. Eine halbe Stunde später legt er den Pinsel weg.

— Trevor! Kannst du das ins Martin's, Ecke 17th bringen?

Trevor macht sich mit der noch tropfenden Leinwand, die notdürftig mit einem grauen Papier geschützt ist, auf den Weg. Es regnet in dicken Tropfen, er hält ein Taxi an. Acht Minuten später tritt er durch die Tür des Restaurants. Warhol und Bischofberger sind schon beim Kaffee. Trevor überreicht ihnen die noch feuchte Leinwand. Zwei Gesichter, nebeneinander. Das skulpturenhafte, geradlinige Gesicht von Warhol, sein Mund ist geschlossen. Ein Auge ist stechend grün, die Hand ist grün, das Kinn ist grün. Daneben Jays Umrisse, wie von einer nachlässigen Kinderhand skizziert, wilder Haarschopf in Schwarz-Blau, ein Grinsen so breit wie ein Boot. Warhol blickt darauf. Er seufzt: »Nicht zu fassen, er ist schneller als ich.« Und er kehrt belustigt in sein Atelier zurück.

•

Patricia Mills zählt die hereinkommenden Menschen, während sie ihr Feuerzeug in der linken Hand hin- und herdreht. Zweiundvierzig, dreiundvierzig, vierundvierzig; immer noch nicht. Durch die Tür des Cafés auf der 49th Street kommen alle möglichen Leute, Touristen, Anwälte, Immobilienmakler, aber nicht er. Seit anderthalb Stunden wartet sie schon, sie hat ein Leben, Termine, die *Herald Tribune* hat sie schon von vorne bis hinten durchgelesen, so, jetzt reicht es, sie steht auf. Die zweiundneunzigste Person ist er:

— Patricia, es tut mir leid, sagt Jay. Ich war mit Andy unterwegs.

— Ja, dann ist es natürlich etwas anderes.

— Trinkst du einen Kaffee mit mir?

— Nein, das ist nett, aber ich hatte schon drei.

Sie gehen seit zwei Monaten miteinander aus, sie mag seine starken Arme, seine weiche – aber irgendwo ist einfach Schluss.

— An mir gefällt dir wohl vor allem mein geschätzter Kollege Andy Warhol, oder?

— Unsinn, Patricia, sagt Jay dicht an ihr Ohr gebeugt.

Als sie gestern mit Andy in ihrem Büro zusammensaß, vor ihnen die noch frischen Entwürfe für ihre gemeinsame Zeitschrift *Interview*, ging es so:

— Wie oft bist du gestern gekommen?

— Andy, ich bitte dich.

— Na, komm schon, wir sind hier unter uns. Schön kühl hier übrigens, angenehm.

Warhol streicht mit einem Finger über seine rechte Augenbraue – genau wie die linke an diesem Morgen frisch epiliert.

— Wie ist das, Patricia, wenn er ganz tief in dich eindringt? Ist es –

— Hör auf mit dem Schweinkram, du perverser alter Sack.

Sie ist mit gespielter Entrüstung aufgestanden, sie kennt diesen Schelm schließlich schon etwas länger. Seit ein paar Jahren sehen sie sich oder rufen sich zumindest täglich an, und offenbar befriedigt Andy seine sexuellen Fantasien über sie. Seit sie mit Jay schläft, ist es noch schlimmer geworden.

— Hast du's gesehen, sein Ding? Na, sag schon.

Sie hat Andy die Entwürfe gezeigt und gesagt: So, Schluss jetzt damit, wir haben zu tun.

An diesem Abend reicht es ihr dann. Sie war mit Jay bei Mr. Chow verabredet gewesen. Geplant waren ein gemütliches Essen und anschließend Kino. Er kommt fast eine halbe Stunde zu spät und in Begleitung von Andy.

— Dir ist bewusst, dass wir Kollegen sind, oder, Jay? Patricias Stimme wird lauter, fast schreit sie. Müssen wir uns wirklich den ganzen verdammten Tag sehen?

Die gebratene Ente wird gebracht.

Sie starrt die beiden Typen an, die voller Unbehagen auf ihren Stühlen herumrutschen und sie verständnislos mustern.

— Ach, vergiss es.

Sie geht.

Jay ruft Andy jeden Tag an. Sie reden über die Taxipreise, über die bevorstehende Party bei Truman Capote, über Matt Kaplan, der nach wie vor ein untalentierter Maler ist. Sie gehen gemeinsam aus, zu Poolpartys, sie durchqueren die Stadt von Nord nach Süd in klimatisierten Autos. Warhol wahrt Distanz, aber viel weniger als üblich. Er mag diesen Jungen. Er findet, er hat was.

— Du willst doch wohl nicht wie John Belushi enden? Hast du denn keine Angst? Mach nur weiter so, du bist auf dem besten Weg.

Jay hat das Buch über die letzte Nacht des *Blues-Brothers*-Schauspielers im Chateau Marmont in Los Angeles gelesen. De Niro, das Kommen und Gehen, der letzte Schuss. Die Panik ist plötzlich gekommen, als wäre ihm nicht bewusst gewesen, dass er gegen eine Wand rast.

— Bei mir ist das was anderes, mich haut so schnell nichts um, sagt Jay.

— Ja, klar, ich erinnere mich, das hat John auch zu mir gesagt. Er wog hundertzehn Kilo, nahm dermaßen Platz ein, dass er sich sicher war, niemand könnte ihm den nehmen. Ich glaube, er liegt irgendwo am Cape Cod begraben. Wir können uns das mal zusammen anschauen, wenn du willst.

Jay ruft oft um sieben Uhr morgens an und weckt Andy auf, den das nicht stört. Er schenkt sich eine Tasse des von seinem neuen Lebensgefährten Jon Gould bereits zubereiteten Kaffees ein und lauscht Jays nächtlichen Abenteuern, die sich im Moment des Anrufs, in dem er sich in seinem Wohnzimmer oder in dem eines Mädchens befindet, fortspinnen. Jay mag es nicht, mit Leuten zu sprechen, er spricht nur mit dem Dandy ...

— Darf ich dich so nennen?

— Wenn es dir Freude macht.

... und ganz besonders um diese Uhrzeit –

— Ich habe etwas, das ich dir zeigen möchte, kommst du vorbei?

Ich weiß nicht wie, aber Jay hat mir geholfen, die Freude am Malen wiederzufinden. Und das ist gut.

Jay wohnt seit drei Monaten in der 57 Great Jones Street, in einer Wohnung, die Andy für ihn gemietet hat.

— Ich begleite dich heute Abend zu Matt Dillon. Ich würde ihn gerne kennenlernen, es heißt, er –

— Hol mich um zwanzig Uhr ab. Ich gehe kurz vorher noch zur Maniküre.

Andy muss mit ansehen, wie sich Jays Bilder bei Christie's für um die zwanzigtausend Dollar verkaufen, als seine schon keine Abnehmer mehr finden. Eine einzige läppische Leinwand im MoMA! Eine einzige! Eine armselige, zerknautschte Marilyn: die pinke!

— Gestern war ich im Paradise Garage, Keith

ist auch gekommen, er ist jetzt mit diesem Typen zusammen. Holla. Na ja, ich lass dich mal in Ruhe deinen Kaffee trinken. Ich sehe mir in der Zeit den Himmel an.

— Leg dich hin, Jay, glaub's mir, es ist Zeit.

— Wofür, schlafen?

— Das mache ich jedenfalls immer, wenn ich mich hinlege.

— Ich mag dich, aber wir sind einfach doch sehr verschieden.

Heute hat Jay ihn nicht angerufen, sondern ist um fünfzehn Uhr dreißig direkt in die Factory gekommen, er hatte offensichtlich ausgeschlafen und wirkte fröhlich.

— So, heute darfst du mich benutzen! Los! Ich weiß, dass du frisches Blut brauchst, Warhola. Na los, komm schon, ich male was für dich, altes Tantchen.

— Altes Tantchen, das geht ein bisschen zu weit, mein Süßer. Ich zeichne neben dein Gekrakel ein Paar Turnschuhe, einen Eisenthron, und basta.

Ja, von nun an malen sie nämlich zusammen. Sie haben vor ein paar Wochen damit angefangen. Die Idee kam von Bischofberger, der, was Vermarktung angeht, sehr geschickt ist.

— Alle drei, Andy, du und ein anderer, den wir noch finden müssen, malen nacheinander auf derselben Leinwand. Und dann sehen wir weiter.

An diesem Morgen malt Jay ein Gesicht, einen geriffelten Hintergrund, und hepp, du bist dran. Aber der Dandy hat das Handwerk verlernt. Gelegentlich zeichnet er noch, klar, aber seine Seriendrucke auf Leinwand, seine Geniestreiche, das war einmal, in den Sechzigern. Jetzt fügt er zwei Seriendrucke dazu, ein Gebiss und einen Baseballspieler, und reicht das Ganze an Francesco Clemente weiter (der Dritte im Bunde): Soll er sehen, was er damit anfangen kann.

— Jay ruft mich aus diesen öffentlichen Telefonzellen an, das kostet fünfundzwanzig Cent pro Minute, verflucht noch mal! Er sagt, er hätte jetzt ein Zimmer im Carlton. Warum nicht – er hat einen schwarzen Tisch hinaufbringen lassen –, aber erst mal müsste er die Miete zahlen, gestern habe ich Jon gefragt, und er ist zwei Monate im Verzug. Ich wusste, dass das keine gute Idee ist, als ich ihm die Wohnung besorgt habe. Nicht mit einem Junkie. Aber ich habe es trotzdem gemacht, so bin ich eben.

Das Telefon klingelt, Jay hebt ab, und sie treffen sich im Burgerrestaurant am Union Square, im Gym Club auf der 21st Street, in der Flatiron Lounge. Jay erscheint manchmal mit solchen Augenringen, aber nicht immer. Er hat letztes Mal sogar gelacht. Andy bringt ihn zum Lachen. Als Einziger.

— Du weißt ja, dass diese Typen mich ganz verrückt machen. Die sind so – ich weiß auch nicht, na ja, du weißt, was ich meine. Und er ist nicht einfach talentiert, er ist mehr als das.

Andy hat gelebt. Er ist bei bester Gesundheit, aber das, was von seinen Augenbrauen noch übrig ist, hängt etwas herab. Er ist ein alter Knabe, der seinen weißen Schopf mit gespielter Nonchalance an allen angesagten Orten der Stadt spazieren trägt. Er hat trotzdem nichts Extravagantes an sich. Er läuft, das ist alles. Er kann nichts dafür, dass die Leute immer schon um ihn gekreist sind. Er hört ihnen auch gerne zu. Hört sich ihren Unsinn an, betrachtet eingehend ihre Augenlider und ihre Fältchen, schnappt hier und da eine Mimik auf. Für all das ist eine tägliche Fassadenerneuerung (Epilieren, Perückenpflege, Creme, leichte Foundation) allerdings unabdingbar.

Er beobachtet Jay, wenn er ihm mit überkreuzten Beinen gegenübersitzt. Er denkt dann an seinen Penis. Er hat ihn schon öfter unter seiner Jeans hervorstehen sehen. Er kann an nichts anderes denken. Dabei ist ihm Sex zuwider. Er hat es nie wirklich versucht. Ein Geschlechtsteil riecht abscheulich und der Akt ist äußerst unbequem. Wozu das Gezappel? Er mag lieber zusehen. Jay dreht sich zum Fenster. Sein Gesicht ist so rein, einfach perfekt, denkt Andy. Nur sind da diese Flecken, ich muss ihn auf diese Flecken ansprechen. Das ist bestimmt AIDS.

— Was hat es mit den Flecken auf sich?

Er erzählt mir irgendeinen Unsinn, von wegen, das habe er schon seit seiner Kindheit und so. Merke: Iss nie vom selben Teller wie er.

Ich weiß nicht, wie er es macht, aber er ist

durchweg elegant gekleidet. Und das, obwohl er Arme-Leute-Klamotten trägt. Weil er, selbst jetzt, wo er reich ist, immer zu den Armen gehören wird. Genau wie ich.

— In meiner Wohnung ist dieser Typ, der mir hilft, nimmt Jay das Gespräch wieder auf. Er hilft mir, er ist mein Assistent.

Ich wusste es, ich hätte ihm die Wohnung nicht vermieten dürfen, jetzt sind sie schon zu zweit. Der andere ist irgendein Rasta, den er auf der Straße aufgegabelt hat: Sly, ein Typ aus Queens. Er schläft unten. Er bereitet die Rahmen vor. Er isst dort, lebt dort.

— Und was stört dich daran?

— Wenn ich nicht da bin, schläft er oben, in meinem Bett, er benutzt mein Bad, ich glaube, er badet dann auch.

— Ah.

— Also gehe ich jetzt ins Hotel Astoria. Da habe ich eine schöne Aussicht.

Wart's ab, bald ruft er Bischofberger an, damit er ihm ein Bild abkauft, um bei mir die Miete zu begleichen. Ach, ich sage lieber nichts, der macht das schon irgendwie.

Gestern hat ein Freund von Jay eine Zeichnung verkauft, die dieser ihm zwei Jahre zuvor geschenkt hatte. Er wirkte gekränkt. Ich habe ihm gesagt, das sei doch gut, ein gutes Zeichen. Er war nicht wirklich überzeugt.

Es ist manchmal schwer, mit ihm mitzuhalten. Er ist launisch. Meistens schwankt sein Gefühlszustand zwischen paranoid und wirklich paranoid. Aber er kann durchaus charmant sein – wenn er Lust hat. Er sagt, ich benutze ihn, um mein Image aufzupolieren. Aber eigentlich benutzt er mich – und ich lasse ihn machen. Eigentlich kommt es immer darauf an, was er gerade genommen hat. Bei Heroin ist er langsam und freundlich. (Wenn er zu viel davon nimmt, haut es ihn um.) Wenn er Gras geraucht hat, ist er ausgelassen oder ängstlich (zu viel davon und er sieht Dinge). Es ist kompliziert, man weiß nie, worauf man sich einstellen soll.

— Ich bin auf Hawaii, hat er mir gestern am Telefon gesagt. Die kennen dich hier auch. Ich habe sogar eine Kopie von deinem *Mao* gesehen. Nicht sehr gut gefälscht.

— Sehr gut, ein gutes Zeichen.

•

Sie haben sich ans Ufer des Hudson River gesetzt.

— Ich setze mich eigentlich nie auf öffentliche Bänke, das mache ich ausschließlich für dich, nur damit du's weißt.

Ein riesiger Frachter legt auf Höhe des Meatpacking District an. Davor der weißblonde Albino und ein Kranz aus schwarzen Dreadlocks, die von einem orangefarbenen Tuch zusammengehalten werden.

— Man könnte uns leicht für ein schwules Paar halten, wie wir hier so auf der Bank sitzen, sagt Andy, wir müssen uns in Acht nehmen.

— Oder Vater und Sohn auf einem Sonntagsspaziergang. Wenn du nur weniger weiß wärst.

— Ja, stimmt, ich bin extrem weiß.

Der Frachter fährt mit schäumendem Kielwasser vorbei. Sie beobachten aber lieber die Passanten, Jogger oder Spaziergänger.

— Andy, ich möchte eine Legende sein.

— Na, nichts leichter als das: Stirb.

— Jetzt sofort?

— Na klar, wann immer du willst. Je früher, desto besser. Die Preise deiner Bilder gehen durch die Decke und du wirst ein Held. Das ist eine Investition in die Zukunft.

Jay zieht an seiner Zigarette.

— Ich, beispielsweise, bin nicht tot genug. Ich wäre fast draufgegangen, aber das reicht nicht. Der Respekt der Leute gebührt nur jenen, die die letzte Prüfung bestanden haben – die gleichzeitig auch die Furcht einflößendste ist, raunen sie dir aus zusammengekniffenen Kiefern zu. So erlangt man ihren Respekt. Ich bin bis ans Äußerste gegangen, aber wieder zurückgekehrt: Ich bin ein Angsthase. Das Ergebnis: Mein blau-grüner Elvis hat sich letzten Monat für einundzwanzigtausend Dollar verkauft, verdammt!

— Ich gehe bis ans Limit und habe das Gefühl, die Leute respektieren mich dafür.

— Ja, so ist das mit Drogen. Das beeindruckt die Leute. Sie selbst trauen sich das nicht. Zur Not stirbst du an einer Überdosis, damit sind dir Ruhm und Ehre sicher. Du kannst dich aber auch dazu entscheiden, zu leben, das kann manchmal ganz angenehm sein.

Sie betrachten noch die Kreuzfahrtschiffe und Frachter, das Ufer von Hoboken, New Jersey, mit dem großen Hügel und vereinzelten Bauten gegenüber, das Domizil von Pannonica, in dem Thelonious Monk seine letzten Jahre verbracht hat, eingesperrt (Andy zeigt darauf), und dann stehen sie auf, weil es ihnen reicht und sie den Geruch von Benzin und den Autolärm vermissen.

Sterben steht aber vorerst nicht auf dem Programm, wenn es passiert, okay, kein Problem, aber erst mal möchte er leben. Das war es also nicht, weshalb er damit angefangen hat. Vielmehr wegen des verdammten Lochs in seiner Nase. Ein Loch, ein echtes. Das hat ihm schon ein wenig Angst gemacht. Mit dem Koksen war also Schluss, na ja, jedenfalls musste er sich etwas zurückhalten, also, was blieb ihm sonst noch? Es war schnell entschieden, Heroin war sowieso schon ein alter Freund. Er mochte es, es gab ihm einen neuen Takt vor, ein wellenartiges Anschmiegen an die Dinge, mehr Distanz, alles schien ruhiger, der Lärm schwoll ab, ja, er konnte schweben. Schneller konnte man auch sein, besonders er, robust wie ein Pferd arbeitete er mindestens genauso viel, durch diesen gefühlvollen und lebhaften Rhythmus beflügelt. Er war im Flow.

Das Problem in diesem Frühjahr 83 ist nur, dass er von der Welle übermannt worden ist. Er weiß ganz genau, was los ist, jeder weiß es, aber es ist nicht zu ändern, man wird fortgerissen, und das war's.

— Ich bin ein Felsen. Ich bin wie Burroughs: Drogen können mir nichts anhaben.

Andy ruft ihn an, er geht nicht ran. Um fünf Uhr nachmittags kreuzt er endlich auf. Die Bilder, auf denen Andy seine Zeitschriftentitel, seine Markennamen platziert hat, lehnen an der Wand.

— Du bist dran.

Er muss zuerst seine Schuhe zubinden. Fünf Minuten später steht er auf. Er ergänzt ein paar Dinge, ein Auto, Stromsicherungen, dann schläft er an die Wand gelehnt ein.

— Na los, wir lassen es gut sein für heute, geh nach Hause, Jay.

VOODOO

Seit Längerem schon haben ihn die Schatten, die erst nur flüchtige, schnell wieder vergessene Formen waren, eingeholt. Sie haben sich verdoppelt. Er sieht nichts anderes mehr.

Es ist der 2. April 1983. Er muss sie alle heraufbeschwören. Nur so kann es gehen: sie auf die Leinwand bannen.

Er schreibt all ihre Namen auf. So hat er schon immer die Geister beschworen. Angefangen hatte das, als er noch klein war, in seinem Zimmer im ersten Stock. Er las laut *Der letzte Mohikaner* von James Fenimore Cooper, daran erinnert er sich, buchstabierte dabei die Namen von Chingachgook, Uncas und Falkenauge. Die einzelnen Silben ließen im Zimmer die schattenhaften Umrisse der Ausrüstung und Apparaturen erstehen, hier und dort kamen Federn zum Vorschein, als er schließlich ganze Sätze aussprach, fingen die Pferde um ihn herum an zu trampeln. Er hat nie damit aufgehört. Heute schreibt er die Worte, aber es ist, als würde er sie aussprechen, geschrieben öffnen sie die Pforten ebenso gut. Die Namen seiner Helden, diese Sesam-öffne-dich-Worte, zeichnet er mit dem Stift *Herkunft der Baumwolle / Toussaint Louverture / Sugar Ray Robinson*, und die Umrisse treten hervor. Er ruft Sklaven, Verrückte, Indianer, Schatten und die in den Ecken des großen Buches erstarrten Toten an, haucht ihnen Leben ein, das ist seine Kunst. Mit Eigennamen ist es einfach, jeder weiß, wie das geht, aber mit Alltagssprache ist es schon kniffliger – ihm gelingt es dennoch. Das ist eine Gabe, mit der man geboren wird, man ist Schamane oder eben nicht.

Aber an diesem Tag ist Jay alles zu viel.

Nicht zu voreilig, ich höre euch schon sagen: Der Typ ist ein Voodoo-Orakel, nichts ahnender Erbe der afrikanischen Stammeskulturen, von denen er zwangsläufig (schließlich ist er schwarz) mehr oder weniger direkt abstammt. Nein, da Jay weiß, dass er manchmal einen Hang zum Übersinnlichen hat, nimmt er sich vor Augenwischerei in Acht, er glaubt an die Vernunft und im Grunde nicht an den bösen Blick der Dämonen. Er ist ein Kind seiner Generation. Seine Erschütterung ist somit nur allzu nachvollziehbar, als er an diesem gewöhnlichen Apriltag von seinem mit Zigarettenlöchern übersäten Sofa aus ganz deutlich wahrnimmt, wie der Schatten der heraufbeschworenen Figur sich von der Leinwand löst. Er steht auf, zieht ein schwarzes Tuch darüber, um die Erscheinung zu verdecken, setzt sich wieder. Alles ist gut, es ist vorbei, es war nur das Licht.

Das Bild hatte er am Tag zuvor gemalt. Eine Figur, die einen mit erhobenen Armen und von einem strahlenden Dornen- oder Stacheldrahtkranz gekrönt aus der Leinwand heraus anschreit. Das Gesicht ist schwarz, von dünnem Weiß gerahmt.

Als er einen Schritt zurückgetreten ist, hat er verstanden, wer dieses Phantom ist und wovor es flieht. Er hat ihm den einzig passenden Namen gegeben: *Profit*.

Dann ist er rausgegangen, ist erst zum Schlafen zurückgekehrt. Jetzt steht er mit einer vollen Kaffeetasse davor und sieht, wie es herausragt.

Das Gespenst hat nur ein paar Zahlen zurückgelassen.

Vielleicht sollte er beim Feiern einen Gang runterschalten, denkt er. Er geht an die frische Luft. Aber als er eine Stunde später zurückkommt, klappert die Badezimmertür. Und die Figur auf der Leinwand ist verschwunden.

— Verdammt.

Er legt sich wieder schlafen.

Am Tag darauf geht es weiter. Er traut sich nicht mehr in die Nähe seines Ateliers.

Die schwarz-rote Gestalt ist an ihren Platz zurückgekehrt. Aber an den Wänden der Wohnung huschen Schatten entlang. Er drückt sein Kopfkissen an sich. Er wacht schweißgebadet auf. Er steht auf, stößt sich an etwas, einem Möbelstück vermutlich – er setzt sich aufs Bett und atmet auf.

Dann zieht er seine Schuhe an und bleibt eine Woche lang bei Freddy.

Als er zurückkommt, ausgeruht, inspiziert er mehrere Stunden lang die Wohnung. Alles in Ordnung. Er holt tief Luft, putzt das Schlaf- und Wohnzimmer und schenkt sich dann ein großes Glas Milch ein.

L.A. WOMAN

Zwischen all den Fixern, den Transen und Rockern gibt es einige, die mehr glitzern als andere. Sie trägt vier Goldketten und zwei aus Silber, eine schwarze Fransenjacke, auf dem Rücken mit einer langgezogenen Sonne und einer Pyramide bestickt. Wenn sie läuft, kann man ihren schicken Klimbim schon von Weitem hören. Sie kaut Kaugummi, sie hat eine kleine Lücke zwischen ihren Schneidezähnen, ihre Kippe hängt im Mundwinkel, der Filter so knallrot wie ihre Lippen. Schwankend zwischen Heiliger und Bitch mit blondem gekrepptem Deckhaar über ihrer schwarzen Naturfarbe stöckelt sie durch die Gegend. Neben ihr steht ihre Freundin, eine gertenschlanke Schönheit. Sie bekommen, wen immer sie wollen, müssen kaum den Mund aufmachen, dann liegt er ihnen zu Füßen. Unwiderstehliche Nachtgeschosse mit zackigem Rock'n'Roll in den Gliedern. Dann sieht Jay sie und sie sieht Jay. Das passiert auf einer Party im Bowlmor, Jay kommt in einem weißen Auto, begleitet vom treuen Trevor. Sie ist schon da. Sie hat ihn schon einmal gesehen. Sie möchte ihn kennenlernen. Auch er möchte mit ihr sprechen, sie hat so eine Ausstrahlung, ist schon jemand, alle kennen sie hier. Zwei Tiere, die sich beschnüffeln. Jim Sherman, der neben Madonna steht, sieht das: Komm, ich stell ihn dir vor. Das ist Basquiat, der Maler. Sie begrüßen sich, ein Wangenkuss, alles klar, bestens. Musik. Sie tanzen. Ihre Hüften kurven und schwingen, ihr Engelsgesicht wird von dem bläulichen Licht der Kellerräume angestrahlt, es ist nur eine Frage der Zeit. Sie wacht in der Crosby Street auf. Sie bleibt dort. Er mag es, wenn sie sich auf ihn setzt und ihr blondes Haar nach hinten fällt, er sitzt auch und seine Nase ist dicht an ihren festen Brüsten, seine Hände auf ihren Pobacken und sie stöhnt, während sie ihren Hintern zurückschiebt und mit der linken Hand nach seinem Kopf greift, die rechte aufs Bett gestützt und, ja, er zieht sie dichter an sich heran, schließt seine Arme um sie, das Telefon klingelt, er lässt sich nicht stören, sie beschleunigt, er vergräbt seinen Mund an ihrem Hals, leckt an ihrem Ohrring, er spürt ihre Brüste auf sich, sein Geschlecht reibt sich an ihrem Schambein, ihre Haut ist verschwitzt und sie wird schneller, er dreht sie um und sie schreit, jetzt sitzt er auf ihr und sie biegt sich nach hinten, sie rasen, sie brüllen, tanzende Lichter vor den Augen, ein Brennen im Unterleib.

Sie bleibt, ihr gefällt es hier, hier ist viel Platz, der Junge ist hübsch. Er ist berühmt. Mehr als sie. Sie weiß, dass sie es auch sein wird, daran hat auch sie nie gezweifelt, es war immer schon ihr Wunsch, eine Berufung wie Krankenschwester, Feuerwehr, sie wollten Berühmtheit und die sollten sie bekommen. Und es ist in solchen Fällen besser, eine Begleitung zu haben, die der gleichen Berufung folgt. Sie gehen also Hand in Hand durch die Straßen. Sie ist durch und durch sinnlich und leicht vulgär, mit ihren blonden, zerzausten Locken, er liebt es, ihren Po in seinen Händen zu halten, er ist verrückt nach ihr. Seine Freunde sagen, Alter, Mann, nicht schlecht. Sie fürchten sie, sie begehren sie. An diesem Abend, nach dem Mudd Club, dreht er sie um und nimmt sie von hinten. Ihr Geschlecht wird an die kalte Herdverkleidung gedrückt, den Hintern weit nach oben gereckt, sie schlägt mit der linken Hand auf die Arbeitsplatte. Er bewegt sie hin und her, gibt ihr einen Klaps auf den Po, mit beiden Händen hält er sich an ihren Hüften fest und stößt in sie hinein.

•

Zu der Zeit, als Jay noch im Keller von Annina Nosei lebte, bekam er einmal Besuch von einem Mann in grauer Anzughose und weißem Seidenhemd. Dieser Riese von einem Meter neunzig hat sich als Larry Gagosian vorgestellt und gesagt, er interessiere sich für Jays Arbeit.

— Hm.

Jay weiß sehr gut, wer Gagosian ist. Ein bekannter Kunsthändler in ständiger Begleitung einer Frau und einer Zigarre. 1978 betritt er die Kunstwelt (zuvor hatte er Poster in Santa Monica verkauft) und macht sich dank seiner aggressiven Technik und seines Flairs schnell einen Namen. Er entpuppt sich als einzigartiger Makler und ausgezeichneter Businesshai mit ungebremstem Ehrgeiz, jedes Mittel ist ihm recht.

— Ich würde dich gerne in Los Angeles ausstellen und dich dort vertreten. Annina kann nicht alles allein schaffen. Also kümmere ich mich um die Westküste. Wenn du damit einverstanden bist.

Wenn er Geld riecht, ist er das für gewöhnlich immer:

— Okay, sagt Jay. Wie viel hast du dabei?

Gagosian bricht in schallendes Gelächter aus.

— Du bekommst alles, was du willst.

— Meine Freunde kommen mit.

— Sicher.

Erste Klasse für alle.

Fünf große Schwarze, Graffiti-Ikonen aus der New Yorker Undergroundszene, strecken ihre Beine unter den Sitzen aus. Das Flugzeug hat noch nicht mal abgehoben und die Typen, immer noch in ihren mit Federn besetzten Jacken und Neonvisieren, stürzen sich schon auf den riesigen Berg Kokain, den Jay vor ihnen auf dem Plastiktischchen ausgekippt hat.

— Ähm, entschuldigen Sie, verehrte Herrschaften ... das wird schwierig, fängt der Steward an.

— Wieso? Jay hebt den Kopf.

— Nun ja, ähm, diese Substanzen sind illegal.

— Was, das hier? Ah, sorry, ich dachte, wir wären hier in der ersten Klasse.

Gagosian schnaubt.

In Los Angeles angekommen, malt Jay viel und die Ausstellung ist ein Triumph. Die Bilder hauen die Leute um. Larry Gagosian beobachtet, wie sein neuer Schützling die Menge ohne ein Wort durchquert, ein Haufen Kohle, der auf ihn zurollt.

Ein Jahr ist vergangen und Jay ist wieder dort. Die Palmen von Santa Monica wiegen sich im Maiwind. Hier kann er arbeiten. In New York schleppt er immer ein Gefolge an Parasiten hinter sich her. Im Flugzeug hat er zwei Frauenzeitschriften von vorne bis hinten durchgelesen. Es saß niemand neben ihm, er hat die Stille genossen. Trevor durchquert derweil das halbe Land dreißigtausend Fuß tiefer am Steuer des Plymouth, den er Jay mit nach L.A. bringen soll.

Ein Taxi setzt Jay vor Larry Gagosians Villa auf der Doheny Road ab. Die ganze fröhliche Bande ist da. Das wird ordentlich gefeiert.

Trevor kommt endlich nach siebenundvierzig Stunden Autofahrt (ohne die Pausen) an. Er setzt sich neben Jay auf die Terrasse mit Blick über die Stadt.

— Weißt du, Trev, ich habe nachgedacht. Ich glaube, wir sollten es dabei belassen.

Drei Tage zuvor hat Trevor Zoe (mit der Jay drei Jahre zuvor ein Verhältnis hatte) in demselben rot-weißen Plymouth nach Hause gebracht. Sie hat ihm ein Glas Brandy angeboten und er hat daraufhin die Nacht bei ihr verbracht. Jay hat einen Farbeimer an die Wand geworfen, als er davon erfahren hat.

— Du hast mich hierherfahren lassen, um mir das zu sagen?

— Ich habe im Flugzeug darüber nachgedacht. Ich kann dir einfach nicht mehr vertrauen.

— Wie du meinst, Jay. Ich frage mich nur, wem du dann überhaupt noch vertrauen kannst.

Er gibt ihm achthundert Dollar.

— Und was soll ich jetzt machen?

— Ach, du findest problemlos einen neuen Job. Du kannst doch alles. Wenn ich mit dem Malen aufhören würde, ich würde auf der Straße landen. Aber du doch nicht.

Jay nimmt ihn in den Arm.

Am Tag darauf geht Trevor anderer Wege.

Jay versucht, sich trotz der knallenden Sonne und der aufgetakelten Püppchen, die in der Villa ein und aus gehen, zu konzentrieren. Er fängt eine großformatige Leinwand an, verirrt sich in dem Labyrinth aus Räumen, kommt mit einem Bier zurück, öffnet es, skizziert einen Piranha, aber das Geplätscher vom Pool ist dann doch zu verlockend: Er geht raus.

Madonna kommt zwei Wochen später nach. Sie mag Kalifornien wegen seines idealen Klimas und seiner lässigen Coolness, sagt sie. Sie zieht in Jays Zimmer im ersten Stock der Villa ein. Die ersten Tage geht sie sich umsehen, aber sie langweilt sich ziemlich schnell.

— Und du, Dennis, was machst du?

Sie liegt auf dem Bett, die Beine in der Luft überschlagen, in ihrem weißen Höschen.

— Äh, ich, ach, Kino, na ja, du weißt schon, bisschen Produktion und so, in diesem Bereich eben.

Sie macht ein Geräusch mit ihrem Mund und liest dabei weiter in ihrer Zeitung.

Jay ist kurz was holen gegangen und Dennis Reese, der gerade jeden Tag hier rumhängt, ist allein mit Madonna im Zimmer geblieben. Also liest sie ihm vor und fängt mit diesem schrecklichen (wie sie es nennt) Artikel aus der Kategorie Vermischtes an: Ein Säugling verbrennt bei lebendigem Leib in einer Küche. Dennis wird auch gerade ganz heiß. Man sieht nur ihren Hintern, perfekt eingerahmt von diesem winzigen Stückchen Stoff, ihren linken Fuß, der sich unter den rechten schiebt, und das ist einfach zu viel. Sie sieht zu ihm auf. Aber Jay kommt rechtzeitig zurück und Dennis Reese verlässt schnell das Zimmer.

Jay macht sich an die Arbeit, Madonna nimmt ihre Lektüre wieder auf. Später möchte sie noch baden. Das ist gut für die Haut. Ein bisschen Sonne auch, aber in Maßen.

Abends fahren sie mit dem Auto durch die Stadt. Und dann kommen sie zurück und schlafen miteinander. Madonna schläft ein und Jay geht ins Wohnzimmer.

Sie steht im Morgengrauen auf, geht joggen, verbringt den Tag am Telefon mit ihrem Agenten, ihren Sponsoren, dem Typen, der ihren nächsten

Clip macht, sie verhandelt und isst dabei Möhrenstifte, Jay schläft noch, während Madonna jeden Winkel von Larry Gagosians Stadt unsicher macht, Mädels in Bikinis und gegelte Typen gehen zwischen Garten und Wohnzimmer ein und aus, vom Pool her hört man das Wasser spritzen, eine Steinfigur fällt um und verliert eine Hand, Gagosian schreit in den Telefonhörer, Jay schläft, Madonna macht mit Gurkenstiften weiter, ein großes Glas Wasser und dann ruft sie ihren anderen Manager an, die Verbindung ist schlecht, der Typ ist in Houston, die Tournee nimmt Formen an, von Austin nach Boston, aber was ihr vor allem Sorgen macht, ist die Wahl der neuen Single, Jay öffnet ein Auge, Gagosian hat ein Telefon an jedem Ohr und schreit in beide gleichzeitig hinein, die Schweizer sind hartnäckig, Jay rollt sich einen Joint, und Madonna ist fertig und geht ihr Stretching machen, die Köchin bereitet das Abendessen zu.

•

An diesem Nachmittag sucht Madonna in der Stadt nach Kondomen. Sie haben keine mehr und jeder weiß, dass Jay alle seine Freundinnen mit Tripper infiziert, halb New York ist verseucht, kommt nicht infrage. Endlich findet sie welche in der Apotheke auf dem Washington Boulevard. Sie breitet sie auf dem Bett aus. Jay fragt sich, was das soll: ein Voodoototem, oder gehört das zu einer Angelausrüstung? Sie kommt näher und erklärt ihm, wie es ab jetzt läuft. Er begreift den Sinn einfach nicht. Da kann man auch gleich eine Partie Squash spielen gehen.

— Verdammt noch mal, du gehst mir langsam auf die Nerven.

Der Satz fing ganz normal an, aber endete in einem Kreischen.

— Weißt du was, dröhn dich zu, sauf dich kaputt, das kannst du doch so wunderbar, ich hau ab, ich will im Leben noch was erreichen.

Jay versucht nicht, sie aufzuhalten.

Aber überraschenderweise macht es ihm zu schaffen. Er trinkt zwei Flaschen Rum innerhalb von zwei Stunden und klappt dann in der hintersten Ecke des Gartens zusammen. Ein Schwall eiskalten Wassers weckt ihn wenig später. Sein Kopf tut weh, aber er hat den Absturz genossen. Er richtet sich auf, holt tief Luft. Jetzt muss er also wieder aufstehen, einatmen; von vorne anfangen.

•

Er verfällt in alte Muster. Jetzt, da sie weg ist, beruhigen sich seine Launen und er gibt sich einem sehnsuchtsvollen Rhythmus hin. Etwas in der Luft hier gefällt ihm. Seine Stacheln lassen sich von den Windböen biegen. Er trinkt Bier auf Terrassen. Manchmal überrascht er sich selbst, wenn er am Meer spazieren geht und versucht, zu

erkennen, welche Vogelart wohl da vorne fliegt.
Er geht ins Kino. Er arbeitet. Er könnte hier leben.
So gehen ein paar Wochen ins Land.

•

Sein Auto rollt über den Highway.
 Er wollte ein neues, der Plymouth gefiel ihm irgendwie nicht mehr.
 Er hat dieses schwarze, in der Sonne glitzernde Mercedes-Cabriolet gesehen. Er hat es mitgenommen. Es saust jetzt über die verschlungenen Autobahnen. Er hat keinen Führerschein, und Naomi, eines der Modepüppchen vom Pool, sitzt am Steuer. Ihre Haut ist wirklich bemerkenswert. Sie haben ihre Sonnenbrillen auf der Nase, der Wind wirbelt ihnen die Haare nach hinten. Jay, dem es auf ein Klischee mehr oder weniger jetzt auch nicht mehr ankommt, dreht die Beach Boys auf volle Lautstärke. Sie fährt echt gut. In Filmen regnet es meistens nicht bei *Wouldn't It Be Nice*. Es sind erst kleine schimmernde Tropfen, die dann schnell immer größer werden. Naomi parkt am Straßenrand. Von Weitem kommt eine schwarze Wand am Himmel auf sie zu. Beide rennen um den nagelneuen Mercedes herum, um verdammt noch mal herauszufinden, wie man diesen bescheuerten Schließmechanismus startet. Zwei Gestalten und dieses Ballett unter dem herabfallenden Himmel, umgeben von nichts als Betonwüste. Sie drücken alle möglichen Knöpfe,

die Scheibenwischer klatschen auf die Windschutzscheibe, ein anderer Knopf und die Hupe ertönt, die Motorhaube öffnet sich, Jay schlägt auf die Tür.

— Ach egal, ich kauf ein neues.

Naomi setzt sich wieder hinters Steuer, fährt achtlos weiter. Schallendes, in Regen gebadetes Gelächter auf der Autobahn.

Jay trifft sich auch mit einigen seiner Sammler. Das ist wichtig. An diesem Abend trägt er eine Krawatte. Seine Dreadlocks sind zu zwei Zöpfen gebunden. Er begrüßt die Gäste (eine ungarische Herzogin, ein Popmusikproduzent, weitere lokale Berühmtheiten, Gagosian), geht um den Tisch herum und setzt sich. Die Herzogin zu seiner Rechten stellt ihm eine Frage. Er antwortet nicht. Die Hausherrin fragt, ob er sich in L.A. wohlfühle. Besonders zu dieser Jahreszeit. Er sieht ihr direkt in die Augen. Stille. Sie kann nicht richtig erkennen, was er auf dem Kopf hat. Sie kneift die Augen zusammen: Es sind Kopfhörer. Er setzt sie bis zum Ende des Abendessens nicht ab. Er nimmt sich zweimal vom Braten nach. Manchmal kann man ein leises Summen vernehmen. Für die Verabschiedung macht er kurz seine Ohren frei, bedankt sich und steigt ins Auto.

Alles in allem gefällt ihm die Stadt. Gagosian liest ihm jeden Wunsch von den Lippen ab. Der Aufenthalt läuft gut. Es ist etwas hektisch, aber auch Gagosian gefällt das.

— Wie viel willst du, hundert, zweihundert? Hier. Was immer du auch willst, Jay. Fühl dich wie zu Hause, wirklich. Wenn es geht, achte nur ein wenig auf die Perserteppiche, bitte. Nein, das möchte ich nicht. Die Überschwemmung ist nicht schlimm, das kann passieren. Ist am Anfang normal, wenn man noch nicht weiß, wie die Badewanne funktioniert, die Wasserhähne und das alles. Aber am besten wäre es, wenn du die Joints im Aschenbecher ausmachst, wenn du kannst, selbstverständlich, weil auf dem Teppich ist das schon etwas ärgerlich und sie lassen sich auch nicht so gut ausdrücken, sie gehen dabei eher wieder an, verstehst du, also, tu, was du kannst. Was für ein großartiges Bild. Was willst du heute Abend unternehmen? Bei den Weals steigt eine große Party, sollen wir hingehen?

Sie ziehen ihre besten Anzüge an und parken bei Einbruch der Nacht am 22 Angelo Drive. Gagosian, Jay und zwischen ihnen drei auffällig gekleidete Blondinen. Jays Pupillen formen große Kreise.

— Da sind ja unsere Künstler! Willkommen ...

Jay fühlt sich direkt wohl in dieser Villa voller Filmstars und Produzenten, er geht von einem Raum in den nächsten, seine Bewegungen sind geschmeidig und manchmal etwas zu ausladend, er lehnt sich an das Gemälde von Turner, ascht in die griechische Vase und verschüttet seinen Drink auf dem Tisch.

— Er ist charmant, char-mant!

Alle halbe Stunde geht er auf die Toilette. Er fängt Gespräche an, die er selbst wieder unterbricht. Er lässt seine Hände über ein paar Beine gleiten, nur mal so.

— Geht es Ihrem Freund gut?, fragt ihr Gastgeber, Robert Weal.

— Oh jaja, sagt Gagosian, machen Sie sich um ihn keine Sorgen. Ihm geht es bestens, wirklich.

Er muss Gas geben. Die Wirklichkeit hinkt anscheinend immer etwas hinterher. Er rennt.

Um drei Uhr fünfzehn fällt er um.

•

Fünf Tage später hebt eine AA 517 vom Flughafen in Los Angeles nach New York ab. Jay betrachtet die Legolandschaft unter sich. Es reicht, er hat genug von den Palmen überall. Es geht ihm schon wieder besser. Es war harmlos, falscher Alarm. Er hat Appetit auf Lasagne von Dean & DeLuca in SoHo. Mit seiner rechten Hand kratzt er etwas am Bullauge und schläft dann daran gelehnt ein.

DON QUIJOTE

Der Junge hat sich vergiftet.

Alles hat mit den Tex-Avery-Heften und den *Action Comics* angefangen.

Dann Western und *Taxi Driver*.

Bald schon kann er nicht mehr unterscheiden.

Der Junge ist dem Fernseher entsprungen. Aus dem Handschuh von Muhammad Ali und dem Schläger von Hank Aaron, aus De Niros Knarre und aus dem Mississippi. Daher sein schmächtiger Körperbau, teils Pixel, teils Papier.

— Junger Mann, die Fiktion hat Ihren Körper leergefegt. Das ist nicht gut. Sie sehen nichts mehr. Das ist wie bei einer Lebensmittel- oder Arzneimittelvergiftung. Selbstverständlich sind Sie abhängig, aber was noch schlimmer ist, Sie haben sich merklich entfernt. Sie verstehen die Welt nicht mehr.

Die Wirklichkeit ist ein in der hintersten Ecke des Gartens zertretenes Ahornblatt. Was erwartet uns in seinen Furchen? Sehen Sie geradeaus! Sehen Sie, wie sich die Dinge aus dieser verwaschenen Perspektive darstellen! Das ergibt alles keinen Sinn. Die Fiktion soll dieser Pappmachékulisse wieder ein Relief geben. Don Quijote ist buchstäblich aus Ritterromanen geboren, so erklärt sich auch seine Geisteskrankheit. Emma Bovary stirbt an einer Überdosis Fiktion. Wie soll man dem Flimmern in einer Wüste vertrauen? Auch der Junge wurde aus Fiktion geboren. Sie war trächtig und der Junge ist aus ihrer Spalte geschlüpft.

So fing es bereits übel an.

Und in dieser trüben Brühe hat dann alles seinen Lauf genommen. Wo genau sind wir eigentlich? Der Kerl bricht ständig aus der eigens für ihn geschriebenen Geschichte aus. Bevor er ihr endlich gehorcht, als hätte man ihm einen Schubs in den Rücken versetzt.

Er betätigt im Stillen die Hebel zwischen Wirklichkeit und Fantasie.

Niemanden würde es wundern, wenn er sich eines Tages mit einem seiner Bilder verwechseln und wieder zur Fiktion werden würde.

Und darin brüllt der Junge, dass er raus will.

ANYWHERE OUT OF THE WORLD

Er muss weg. Ihm gefällt nur New York, aber New York frisst ihn auf. Alles ist zu hoch, zu nah, er hört alles, er bekommt keine Luft mehr. Dieser Zauberzirkus, der ihn umringt, hindert ihn am Atmen, diese Parasitenschar aus Verrätern und Versagern, aus Gierschlünden, Dreckskerlen und Mittellosen. Er geht. Wie passend, er wurde eingeladen.

Es ist vierzehn Uhr, die Boeing 747 landet in Roissy. Jay und Neal Atkins, Soundtechniker, steigen aus. Eine Umhängetasche, sonst haben sie nichts dabei. Keine Zeit gehabt – am Vorabend sind sie sich in der Küche eines gemeinsamen Freundes begegnet, haben einen Gin getrunken, Jay fand, dass er sympathisch aussah, hat gefragt, was machst du morgen, ich habe Tickets nach – und dann sind sie direkt zum Flughafen gefahren. Neal Atkins war noch nie in Paris, er lässt sich bis auf die Knochen berieseln, alles ist märchenhaft. Eine Galerie auf der Rive Gauche stellt zwölf von Jays Bildern aus. Er wurde in ein Hotel mit einem ganzen Rattenschwanz an Sternen eingeladen. Sie steigen aus einem Taxi aus. Es sind wirklich schöne Gemäuer. Jay streckt seine Hand in Richtung der Nummer 23 auf dem Quai des Grands-Augustins aus. Alles wirkt sehr alt. Er blickt nach oben, betrachtet die Flucht der Fassaden, die sich, so weit das Auge reicht, in Rosa, Creme, Orange und Grau erstrecken, er findet das gewagt.

Er hält des Öfteren kurz inne und sieht sich an, wie die Dinge gemacht sind. Die Formen, die Perspektiven, die Aneinanderreihung. Er will es verstehen. Sie stellen ihre Taschen schließlich in den Zimmern zwölf und dreizehn ab und begeben sich auf die Suche nach einem Dealer, denn es ist bereits siebzehn Uhr und die Nacht rückt näher. Sie werden schnell fündig, am tiefliegenden Blick des Typen ist zu erkennen, dass er nicht als Verkehrslotse hier steht. Sie treffen den Galeristen in einer Bar, unweit der Rue Rambuteau, in der sie einen Wodka trinken, bevor sie auf eine Party weiterziehen, bei *Designer-Freunden, ganz tolle Leute* laut Dennis, einundvierzig Jahre, der sich andauernd eine Haarsträhne aus dem Gesicht streicht. Sie kommen in einem perfekt sanierten Wohnhaus in der Rue des Francs-Bourgeois an. Das Parkett knarzt leise unter den langsamen Schritten und spitz zulaufenden Schuhen. Sie schließen die Tür hinter sich, es sind Schreie zu hören. Jay schüttelt ein paar Hände, verläuft sich im Labyrinth der Räume. Er hatte sich die Franzosen zurückhaltender vorgestellt, hier jedoch findet er auf dem Boden verschütteten Rum, schwarze Masken und primitives Gelächter. Die Leute sitzen um den Marmortisch im Wohnzimmer. Sie studieren anscheinend ein Bild von Bacon (ein völlig verstümmelter Körper auf einem orangefarbenen Bett), das flach auf dem Tisch liegt und auf dem sie sich vor allem ordentliche Lines anrichten und reinziehen. Das überzeugt Jay sofort. Er nimmt das Glas, das ihm ein Typ mit einem etwas dümmlichen Lächeln reicht. Er nähert sich dem Schlachtfeld, ist bald mittendrin. Eine feingliedrige Pariserin erklärt ihm mit wissender Miene, warum The Doors völlig überschätzt sind. Er kann sich ihr nur anschließen. Aber ihre Stimme schrillt in seinen Ohren, und er zieht sich ins Schlafzimmer des Gastgebers zurück. Dort zeichnet er auf ein weißes Blatt ein Männchen, das, beide Hände am Kopf, panisch davonrennt. Er überreicht es dem Typen, der dort wohnt. Rahmst du es ein? Dann könnt ihr das beim nächsten Mal auf mir machen.

Zwei Tage später landen Jay und Neal am Flughafen von Lissabon. Sie mieten einen weißen Mercedes und bitten den Chauffeur, sie ein bisschen herumzufahren. Sie beobachten, wie das Getümmel auf den Plätzen in der Hitze der Oberstadt auflebt und schließlich wieder abstirbt. Sie trinken einen Landwein auf der Rückbank des Wagens. Am Abend setzt sie der Fahrer vor einer Disco etwas außerhalb der Stadt ab – Jay will tanzen, wie immer. Es ist nicht schlecht, eine große, schillernde Party, aber gegen vier Uhr haben sie genug und treten den Heimweg an. Zwei Silhouetten laufen entlang einer Straße, auf der alle fünf Minuten ein Lastwagen vorbeirast. Sie halten sich an den Händen. Kein Taxilicht weit und breit. Der Weg wird immer schmaler.

— Warte.

Jay hält einen Moment an, um das Blättchen seines Joints zu befeuchten, den er seit ein paar Minuten vorbereitet, fast wäre er dabei in den Straßengraben gestürzt. Neal beobachtet ihn. Bist du sicher, dass uns der jetzt helfen wird? Jay drückt seine Hand. Ich wusste, dass wir uns verstehen werden, wirklich, Mann, ich hab's gespürt. Ein glühender roter Punkt tanzt durchs Unterholz. Diese Straße hat kein Ende, denkt Neal. Sie laufen, bis der Morgen anbricht, finden schließlich ihr Hotel, strecken sich auf dem Bett aus. Zwei Stunden später steht Neal auf: Sorry, Mann, ab hier musst du ohne mich weiter. Er nimmt ein Taxi zum Flughafen.

Jay schläft noch etwas. Er freut sich, allein zu sein, dieser Loser hat ihn langsam genervt. Er läuft den ganzen Tag durch Lissabon, langweilt sich genüsslich. Am darauffolgenden Tag nimmt er ein Flugzeug nach Zürich, von wo aus er mit dem Zug weiter nach Sankt Moritz reist. Bruno Bischofberger freut sich wie immer über seinen Besuch. In seinem Chalet steht ein riesiger Raum mit allem nötigen Material für ihn bereit – er kommt zweimal im Jahr her, um durchzuatmen und um zu arbeiten. Er öffnet seinen kleinen Koffer. Abends trinkt er Campari mit Bruno und seiner Frau auf der Terrasse, die über das Tal blickt.

Aber schon klingelt das Telefon.

— Jay, ich bin es!, sagt Keith Haring überschwänglich. Ich komme dich besuchen – wo genau bist du?

Als Keith zwei Tage später im Foyer des Palace Hotels aufkreuzt, sitzt Jay in einem Sessel an der Bar und trinkt einen heißen Kakao, vor ihm eine aufgeschlagene Zeitung, die Haare ein einziger Wirrwarr. Keith fällt ihm in die Arme.

— Wir gehen Klamotten für dich kaufen, so kannst du hier nicht rumlaufen, sagt Jay. Hast du Durst? Hunger?

Er überreicht ihm eine neue Hose, eine Eiswaffel mit sechs Kugeln (und sagt: sonst macht es keinen Spaß) und sie lassen sich auf der Terrasse des Süsswinkels nieder, wo sie das größte Frühstück, das die Welt je gesehen hat, bestellen, mit extra Sahne. Sie bringen sich gegenseitig auf den neuesten Stand. Jay gibt nach der Hälfte des dritten Croissants auf.

— Los, hol deinen Koffer, wir hauen ab.

Zehn Minuten später sitzen sie in einem Taxi.

— Nach Italien?

— Ja, so geht es schneller.

Er holt ein Bündel Geldscheine heraus.

— Okay, passt. Nach Florenz, bitte.

Der Fahrer dreht sich um.

Jay zeigt ihm die Scheine.

Sie fahren los.

Keith malt in sein Heft. Jay trommelt auf den Oberschenkeln herum. Sie fahren am Comer See entlang, vorbei an Mailand, Piacenza, Modena, Bologna. Sie bitten den Fahrer, die Musik lauter zu machen, und durchqueren begleitet von Hip-Hop die von Mandarinenbäumen gesäumten Straßen.

Und hopp, Florenz, bitte alle aussteigen.
— So, das macht dann elftausend Dollar.
— Elftausend!
— Ja, ganz genau, der Herr.

Der Typ will mich wohl veraschen, das ist Diebstahl. Er schmeißt ihm das Geld und eine Beleidigung in unsicherem Italienisch entgegen. Aber dann ist da Florenz überall um ihn herum und Jay beruhigt sich wieder. Er fühlt sich leicht. Er lächelt, so sieht man ihn nicht oft. Er nähert sich den alten Gebäuden des Stadtzentrums, den Brücken, berührt sie. Sie sehen sich Gemälde von Leonardo da Vinci, von Tizian und Michelangelo an, sie begutachten diesen erhobenen Arm hier, jenes Unterholz dort. Man kann sich Jay endlich einmal glücklich vorstellen. Er vergisst dabei sogar, sich zu waschen. Er kopiert *Die Verkündigung* von da Vinci. Morgens trinken sie Café Crema am Ufer des Arno. Sie schreiben Unsinn auf Postkarten, die sie dann an ihre New Yorker Freunde schicken. Keith malt seine geflügelten Figuren auf Hauswände. Sie träumen auf terracottafarbenen Plätzen. Eines Morgens erinnert sich Jay an Mary Gibbs, die in Tigerhäute gehüllte Kunstsammlerin auf der Park Avenue, die ihm mehrere Gemälde abgekauft und anvertraut hatte, dass sie die Hälfte des Jahres in ihrem Anwesen im Norden der Toskana verbringt. Nach einigen Tagen des Umhersuchens stellen die beiden ihre Koffer in der Eingangshalle einer herrlichen Villa im Umland von Ponsacco ab. Mary Gibbs ist *ent-zückt*, diese beiden so *vielversprechenden* Künstler bei sich zu empfangen, zwei Zimmer stehen für sie bereit. Sie nehmen ihre Arbeiten wieder auf. Die Nachmittage ziehen sich in der toskanischen Milde in die Länge. Sie gehen in den Garten hinunter und trinken Aperol Spritz mit ihrer Gastgeberin. Keith raucht und sieht den Nachbarskindern dabei zu, wie sie auf die in orangerotes Licht getauchten Bäume klettern. Jay streckt sich. Er denkt, hier könnte er leben. Er würde zum Gesang der Distelfinken zeichnen und wilde Beeren essen, den Winter über würde er am Kamin Hochglanzmagazine lesen oder dicke schwedische Romane mit klaren Plots, mit seiner neuen Innenarchitektenfrau am Abend den unterschätzten Opern von Donizetti lauschen. So könnte es sein. Er würde Heroin gegen die süßen Weine der Region eintauschen, den Irrsinn seines Lebens geben die Sanftheit dieser Landschaft. Auch Keith denkt darüber nach. Aber dann reisen sie lieber doch wieder ab.

NOTARY

Bei Annina Noseis Vernissage hat Robert Farris Thompson zum ersten Mal Jays Bilder gesehen. Er hatte diesem Typen, dessen Name bis nach Yale vorgedrungen war, wo er afrikanische Kunstgeschichte lehrt, nicht viel zugetraut. Und dennoch wollte er seine Bilder einmal in echt sehen. Er hatte gehört, das Jay aus dem Graffitimilieu kam, der Nachhall einer uralten Praxis, die ihn natürlich interessierte. Normalerweise misstraut er den unbeständigen Moden, um die in den engen, hippen Kunstkreisen so viel Aufregung verbreitet wird. Aber in dieser Galerie wird man immer nett empfangen, also ist er hingegangen.

Thompson war von mehreren Leinwänden – beziehungsweise Türen, Holzstücken und Fensterläden – begeistert. Trotz des heillosen Durcheinanders und der sich wiederholenden Zeichen erkannte er darin sofort weitreichende Kenntnisse der Regeln der Kunst, die dieser Kerl ganz offensichtlich umstürzen will. Er hat lange vor seltsam betitelten Bildern gestanden (*Acque Pericolose*, *Agony of the Feet*, *Thor* oder *Charles the First*). Letzteres, ein Gebilde aus drei Holzplatten, stellte eine Reihe an Kritzeleien dar, Kronen, Hände, vereinzelte Striche, Wörter (*Most Kings Get Thier Head Cut Off*), runde, mit Ölkreide gemalte und dann durchgestrichene Kreise.

— Ein unsägliches Chaos, hatte er hinter sich vernommen.

Eigentlich konnte man dem nicht widersprechen. Und dennoch. Ein subtiler Gleichgewichtssinn gab dem Ganzen eine Treffgenauigkeit. Er dachte: So sieht die erste Abbildung einer explodierenden Welt aus. Nein, nicht als solches, das wäre Unsinn, aber von einem genialen Kopf einverleibt und wieder ausgespuckt. Dieser Typ scheint *gleichzeitig* Zugang zu allem zu haben, was er denkt und je gedacht, sieht und je gesehen hat.

Thompson war wieder gegangen.

Der große Erfolg der Ausstellung hatte ihn überrascht. Wie schaffte es dieser Maler, etwas so direkt *Begreifbares* und gleichzeitig gänzlich Undurchdringliches zu schaffen? Seine Gemälde waren für alle zugänglich und dennoch offen für Interpretation.

Thompson ruft Jay ein paar Monate später an. Er möchte ihn treffen. Jay stimmt zu und da sitzen sie nun, am Holztisch im Wohnzimmer. Jay hat einen Puligny-Montrachet von 1964 geöffnet, weil er dachte, dem Professor gefällt das. Thompson hat nie zuvor einen solchen Wein getrunken. Jay erzählt Thompson von dessen Buch, *Flash of the Spirit*, das immer irgendwo aufgeschlagen im Wohnzimmer herumliegt. Manchmal schließe ich es, damit nicht alles wegfliegt. Dabei kann man Oscar Peterson an seinem Klavier vor sich hin pfeifen hören. Thompson beobachtet die beiden Typen, die gerade Spannrahmen in verschiedenen Ecken der Wohnung zusammenbauen. Er stellt Jay eine Frage, die einen Augenblick in der Luft hängt.

— Um ehrlich zu sein, ist es wie eine ...

Jay geht mitten im Satz auf die gegenüberliegende Wand zu. Thompson dreht sich um und sieht eine Aufreihung von drei asymmetrischen Bildtafeln, die zu einem ungeheuerlich kraftvollen Gemälde von vier mal zwei Metern zusammengebaut sind. Wie schon auf den Bildern, die er in der Ausstellung gesehen hat, ist es eine Schlacht von Worten und Zeichen. Hier aber ist es, als ob sich eine Echokammer oder eine geheime Konstellation um die verschiedenen Farbbereiche und zusammengewürfelten Elemente, die (scheinbar) eilig hingekritzelt wurden, schließt. Eine Figur beherrscht die Mitte des Bildes. Ein geröntgter Oberkörper und Kopf. Man sieht nur Organe und Adern, Gefäße und die Wirbelsäule in einer perfekten Farbzusammenstellung, denkt Thompson: Auch hier wurden das Grün, Orange, Gelb, Rot, Weiß und Rosa keinesfalls zufällig aufgetragen. Jay ist gerade auf den linken Teil des Bildes zugetreten, der um ein Brett ergänzt wurde, damit sich insgesamt ein Rechteck ergibt. Jay ist dabei, einen gestreiften Kreis fertigzustellen, den er dann mit einer Umrandung und einem Kreuz versieht. Er schreibt *Salt* darunter. Er tritt einen Schritt zurück und

— ... ja, eine Art Auto, das kilometerweit rückwärtsführe und in einer Wüste zu stehen käme. Na ja, nicht so wichtig – haben Sie Hunger?

Er nimmt die mit Pflaumen zubereitete Ente aus dem Ofen und stellt sie vor Thompson, der auf das Gemälde zugetreten ist. Er versucht, keine Schlüsse zu ziehen, nicht zu interpretieren, wie er es in seinem Beruf gewohnt ist, und sich von dem, was er sieht, tragen zu lassen. Alles stimmt. Er kommt dennoch nicht umhin zu denken, dass da eine ganze Welt zu entschlüsseln ist und gleichzeitig eine Undurchdringlichkeit, wie ein Schleier über den Dingen, den es beizubehalten gilt. Dort liest man *Pluto*, *Study of the Male Torso*, *Dehydrated*, *Fleas* und ein unbekanntes Wort: *Dumaris*.

— *Notary*, glaube ich.
— Was?
— So werde ich es nennen.
— Es ist großartig.

Die beiden Assistenten arbeiten weiter, während Jay und Thompson die Ente kosten, die im Wein gebadet zu haben scheint. Thompson denkt, dass er sich getäuscht hat, dieser junge Mann ist ein Genie. Alles, was er sieht, geht weit über eine Modeerscheinung hinaus, einen Straßenaktivisten, einen erfolgreichen Jungen, der teuren Wein trinkt und die angesagtesten Clubs besucht. Er ist ein Meister.

Was er sieht, ist eine Inkarnation. Dieser Junge hat Angst und er schreit seinen Schrecken hinaus, um ihn zu bändigen. Er hält die Zerstörung von sich fern, indem er sie malt. Er möchte seine Organe und Gliedmaßen zusammenhalten. Er zelebriert den Körper im Ganzen, damit er es bleibt.

Was sich dieser Typ vorgenommen hat, ist eine autobiografische Suche *nach allem*.

Jay reicht ihm einen Sternapfel.

— Der kommt angeblich aus Jamaika.

Thompson beißt hinein und spürt etwas in seinem Mund erwachen.

— Und warum streichen Sie die Worte, die Sie gerade erst geschrieben haben, wieder durch?

— Damit man hinsieht, sagt Jay mit einem Lächeln.

Er dachte, er würde einen Poser sondergleichen treffen: Jazz, Frauen und Malerei. Er ist wie alle in die Falle getappt.

Er würde ihn gerne fragen, wie er all das gelernt hat. Doch er muss innehalten, weil dieser Apfel seinen Mund flutet und er sich sagt, dass es manchmal besser ist, zu schweigen.

Bevor er geht und während Jay auf der Toilette ist, bemerkt Thompson am Fenster eine Zeichnung auf tiefschwarzem Hintergrund. In der Mitte liest er: *Charlie Parker's Reboppers*. Darunter *Miles Davis, Trumpet. Charlie Parker, Alto Sax. Dizzy Gillespie, Trumpet. Sadik Hakim, Piano. Curly Russell, Bass. Max Roach, Drums. Recorded in New York Studios, Nov. 26 1945*. Dahinter folgen die Albumtitel: *Billie's Bounce, Now's the Time, Thriving on a Riff*. Etc. Nichts weiter. Weiße Kreide auf schwarzem Grund. Alle reden bei ihm immer über Neoexpressionismus (wobei sie natürlich *Explosion, Wut, Wildheit* meinen), Rückkehr des Bildhaften, aber was Jay hier macht, ist ein radikaler Akt, das genaue Gegenteil von Expressionismus: Er ersetzt das Ding durch das Wort. Es gibt nichts mehr. Kein Blasen und keine Trompete. Er hat die Abbildung durch die Idee ersetzt.

Jay kommt zurück und begleitet ihn zur Tür.

— Ich könnte einen Text für Ihren Ausstellungskatalog schreiben. Wenn Sie wollen.

— Danke.

Sie geben sich die Hand. Thompson sieht in diese schwarzen Augen mit tiefen Ringen darunter. Wo kommt dieser Typ her? Die Tür geht zu, noch bevor er auch nur annähernd eine Antwort darauf finden kann – der Rückweg in der bereits abgekühlten Abendluft bringt ihm keine weitere Erhellung.

DER DOPPELGÄNGER

Sarah hat einen jungen, sehr einfühlsamen Mann kennengelernt, mit glatter, schwarzer Haut, der ihr in diesem langsamen Rhythmus, den sie so liebt, Dinge ins Ohr flüstert. Er ist vielleicht zwanzig Jahre alt. Er arbeitet in einem Hotel, er ist wie Regen auf ihrer Haut, sie vergisst Jay. Michael holt sie in der Bar ab, er traut sich auf der Straße nicht, ihre Hand zu nehmen, er bringt sie bis nach Hause und traut sich nicht, mit ihr nach oben zu gehen, sie sagt, hab keine Angst, und er kommt schließlich doch mit. Seine Hand zwischen ihren Beinen wird plötzlich starr, sie fällt nach hinten.

Michael Stewart ist auch ein Kind der Brooklyner Middleclass. Er trägt Tweedhosen, unter denen rote Turnschuhe hervorblitzen, und ein Cap der New York Knicks. Er bestellt ein Bier am Tresen. Er beobachtet Sarah, die am Tisch in der linken Ecke einen Tee serviert. Er sieht ihre Hüften und denkt, dass er die Formen mag, die sich unter ihrem Rock abzeichnen. Im nächsten Jahr würde er gerne an die School of Visual Arts in Manhattan gehen. Das Raunen von außen, eine Taube auf dem Gehweg, alles scheint ihm zugewandt, er pfeift *Call Me* von Blondie vor sich hin.

Sie gehen zusammen nach Hause. Es ist zwei Uhr morgens. Er weiß, dass sie einen Tee trinken werden, dass sie miteinander schlafen werden, dass sie dabei bestimmt Lärm machen werden, dass sie auf seiner Brust einschlafen wird. Sie weiß, dass sie nicht gleich einschlafen wird, dass sie zuerst seinem Atem lauschen, seine Haut betrachten, an alles Mögliche denken wird.

Und dann muss Sarah ins Krankenhaus. Jay hat sie mit irgendeinem Mist angesteckt, der Arzt hat es ihr gesagt, aber sie behält es für sich.

— Warum wolltest du keine Kinder von mir?
Sie antwortet nicht, Jay sitzt neben ihr, drei Jahre später.

— Sag schon, warum? Warum hat nie jemand Kinder von mir gewollt?

Sie sagt nichts. Sie hat es ihm nie gesagt, da wird sie jetzt nicht plötzlich damit anfangen. Das würde ihn niederschmettern. Sie hatte eine Eileiterentzündung und er hatte ihr das eingebrockt.

— Warum?
Sie wird niemals Kinder kriegen können.

Aber jetzt liegt sie erst mal da, in diesem Krankenhausbett. An ihren Armen hängt irgendwas herunter. Michael sitzt auf einem weißen Plastikstuhl. Er hat zwei Colaflaschen mitgebracht.

— Möchtest du auch Pommes?
Er steckt ihr gleich zehn auf einmal in den Mund.

Seit dem Morgen geht es ihr etwas besser, das Fieber ist gesunken. Vor ihr ist Michaels Kindergesicht.

— Bring mich nach Hause, sagt sie.

— Wir müssen erst –
— Na los, mach schon.

Zwei Gestalten entfernen sich mit kurzen Schritten über den Flur. Sarahs Arme hinterlassen ein paar Tropfen auf dem Boden.

•

Michael kommt gerade aus dem Pyramid Club, er nimmt die First Avenue in Richtung 14th Street. Es ist zwei Uhr morgens an diesem 15. September 1983, aber es fahren noch Subways nach Brooklyn. Er trägt sein Basecap, sein Kapuzensweatshirt, es ist frisch draußen. Er geht die Treppe zur Subway hinunter und kauft ein Ticket. Er dreht seinen Marker in der rechten Hosentasche hin und her, zu blöd, dass er kein Buch dabei hat. Er steht auf dem Bahnsteig. Er nähert sich der mit Graffitis übersäten Wand. Der Zug ist noch nicht angekündigt, er könnte doch einfach so, eben schnell, ein Wort, seinen Namen, irgendwas. Er sieht nach rechts, nach links. Eigentlich ist schon kein Platz mehr auf der Wand. Er liest die Inschriften. Besonders betrachtet er das gigantische *CRAP*. Und dann, ach, was soll's, er schreibt ein

— Was machst du da?

Michael dreht sich um. Ein Typ in blauer Uniform ist auf ihn zugekommen.

— Ich mache gar nichts, ich gucke nur.
— Und was guckst du, Arschloch?
— Ich gucke mir die Wand an.

— Was ist das da in deiner Hand?
— Da ist nichts, Mister.
— Und da, in deiner Tasche, was hast du da?
— Na, nichts, das sagte ich doch gerade.

Der Bulle nimmt sein Funkgerät und blafft hinein: unkooperativer Verdächtiger, ich wiederhole, unkooperativer Verdächtiger, Verstärkung, wiederhole, Verstärkung, und lässt den Knopf wieder los. Er sieht Michael an. Ha, das wird ein Kinderspiel, der wiegt, wenn's hochkommt, fünfzig Kilo, aber bei denen kann man nie wissen. Er kommt näher.

— Ich weiß genau, dass du einen Marker oder eine Sprühdose in der Hose versteckst. Hol sie raus und wir sprechen nicht weiter drüber. Wenn's nämlich 'ne Knarre ist, bist du dran, Arschloch.

— Ich hab nichts, verdammt, das habe ich jetzt schon fünfmal gesagt.

Scheiße, das gibt Ärger. Die Verstärkung ist da, vier Typen in Uniform, Waffen am Anschlag, yes, wo ist der Kerl? Da drüben, Leute:

— Hände hoch, ich wiederhole, Hände hoch, schreit der Älteste, eine Waffe auf Michael gerichtet, der den Befehl befolgt.

Sie gehen auf ihn zu. Noch so ein Wichser, was. Hurensohn, Scheißjunkie, komm her, komm schon, spuckt ihm der gedrungene, Kaugummi kauende Typ entgegen. Michael rührt sich nicht. Sein Herz pocht gegen seine Rippen. Der mittlere, Jack, kommt auf ihn zu. Er schleudert diesem

Scheißtagger seinen Fuß gegen die Hüfte. Na los, Arschloch, mach weiter, schmier die Wände voll, wir sind ja da, wir machen gerne sauber. Der Typ hat eine beschissene Nacht hinter sich, er hat sich eine ordentliche Ladung Speed eingeworfen, um wieder klarzukommen, jetzt hat er Bock, auf die Fresse zu geben.

— Hey, Nigger!, brüllt er und schleudert ihm seinen Schuh ins Gesicht. Zack, aufs Auge. Michaels Kopf fliegt nach hinten, schlägt auf dem Bahnsteigboden auf. Na komm, das reicht, steh auf, Arschloch, spiel uns nichts vor, das funktioniert nicht mit –

— Beruhigt euch, Leute, wir verschwinden, sagt der Älteste mit rasiertem Schädel, der Typ hat nur einen beschissenen Marker in der Tasche.

— Wir gehen, wenn ich es sage, erwidert der Einsatzleiter, der dem Jungen seine Faust ins Gesicht schleudert und noch eine, ich werd denen zeigen, wie das läuft in MEINEM FUCKIN' BEZIRK.

Als das Blut von seinen Fäusten tropft, während sein Kollege sich um die Rippen gekümmert hat, richtet er sich auf und sagt:

— Wir nehmen ihn mit.

Sie schleifen den regungslosen Michael Stewart bis zu den Stufen, schleppen ihn die Treppe hoch, wobei sie seine Füße an den Beton schlagen lassen. Dann schmeißen sie den schlaffen Körper in den Wagen. Eine Passantin hört das Geräusch von Knochen gegen Metall. Auf der Wache angekommen, schlägt der Einsatzleiter, der sich noch nicht ganz abreagiert hat, zweimal in Michaels Bauch. Seine Kollegen sind beeindruckt und fast überrascht von seinem Durchhaltevermögen. Michael bleibt auf dem kalten Boden der Zelle liegen. Eine Lache bildet eine Art Kissen unter seinem zu Brei geprügelten Ohr.

•

Sarah steht vor ihm. Er bewegt sich nicht. Schläuche hängen überall aus seinem Körper heraus. Er wird sterben, hat der Arzt gesagt. Wenn er früher Hilfe bekommen hätte, vielleicht ...

Sarah kommt näher. Sie versucht, stark zu sein, erblickt Michaels Vater und Mutter aus dem Augenwinkel, würdevoll, aufrecht, also beißt sie die Zähne zusammen.

Aber als sie ganz nah ist, legt sie eine Hand auf seinen Mund. Sie erkennt das Gesicht, über das ihre Finger gefahren sind, nicht wieder. Wundnähte zeichnen darauf eine geheime Konstellation. Seine Augenlider sind knallrot.

Sie verlässt den Raum. Sie geht zum Friseur, kauft sich am Broadway, Ecke 8th Street einen Blazer, den sie gleich anbehält. Sie kehrt zurück ins Krankenhaus, man lässt sie erst nicht durch, sie erklärt, dass sie die Freundin ist. Im Zimmer schlägt sie das Laken, das Michaels Körper bedeckt, zurück. Sie atmet, langsam, und fotografiert jeden Zentimeter Haut. Er muss gegen die

Scheibe des Polizeifahrzeugs geschleudert worden sein, seine Beine, Arme, der ganze Oberkörper ist voller Schnittwunden. Alles ist lila. Die Beine sind übersät von Hämatomen, die gebrochenen Rippen treten unter der Haut hervor. Sie macht noch ein paar letzte Bilder, deckt Michael mit dem Laken wieder zu und küsst ihn, ruft sich dann ein Taxi. Zwanzig Minuten später betritt sie das Gebäude der *New York Times*. Nein, das können wir nicht drucken, junges Fräulein. Dann das der *Daily News*. Tut uns leid, mein Mädchen. Sie nimmt sich zwei Anwälte. Niemand will über einen x-ten Schwarzen in einem x-ten Zimmer berichten. Die *Amsterdam News* veröffentlichen schließlich einen Artikel. Sarah geht von Lokal zu Lokal und schafft es, über vierzehntausend Dollar aus der Graffitiszene zu sammeln. Sie lässt es so aussehen, als wäre Michael einer von ihnen gewesen, obwohl er nur sehr selten was getaggt hat, nur mal so, weil er das cool fand. Keith Haring hat einen großen Teil der Summe beigesteuert. Er hat ein Jahr seines Lebens, von 1980 bis 1981, damit zugebracht, Subway-Stationen mit Kreide zu bemalen. Er hatte diese schwarzen Flächen neben den Werbeplakaten entdeckt. Es war perfekt, es gab sie überall. Darauf hatte er angefangen, seine Serien zu malen. Die Kreide rutschte immer ab, aber er mochte diese großen rechteckigen Flächen. Die Bullen hatten ihn an die fünfzig Mal erwischt. Bei sich zu Hause bewahrte er einen ganzen Stapel unbezahlter Strafzettel auf. Sie hatten ihn auch eingebuchtet, zwei Mal. Sie hatten ihn mit dem Gummiknüppel gekitzelt, ihn als Schwuchtel beschimpft, aber das war's. Er war weiß und Michael nicht. Acht Monate später wurde er in der ganzen Stadt gefeiert.

Keith ist traurig und fühlt sich schuldig. Er gibt Sarah zehntausend Dollar.

Die Anwälte wird sie sicherlich nicht bezahlen können, aber sie macht trotzdem weiter.

Währenddessen verbarrikadiert Jay sich zu Hause. Er hat die Fensterläden geschlossen, sitzt in einer Ecke, zusammengekauert, und ihm ist kalt. Er wird nicht mehr rausgehen. Jeden Tag klopft es an die Tür. Er bewegt nicht einen Finger. Er hält die Luft an. Die Schritte entfernen sich wieder. Aber sie kommen zurück. Kommen immer wieder zurück. Das Telefon klingelt. Er geht nicht ran. Er ruft Sarah an, sagt ihr, sie solle nicht vorbeikommen und mit dem Scheiß aufhören. Sie wird nur noch mehr Aufmerksamkeit auf sie lenken und dann enden alle an einen Pfahl gekettet, die Organe von Raubvögeln zerstückelt. Er weiß das. Er weiß ganz genau, dass es so laufen wird. Der arme Kerl. Das war ich. Na klar. Mit zerschlagener Fresse am Boden. Scheiße. Der Typ da, das war ich. Und diese dumme Gans macht auch noch weiter. Mir ist kalt, na los, eine Zigarette, dieses beschissene Laken lässt das – er zieht es wieder zu. Schnappt sich einen Pulli. Es klingelt. Eine Stimme: Mach auf, Jay, scheiße, Mann, ich bin's! Ah! Die alte Nummer, also echt, ihr glaubt, auf eure miesen Tricks falle ich rein? Ich zucke nicht mal mit der Wimper. Die Tür ist verriegelt, nur los, versucht es doch. Wenn. Du. Ah! Adrenalinstoß in seinem Kopf. Die Stimme vor der Tür: Mann, Jay, ich bin's, verdammt!! Ja, klar, erzähl das deiner Oma, FBI.

Tage vergehen.

In seinem Kühlschrank sitzt ein totes Huhn, das ihn anstarrt. Von Zeit zu Zeit öffnet er die weiße Tür und sieht das bleiche Tier zusammengekauert, die Beine angewinkelt, im obersten Fach im grellen, flimmernden Licht sitzen. Der Kopf mit roten Zacken geschmückt, auf die Seite gedrückt und in Jays Richtung gedreht. Die beiden schwarzen Augen bohren sich in seine. Das Huhn sagt ihm, dass es in seiner Plastikverpackung und in dieser quälenden Kälte leidet. Jay streckt eine Hand aus, er möchte ihm helfen, aber das Huhn ist tot. Er macht die Kühlschranktür wieder zu, schlägt darauf, um sicherzugehen, dass sie gut verschlossen ist und dass es da nicht rauskommen kann.

Völlig ausgehungert, kotzend, entschließt er sich dann doch, die Tür einen Spaltbreit zu öffnen, aber langsam, unendlich langsam, das Vorhängekettchen als Absicherung. Er riskiert einen Blick: nichts. Keine Knarre, kein Klicken. Er stößt sie auf, schnappt sich die Tüte, die ihm der Typ seit zwanzig Minuten hinhält – Jay hat ihn zuvor einer Befragung unterzogen, über die Firma, für die er arbeitet, seine Eltern, seine Hobbys, bevor er sich schließlich dazu durchgerungen hat, das Risiko auf sich zu nehmen, keine Wahl, mein Magen knurrt, sich die Tüte von Dean & DeLuca gekrallt und ihm das Geld, doppelt so viel, man weiß ja nie, entgegengeworfen hat, der Lieferbote fängt es auf und macht sich aus dem Staub – der Typ ist vollkommen durchgeknallt, nie wieder setze ich auch nur einen Fuß hierher. Jay hat da schon die Hälfte der Pastete hinuntergeschlungen, dann stürzt er sich mit bloßen Händen auf die Lasagne.

Sarah schläft nicht mehr.

Das Fernsehen kontaktiert sie. Vom Krankenhausbett aus rennt sie durch die ganze Stadt.

Aber Michaels Gehirn ist nicht mehr zu retten. Er stirbt am 28. September.

Herzversagen, stellt der Gerichtsmediziner der Stadt New York fest.

Sarah ist außer sich vor Wut. Sie startet eine Petition mit dem Ziel, den Obduktionsbefund zu prüfen. Der von den Anwälten der Familie beauftragte Arzt hat seinerseits einen Tod durch Strangulieren, Fußtritte und Faustschläge und eine starke Hirnblutung ermittelt. Tausende Menschen unterschreiben.

Jay igelt sich weiterhin ein. Niemand kommt zu ihm durch. Selbst Sly, sein Assistent, wird gebeten, sich zu verpissen. Aber heute malt er wieder. Ihm ist immer noch heiß und kalt, aber er malt. Schlangen. Innere Organe. Eine ausgeweidete Tierleiche.

Quadratische Männer auf weißem Grund, die von Zwergwindhunden begleitet werden.

— Sarah, ich sag es dir, hör auf damit. Hör auf. Du handelst dir damit nur Ärger ein.

— Ich mache weiter. Ich mache das auch für dich, Jay. Das hättest auch du sein können.

— Das war ich, Sarah. Ich bin nicht mehr da.

Am Terminal 1 des JFK International Airport sitzt Andy Warhol an der großen Glasfront. Er bohrt in der Nase, während er die *Vogue* durchblättert. »Der Flug XE 3288 nach Mailand ist nun am Ausgang B23 für Sie zum Boarding bereit«; er steht auf. In der Warteschlange bekommt er eine kaum merkliche Erektion, oder vielmehr ein diffuses Kribbeln, während er aufmerksam den Flügel einer Schweizer Maschine betrachtet, als er plötzlich eine Hand auf der Schulter spürt. Jay hat eine schleim- und blutverschmierte Nase.

— Ich komme doch mit.

— Genial, sagt Andy, ohne eine Regung im Gesicht. Hier, wisch dich damit ab – er reicht ihm eine Papiertüte. Alles klar?

Der Junge keucht.

— Vier Nächte hab ich, na ja, weißt du, es ist nicht wirklich, ich sehe dir im Flieger beim Schlafen zu, das wird nett mit den ganzen Frauen, so nah an uns, ah, ja, wie und du da – Uhrzeit?

Aus seiner Nase läuft weiterhin Blut – Ich hab da ein Loch, Mann, ein Loch, ich kann nicht schlafen, ich bin gerann... –

Den Rest kann man nicht gut verstehen, Andy nimmt ihn in den Arm – ich will sterben, ich kann nicht mehr –, Andy lacht, du hast vier Tage nicht geschlafen, das kommt davon, mehr ist es nicht.

Sie steigen in den Flieger. Jay tauscht seinen Platz mit einer Frau und sie schlafen Seite an Seite, bis sie die italienische Küste erreichen.

Am darauffolgenden Tag trifft Warhol die beiden mailändischen Galeristen, die seine Bilder ausstellen wollen. Er verabredet sich mit Jay zum Mittagessen auf der Piazza Affari, sie essen frische Gnocchi, der Junge scheint sich wieder gefangen zu haben, und in ihren Gesichtern spiegelt sich die Sonne.

— Wir reisen morgen schon wieder ab, sagt Andy.

Im Taxi, das sie zum Flughafen bringt, kommen die Schatten zurück, Jay ist heiß, er sieht das Huhn vor sich tanzen. Als sie schon weit in der Warteschlange des Check-in-Schalters vorangekommen sind, macht er kehrt, schreit Andy etwas zu, der nichts versteht, der nach ihm ruft, was ist los? Wo gehst du hin? Jay rennt durch die grauen, blitzblanken Gänge.

Drei Stunden und zwei Wodka später steigt er in einen Flieger nach Madrid. Er geht tanzen, im El Penta in Malasaña. In diesem überfüllten und engen Raum braut sich die Movida zusammen, aber das ist Jay egal. Er zecht wie ein Wahnsinniger, bis er zusammenklappt. Keine Chance, ihn aufzuwecken. Am Morgen wird er rausgeschmissen. Zwei Tage später kehrt er nach New York zurück. Als er in der Factory ankommt, um fünfzehn Uhr am darauffolgenden Mittwoch, versetzt Andy ihm eine gesalzene Ohrfeige. Du lässt mich einfach so in Mailand stehen? Haust ab, ohne eine Erklärung? Jay macht sofort kehrt. Für so was habe ich schon einen Vater, das reicht.

•

Auf dem Rathausvorplatz ergreift Sarah vor der versammelten Menschenmenge das Wort.
— Herr Bürgermeister, hiermit überreiche ich Ihnen ganz offiziell die Petition mit insgesamt achtundsiebzigtausendsechshundertdreißig Unterschriften, mit der wir Sie auffordern, Michael Stewarts Obduktionsbefund zu prüfen.
— Vielen Dank, junges Fräulein, wir werden, und das versteht sich von selbst, alles Nötige dafür tun.

Jay macht seine Fenster wieder auf.

Drei Männer in Anzügen bestatten den Leichnam von Michael Stewart in einer Grube ganz hinten auf dem Briar Creek Cemetery in Williamsburg, Kentucky. 1958–1983.

INTERMEZZO

Und nun, eine Verschnaufpause. Am besten ein leichtes Kapitel, wenn nicht gar ein lustiges. Ich glaube, das könnten wir alle gut gebrauchen. Jays Leben kann zuweilen belastend sein. Es ist schon seltsam, seine Bilder sind so voller Humor, doch ihm selbst ist der oftmals nicht vergönnt. Jay kann sich nicht distanzieren. Er schafft es nicht und das macht ihn fertig. Alles verletzt ihn. Er würde gerne darüber lachen. Aber das gelingt ihm nicht.

Vielleicht können wir dann einfach über etwas anderes sprechen.

Oder aber, wir versuchen noch einmal, uns Jay glücklich vorzustellen.

Das wird uns guttun. Wir wollen, wenn möglich, nicht die gängigen Klischees à la *gepeinigter* Künstler / Pause / *wildes* Leben / Pause / *Schmerz* / Pause / *Exzesse* / Pause / *intensive* Schaffensphase / Pause / *tragischer* Tod / Pause / *mit siebenundzwanzig Jahren* bedienen. Wir geben unser Bestes, aber Fakten sind Fakten. Was bleibt uns anderes übrig? Wir könnten das alles vertuschen. Könnten etwas anderes daraus machen. Aber die Realität ist ein gemeines Miststück. Sie lässt uns immer wieder auf die alten Pfade zurückkehren. Wir müssen ihr letztendlich folgen. (Oder aber, wir lieben die Tragik sogar insgeheim – auch eine Möglichkeit.)

Wie auch immer, lasst uns versuchen, eine Pause zum Durchatmen einzulegen. Dafür müssen wir etwas in die Vergangenheit blicken.

Jay kommt an diesem Tag früh aus der Schule nach Hause. Er läuft ins Wohnzimmer, schaltet das neue Fernsehgerät ein, seine Mutter hatte es ihm erlaubt. Im flimmernden Kasten stehen sich zwei Typen im Ring gegenüber, jeder in seiner Ecke, ein Handtuch um die Schultern. Der eine blickt starr geradeaus, der andere murmelt etwas. Und dann geht es los. Es ist der 22. November 1965. Muhammad Ali scheint Kreise um Floyd Patterson zu ziehen. Er hopst herum und bedeutet Floyd mit der Hand, näher zu kommen: Na los, versuch es. Jay steht auf und macht es ihm nach. Passgang, Hände neben dem Mund.

— Was machst du da, Jay?

Sein Vater hat sich neben ihn gesetzt.

Ali läuft um ihn herum.

Er redet auf seinen beleibten Gegner ein, der sich abseits hält.

Die versammelte Menge, die nach Las Vegas gekommen ist, um den Weltmeister des Schwergewichts und seinen Herausforderer zu sehen, brüllt. Jay tut so, als wolle er auf seinen Vater einprügeln, dieser stößt ihn zurück und erwidert – Ende der ersten Runde.

Stella setzt sich neben ihren Bruder aufs Sofa.

Jay springt wieder auf und fängt an, auf der Stelle zu tippeln. Jetzt geht Ali zum Angriff über. Rechte, Rechte, dann wieder Rückzug. Floyd erwidert den Angriff, lässt seine Linke nach vorne schnellen, zieht sie zurück, versucht es andersherum. Ali sieht ihn an. Er lächelt, könnte man meinen. Er ist schon fünfzigmal um den Ring gelaufen, denkt Jay.

— Essen kommen!

Jetzt ist es Zeit für die Offensive. Der große, schlanke Muhammad Ali teilt einen Schlag nach dem anderen aus. Floyd schützt sein Gesicht mit beiden Fäusten, aber das nützt nichts. Alles, was man sieht, ist Alis Wut und seinen Mundschutz. Jay verfolgt jede Bewegung. Das geht so schnell, rechts, links –

— Essen kommen, Jay, hab ich gesagt!

Sein Vater ist schon aufgestanden, seine Mutter tischt das dampfende Abendessen auf, die Schwestern sitzen nebeneinander am Tisch.

Floyd umschlingt Ali, damit er eine Sekunde verschnaufen kann. Der Schiedsrichter schickt jeden in seine Ecke. Aber es geht sofort weiter. Ali ist schweißgebadet. Walter packt seinen Sohn an der Hüfte, hebt ihn lächelnd hoch. Jay gestikuliert wild durch die Luft. Walter setzt ihn auf seinen Stuhl, Mathilde tut ihm auf. Aber Jay springt hoch und läuft zurück ins Wohnzimmer, wo Ali mit aufgeblasenen Wangen seine Fäuste auf Floyd niedersausen lässt, der versucht, sie abzuwehren. Die Biene umkreist den Bleiklumpen.

— Verdammt, jetzt habe ich aber langsam ...

Walter steht auf. Er packt Jay, der sich wehrt.

— Es ist Essenszeit, verdammt noch mal, wir haben es dir fünfmal gesagt!
— Aber das ist Ali!
— Du kommst jetzt mit und Schluss.

Floyd gewinnt wieder die Oberhand. Jay schiebt die Arme seines Vaters weg. Walter macht einen Schritt zurück und verpasst Jay eine deftige Ohrfeige.

Das Abendessen ist hinüber. Jay liegt in seinem Bett, seine Nase blutet. Ali bleibt Weltmeister im Schwergewicht.

Zu blöd, das hätte sie sein können, unsere Szene.

Nun ist sie futsch.

EAST 57TH STREET, BEI MR. CHOW

28. April 1984
Sie haben sich an ihren Stammplatz gesetzt. Mr. Chow kommt auf sie zu. Andy Warhol schüttelt ihm die Hand, Keith Haring wischt sich seine an seiner Hose ab und reicht sie ihm dann, Madonna umarmt ihn, genau wie Jay. Er ist ein strenger Mann, der sich nur selten mit einem gezwungenen Lächeln oder einer Geste plötzlich entspannt, ohne dabei jemals die Haltung zu verlieren. Sein schwarzer Anzug sitzt perfekt.

— Setzen Sie sich. Ich bringe Ihnen den Appetizer.

Keith nimmt das Gespräch da wieder auf, wo sie stehen geblieben waren.

— Ja, also wir sollten noch vor Jahresende ein erstes Geschäft eröffnen.

— Um was genau geht es gerade eigentlich?, fragt Jay.

— Na, wir verkaufen T-Shirts, Klamotten und Poster mit meinen Zeichnungen drauf.

— Ein Keith-Shop?

Er lächelt.

— Die Idee dahinter ist, dass die Leute Kunst kaufen können. Ein Gemälde, das ist nicht drin. Aber ein T-Shirt, ein Poster, das kann sich jeder leisten.

Andy hat das Gefühl, dass er diese Unterhaltung schon zum hundertsten Mal hört.

— Wir nennen ihn Pop Shop, da klingt Pop Art mit und damit ist es auch eine Anerkennung für dich, Andy, weil das alles schließlich deine Idee ist.

— Also ist die Kunst kein großes Ding mehr, nur noch ein T-Shirt, irgendein Teil, das man in Serie bedruckt.

— Ach, Jay, komm schon, bitte, sagt Madonna, du nervst mit deinen Prinzipien und deinem Gelaber. Man könnte dich für Toulouse-Lautrec halten.

— Ein Zwerg, der mehr Talent hatte als du, antwortet Jay.

Der Aperitif wird mitten in die Rauchwolke gestellt. Die Tische sind weiß eingedeckt, wie jeden Tag wurden Teller und Besteck mit größtmöglicher Sorgfalt arrangiert, und die Gäste sind bereits dabei, alles mit Asche, Olivenkernen und Wodkaflecken zu zerstören.

— Der letzte Film mit Michael Douglas ist grottenschlecht, schaut ihn euch nicht an, sagt Andy.

— Habt ihr gesehen, was gerade im Libanon los ist, sagt Keith. Widerlich, einfach nur widerlich.

Jay dreht sich zu ihm um.

— Ja, natürlich, du hast recht, Krieg ist doch eine Sauerei. Das solltest du gleich in einem neuen Bild aufgreifen.

Keith denkt an das große Gemälde, das zu Hause noch auf ihn wartet, und hält die Klappe.

Wobei, nein, das wäre ja noch schöner, er wird

jetzt nicht schweigen, nur weil der *feine Herr* heute, so wie eigentlich immer, mies gelaunt ist, es gibt so viele Dinge, die im Argen liegen:

— Der Vatikan, die CIA, die Wahlen im November, die chilenischen Vertriebenen.

Kein Thema wird ausgelassen.

Auch Madonna ist in zänkischer Laune.

Andy macht sich über seinen Avocado-Kirsch-Salat her: gewagt. Gelungen.

An den Wänden hängen Bilder von Stammgästen, die Mr. Chow, der dieses Jahr zweiundfünfzig wird, hat einrahmen lassen: Tom Cruise, Arnold Schwarzenegger, Francis Ford Coppola, Mick Jagger und Andy Warhol, gleich dort drüben, neben John Lennon und Yoko Ono.

Jay hat Lust, aufzustehen und einfach zu gehen. Aber er bleibt und da wird auch schon das Rindfleisch serviert.

— Ich möchte mich nicht mehr in meinem Atelier einschließen. Ich möchte mich an der Welt reiben.

— Pass auf, dass du dir dabei die Finger nicht schmutzig machst.

— Man muss versuchen, etwas zu bewirken, sagt Keith, sonst bringt das alles, was wir machen, doch nichts. Wir malen Linien auf irgendwas Weißes und das soll's gewesen sein?

— Mach, was du willst, aber ich habe keine Zeit für so was, antwortet Jay mit seiner schleifenden Stimme. Ich muss der Welt erst mal eine Form geben. Und das allein kostet mich all meine Zeit.

— Aber diese Form muss irgendeinen Einfluss auf die Wirklichkeit haben!

— Wird sie aber nicht.

Andy schenkt sich noch ein wenig von dem vorzüglichen Pinot Noir nach.

— Ich finde, dazu sind wir da und die Wände genauso, macht Keith weiter. Wir kommunizieren durch unsere Bilder.

— Der Künstler hat nichts Bestimmtes zu sagen, unterbricht ihn Jay. Im besten Fall kann er etwas zeigen, aber er ist kein Vermittler. Er empfängt und er dichtet um. Das ist alles. Er erstellt eine neue Ordnung. Das ist schon allerhand.

(Heute ist er in Höchstform.)

— Wenn ich deine Bilder sehe, habe ich eher das Gefühl, dass du dem Chaos der Welt noch mehr Chaos hinzufügst, sagt Keith, der auch ziemlich auf Draht ist.

(Dabei kennt er Jay doch und weiß genau, dass man ihm nicht auf die Eier gehen sollte.)

Andy lächelt. Er hätte bestimmt etwas zu sagen, aber er bleibt lieber stumm. Früher ist er mit seinem Tonbandgerät umhergelaufen und hat alles aufgezeichnet. Er nimmt sie zwar nicht mehr auf, aber die Leute reden trotzdem weiter.

— Es gibt tausende Dinge, die man sagen und tun könnte, regt sich Keith auf. Es gibt AIDS, Krieg, Korruption, Crack, Niedertracht, Rassismus – und da willst du, dass ich schweige!

— Rede, rede nur, Keith, das ist super. Wir lieben es, dir zuzuhören.

Um die Stimmung zu entspannen, erzählt Madonna eine *pikante* Anekdote von ihrer letzten Tournee. Andy fällt auf, dass er der Einzige an diesem Tisch ist, der älter als dreißig ist: Er ist fünfundfünfzig.

Ihm ist es gelungen, Einfluss auf die Welt zu nehmen. Aber das war nicht geplant, im Leben nicht!

Madonna wendet sich an Jay.

— Dafür ist Berühmtheit also gut? Für nichts?

— Ganz genau, meine Liebe. Du bist dafür das beste Beispiel.

Sie macht ein verächtliches Pffh und dann kommt der Nachtisch. Fruchteis und Pièces Montées.

— Aber ein *Held* sein, wie der *feine Herr* einer ist, das geht, oder wie?, sagt sie.

— Schon eher.

— Was laberst du für eine Scheiße?, fährt Keith dazwischen. Es ist 1984! Heldentum, das hat uns doch alle in den Abgrund getrieben.

— Was ist los mit dir, Keith, ist dir zu warm?

— Wir alle sind Antihelden, die im Grauen der Geschichte feststecken. Absurde Hampelmänner. Helden gibt es nicht mehr, Mann.

— Es gibt Elvis, Dylan, Lennon (auf den er dabei zeigt).

— Das sind doch keine Helden, das sind *Entertainer*. Könige der Unterhaltungsbranche.

— So wie sie, meinst du?, sagt Jay mit Blick Richtung Madonna.

Die reagiert nicht darauf, sie ist schon ganz woanders:

— Da ist dieses Mädchen, die diese Talkshows macht, verdammt, ihren Namen weiß ich nicht mehr –

— Jay, ich mag dich, das weißt du, aber du nervst echt mit deinen großen Parolen.

— Hallo, Leute!

Das breite Lächeln von Matt Kaplan taucht da vor ihnen auf.

— Sieh an, mit dir hatten wir gar nicht mehr gerechnet, sagt Keith.

Matt setzt sich und fängt sofort mit einer eigenen Geschichte an.

— Auch wieder so ein verrückter Zufall, als ich diese Frau getroffen habe, die – na ja, letztendlich wollte sie ein Bild von mir, aber eines von davor, aus meiner Brick Era, wie der Typ von *Artforum* damals geschrieben hatte, und ich so, aber meine Liebe, das müssen Sie mit meinem Agenten besprechen, das geht nicht einfach – und sie daraufhin, ach so! Und kommt näher, sieht mir direkt in die Augen, ihr Atem an meinem Hals und dann sagt sie, warten Sie mal, kennen wir uns nicht irgendwoher? Ja, genau, bei dieser Orgie in der 12th Street, oder? Hahaha! Und ich so, ja, sicher, schon klar!

Sein lautes Lachen steigt wie eine Woge an. Niemand stimmt mit ein. Also kommt Matt wieder runter und macht gleich weiter:

— Und da hab ich ihr gesagt, die Brick Era ist

vorbei und aktuell ist bei mir alles viel einfacher und zugleich komplexer. Na ja, ihr kennt das ja, ihr seid ja auch Künstler – ich hab versucht, ihr zu erklären, dass ich jetzt nach größerer Klarheit strebe, mithilfe derer sich das Potenzial maximal entfalten kann und zugleich alle Fäden offengelegt werden – aber ich weiß nicht, ob sie in der Lage war, das zu begreifen. Jedenfalls hat sie eins gekauft. Sie hatte einen süßen kleinen Arsch.

Jay hat sich seit fünf Minuten nicht gerührt. Er ist völlig gefesselt. Wie kommt es, dass ihm das erst jetzt auffällt? Matt ist der Zyklop. Riesig, mit seinen Tintenfischhänden, die von der Brutalität und Blindheit seines einzigen Auges gelenkt werden, dort, mitten auf der Stirn.

Und der Zyklop geifert vor sich hin, angetrieben von seinem maritimen Temperament.

Und in Jays Kopf fängt es an zu sprudeln.

Sie alle sitzen da am Tisch, mit ihren großen, mit Wasser gefüllten Köpfen, diese leeren, beschissenen Phrasen, er hält es nicht mehr aus. Und der da vor allem, der ...

— manchmal frage ich mich, wie die Leute, und wer

— das Mindeste, verdammt!

Sein hohles Gelaber, seine hohlen Gemälde, seine Selbstgefälligkeit, gepaart mit vollkommener Talentlosigkeit.

— als ob Pollock nicht

— Halt die Fresse, Matt.

— Wie bitte?

— Halt die Fresse.

Matt erhebt sich. Jay steht schon, bereit zu gehen. Matt richtet seinen Finger auf ihn.

— Weißt du was, wir klären das auf die alte Art, sagt Jay mit seiner schleifenden Stimme. Wir regeln das mit einem Duell.

— Jaja, ganz bestimmt, seufzt Matt.

— Nächsten Sonntag, zwölf Uhr, im Central Park, bei den Enten. Bring dir Unterstützung mit.

Matt findet das komisch.

— Wo glaubst du sind wir hier, Jay, in einem Ritterroman?

— Ich mache keine Scherze. Du kannst jetzt schon deine Waffe wählen.

— Aha! Den Degen!

— Sehr gut.

Matt feixt noch ein wenig. Dann hält er inne. Auf Jays Gesicht zeigt sich keine Regung. Dieser Typ ist völlig durchgeknallt, das habe ich schon immer gesagt.

Einige Tage sind vergangen, Matt Kaplan arbeitet in seinem Atelier. Da klopft es an der Tür. Zwei ihm unbekannte Typen stehen davor.

— Wir sind wegen der Waffen da.

— Oh, so langsam geht er mir echt auf den Senkel mit dieser Geschichte!

— Und wegen der Uhrzeit. Morgen Mittag.

— Jaja, verpisst euch.

Und dann ist er hingegangen. Was blieb ihm auch anderes übrig? Sich vor diesem kleinen Arschloch verstecken? Verdammt, er ist Matt Kaplan, ein Star der zeitgenössischen Kunst, er lässt sich diese öffentliche Blamage nicht gefallen.

Er läuft in seine hellen Jeans gekleidet durch die Stadt. Er betritt den Central Park durch den Südosteingang.

Jay ist bereits da, neben dem Ententümpel. Er wird von zwei lächerlichen Typen begleitet. Er hält einen Degen in der Hand.

— So, Jay, jetzt hör auf mit dem Scheiß.

— Ganz deiner Meinung, bringen wir's endlich hinter uns.

Und damit macht er einen Schritt zurück und stellt sich in Angriffsposition.

Matt nimmt den Degen, der ihm gereicht wird. Das muss ein Traum sein: Wir befinden uns in New York, im Jahre 1984, vor ihm schwenkt ein Kerl seine Waffe, und er hat keine Wahl, das Gerät saust auf ihn nieder, er muss es abwehren.

Die beiden Klingen klirren.

— Jay, hör auf, bevor –

— Kommt nicht infrage.

Verdammt, der Typ ist bis obenhin zugekokst, er wiegt sechzig Kilo, ich dagegen hundert, und er macht einfach weiter!

— Jay, ich hab dich gewarnt.

— Ich warte.

Matt springt zur Seite, Jay pariert und geht aus der anderen Richtung zum Gegenangriff über.

Und dann ist es Matt plötzlich zu doof. Er hat wirklich Besseres zu tun. Er hält seinen Degen aufrecht vor sich und sieht Jay mit seiner tropfnassen Stirn direkt an. Er atmet tief ein und wartet den Moment ab, in dem sich das Zwerchfell hebt, um seinen Schlag auszurichten.

— Hast du das gesehen, Will, da drüben, sagt Keira Phelps.

— Die Leute sind verrückt. Halt bloß Abstand, mein Schatz.

Jay hat den ersten Hieb erwidert, aber den zweiten hat er nicht kommen sehen.

Matt wollte ihm nicht wehtun, aber im Eifer des Gefechts und weil er so genervt von der ganzen Zeitverschwendung war, hat er ihm die Spitze einige Zentimeter tief in den Unterbauch gerammt.

— Was war das für ein Schrei?

— Komm schon, lass uns gehen, sagt Will Phelps zu seiner Frau.

Matt hat den Degen weggeworfen und ist auf Jay zugesprungen, scheiße, verdammt. Es sieht so aus, als wäre es noch mal gut gegangen, das Ding ist nicht weit hineingegangen, aber trotzdem.

— Na, jetzt mach schon, beweg deinen Arsch, herrscht Matt einen der Trottel an: Ruf einen Krankenwagen!

Er drückt beide Hände auf die Wunde.

— Verdammt, ich hab's dir doch gesagt, immer wieder gesagt, du blöder Idiot.

Bevor alles um ihn herum schwarz wird, ist das Letzte, was Jay sieht, das Zyklopenauge, das sich über ihn beugt, mit diesem forschenden Blick, als suche es in ihm nach einem Geheimnis. Einige Sekunden kann er noch das Blaulicht sehen, verzerrt, durch diesen optischen Effekt, wie durch einen Türspion. Das Auge hält einen Zentimeter vor seinem Gesicht inne. Jay betrachtet das beeindruckende Antlitz des Zyklopen, dessen roter Vollbart ihn streift. Und dann fällt er.

Am Ende war es gar nicht so schlimm.

Eine Schnittwunde, aber nur oberflächlich. Mit ein paar Stichen und ein bisschen Ruhe ist Jay schnell wiederhergestellt.

Aber der Zyklop wurde nicht besiegt und die anderen Meerungeheuer sind immer noch auf freiem Fuß. Weil er Kohle braucht, muss er seit Kurzem ein weiteres an seinem Hof dulden. Es handelt sich um eine Frau namens Mary Boone. Sie war es, die Matt Kaplan zu Ruhm und Erfolg verholfen hat, damit wäre die Sache eigentlich klar. Aber sie steht mitten auf dem Schachbrett, ihre Verkäufe laufen auf Hochtouren, sie ist die Ikone einer neuen Generation von Kunsthändlern. Gierig wie ein Hai und gleichzeitig wendig wie ein Lachs, diesen Spagat meistert sie mit Bravour.

Jays Geduld nimmt von Tag zu Tag ab.

Alles, was sich bewegt, stellt eine Gefahr dar.

Er lädt Mary Boone und Bruno Bischofberger zum Abendessen ein.

Er hat neue Bilder für sie.

— Mein lieber Jay!, bricht es aus Mary Boone heraus, ganz in Schwarz gekleidet. Es ist etwas unordentlich, aber immer noch genauso gemütlich bei dir.

Bischofberger legt seinen Arm um Jay, der sich in der Küche zu schaffen macht. Er klopft ihm auf die Schulter.

— Mein guter Freund ... wie immer eine Freude, dich zu sehen. Was kochst du uns Schönes?

— Überraschung.

Mary Boone ist auf die letzten Arbeiten ihres neuen Schützlings zugetreten. Bischofberger hatte ihr besonders dazu geraten, Jay zu nehmen. Sie war sich anfangs nicht sicher. Sie mochte seine ersten Bilder, aber fand, dass er sich seither im Kreis drehe. Und das ist schade.

— Oh, dieses da, das will ich!

Es ist ein riesiges Gemälde, ein schreckverzerrtes Gesicht auf goldenen Holzlatten. Es ist einfach, eindringlich, es gefällt ihr.

Jay steckt den Kopf durch die Tür.

— Das da ... okay.

Er schneidet das Gemüse und wirft es dann in die Brühe.

— Setzt euch!

Bruno hat Mary, ohne zu zögern, ein Stück von seinem Jay-Kuchen abgegeben, denn er weiß, wie unbeständig dieser Junge ist. So kommt er seinen Ausflüchten zuvor und sichert einen Teil, der ihm ohnehin durch die Finger gegangen wäre. Um im Spiel zu bleiben, muss man immer genau abwägen, wie lang man die Leine lässt.

— Hm, das riecht ja göttlich, sagt Mary, während sie ihre Zwanzigerjahre-Haarpracht über die Schulter wirft.

Bischofberger, der seit einem Muffin um fünfzehn Uhr nichts mehr gegessen hat, setzt sich als erster. Mary Boone geht ins Bad, um sich die Hände zu waschen.

Jay rührt die Brühe um, Sly, sein Assistent (und gelegentliche Küchenhilfe), hat schon den

Wein serviert. Mary hat sich hingesetzt. Sie nimmt einen Geruch in der Luft wahr, den sie nicht ganz zuordnen kann.

— Soll ich die Teller servieren?, fragt Sly.

— Nein, nein, sagt Jay, ich mache das.

Mary und Bruno sehen Jay dabei zu, wie er sich mit zwei tiefen Tellern nähert. Bruno kennt dieses Lächeln. Man kann es nicht wirklich auf seinen Lippen orten, es ist, als schwebe es über seiner Haut, ein Lächeln wie von einem Kind, das sieht, wie sich das hübscheste Mädchen der Schule an seinen Tisch setzt und es sie bitten wird, ihm das Salz zu reichen, obwohl ein Salzstreuer direkt vor ihm steht. Jay stellt die beiden Teller ab. Darin, zwischen den Paprikaschoten in kräftigen Farben, den Auberginen in dunklem Lila und den in feine Scheiben geschnittenen Radieschen, winden sich Aale. Mary stößt einen Schrei aus und wirft sich nach hinten. Bruno schreckt ebenso zurück vor diesen Viechern, die sich dort wie auf dem Meeresgrund tummeln. Er schiebt seinen Stuhl zurück und steht auf. Und da bricht das Lächeln auf Jays Gesicht aus, er krümmt sich vor Lachen über den Streich, den er ihnen gespielt hat, seht ihr, Schlangen, genau das seid ihr, hahaha, und dann sagt er: Guten Appetit, meine Freunde, nur zu, und Bruno mustert ihn und er weiß genau, dass er nichts sagen wird, dass sie ohne ein Wort gehen und morgen, wenn alle sich wieder beruhigt haben, die üblichen Geschäfte wieder aufnehmen werden, so, als wäre an diesem Abend nichts vorgefallen.

Mary ist gestürzt. Sie richtet sich wieder auf. Sie wischt sich die Haare aus der Stirn und sagt zu Sly:
— Schmeiß diesen Scheiß in die Tonne.
Jay schlägt sich die Hände auf den Bauch.
— Du kleines, mieses Arschloch.

•

Und dann ist alles schnell wieder vergessen. Jay muss die Miete an Andy zahlen und seine tägliche Ration. Mary Boone und Bruno Bischofberger müssen ihre Geschäfte ankurbeln und tun so, als wäre Jay kein schlecht erzogener Rotzlöffel.
— Weißt du, Bruno, ich glaube, diesem Kindskopf fehlt es an Tiefe, sagt Mary Boone. Ihn interessiert nur, wo er zu Abend isst und mit wem, und was die Leute über seine Arbeit sagen, und ob sie ihm für die Zukunft nützlich sein können. Das ist kein Künstler. Ein Künstler hört nicht darauf, was die Öffentlichkeit, Kritiker und Sammler sagen. Ein Künstler macht einfach. Er hat kein wirkliches Innenleben.
Bruno Bischofberger nickt, er möchte ihr nicht widersprechen, Gegenwind bekommt sie schon genug, auch ohne sein Zutun.
— Ich glaube, es ist zu spät. Sein Erfolg lässt nach. Es gibt nicht mehr viel, was man aus ihm herausholen kann, Bruno, und du hast die Zitrone bis aufs Letzte ausgepresst.
— Hör mal, Mary ...

— Tut mir leid, dass ich das so freiheraus sage, aber so bin ich eben.

Am nächsten Morgen klopft es an der Tür.

Kurz zuvor hatte sie einen Boten mit achttausend Dollar zu Jay geschickt. Er ist schon wieder zurück.

— Alles gut, er war zu Hause. Er hat mir das Bild gegeben.

Mary nimmt das Tuch ab, in das die Leinwand gewickelt ist.

Es ist dasselbe Gemälde, aber durch das Gold verläuft jetzt eine schwarze Linie, die in einer Pfeilspitze endet. Darüber hat Jay geschrieben: *Gold Copyright*.

Mary bedeutet dem Kurier, sich zu verpissen.

Sie nimmt das Bild mit nach oben. Dann kommt sie wieder runter, atmet einmal tief ein, bevor sie sich draußen vor der Tür eine Zigarette anzündet.

NICHTS SAGEN

Jay taucht immer häufiger ab. Und dann ist er urplötzlich wieder da und nimmt den ganzen Raum ein.

— Du sagst nichts, wenn ich mal nicht mehr da bin, okay, sagt er zu Leslie Marsh, seiner neuen Freundin.

Er weiß es, dann kommen alle Wölfe aus ihren Käfigen und machen sich über seine Bilder her.

— Du schwörst, ja? Du musst es mir versprechen.

Er weiß es ganz genau. Es ist schließlich jetzt schon so, obwohl er noch lebt, wenn er dann erst mal tot ist –

— Na los, sagt er mit fester Stimme.

— Ja, ich werde nichts ausplaudern, antwortet Leslie. Ich habe es dir bereits gesagt, und ich sage es noch einmal.

Auf seinem Gesicht kann man noch die Kindertage ausmachen, aber sie sind fast erloschen.

— Ich weiß sowieso, dass du es sagst. Mit euch allen ist es immer das Gleiche, Gelaber, Gelaber, nur Gelaber, ihr nutzt mich aus.

— ICH HABE DIR VERSPROCHEN, NICHTS ZU SAGEN, VERDAMMT, HÖRST DU MIR ÜBERHAUPT ZU?

— Du musst nicht schreien, ich höre dich. Aber ich glaube dir nicht.

Also wirklich, denkt sie, es ist nicht nötig, so ein großes Ding daraus zu machen. Es handelt sich schließlich auch nicht um den Schlüssel, das Geheimnis, das Ding, mit dem die Leute auch so –

— Ich weiß, was du denkst, Leslie. Ich möchte von dir nicht wissen, wie du die Lage einschätzt, ich will einfach, dass du nichts sagst. Ist das denn so schwierig?

— Schwierig nicht, es ist absurd.

Er weiß, dass man ihn beklaut, sobald er den anderen den Rücken zukehrt, man wird ihm das, was er dem Nichts abgerungen hat, aus den Händen reißen – er hat es bei seinen Assistenten gesehen, die kleben, fabrizieren, beobachten und dann, zack, plötzlich sind sie Künstler, im ganzen Leben noch keine Leinwand berührt, aber jetzt ist das neue Talent die Malerei, na klar, tausend Ideen – und nicht eine davon gehört ihnen.

— Du wirst es ihnen verraten, ich weiß es einfach.

Sobald er es endlich schafft, einzuschlafen, sieht er ganze Horden von Zombies mit zum Boden herabhängenden Armen sich grunzend seinen Bildern nähern, sie zerfetzen und fressen, wie eine Meute Hunde.

— Wie kommst du darauf, ich würde etwas sagen, und wer würde mich überhaupt fragen? Und was würde das ändern?

Ganz einfach, diese Leute hält nichts auf, und ich will nicht – sie haben schon mein Leben und meine Bilder in ihren Klauen, sie haben die Gitterstäbe meines Käfigs aufgestellt, der ungesittete Poet, das geniale Kind – ich will nicht, dass sie auch noch das bekommen, das ist meine letzte Zuflucht.

— Ist doch offensichtlich, man muss sich doch nur mal umsehen.

— Ich will das nicht, ich will nicht, und basta.

— Ich habe es ja verstanden, ist gut. Komm her ...

•

Leslie Marsh sitzt seit ungefähr zwanzig Minuten in diesem Café in Midtown. Die 46th Street ist ruhig zu dieser Zeit. Patrick Sharp, ein Journalist bei der Zeitung *Newsday,* hat ihnen zwei Kaffee bestellt. Sie hätte lieber Cola getrunken.

— Und wie war er mit Ihnen? Man hat ihm nachgesagt, er sei oft recht ungestüm gewesen, vielleicht sogar gewalttätig ...

— Ja, manchmal. Man wusste nie so genau, wie man sich verhalten sollte ... aber er war sehr charmant, ich habe ihn trotz allem geliebt ...

Seit einigen Jahren steigert sie langsam die Make-up-Menge und braucht mittlerweile eine ordentliche Schicht, und außerdem ist ihre Haut mit der Zeit immer trockener geworden, sie nimmt Nahrungsergänzungsmittel. Der Journalist trinkt geräuschvoll einen Schluck Kaffee.

— Und nun zu seiner Arbeit ...

— Ja.

— Nun ja, ich weiß nicht. Wie war seine Herangehensweise?

— Da gibt es nichts zu sagen. Er hat einfach gemacht, Punkt.

Leslie wohnt jetzt in der Upper West Side, die Jugend und die wilden Nächte auf Ausziehsofas sind Geschichte. Sie arbeitet für ein Versicherungsunternehmen, hat zwei Kinder, sie kann sich das jetzt nicht mehr erlauben.

— Schon klar, schon klar ... aber was hat Ihrer Meinung nach seinen Erfolg ausgemacht?

Sie waren nicht sehr lange zusammen, aber es war leidenschaftlich. Manchmal denkt sie daran zurück. Die weiten Bürgersteige vor ihnen.

— Wissen Sie, er hatte etwas Geniales an sich. So viel steht fest. Und dann war da bei ihm noch dieses ... es kam irgendwie alles aus der gleichen Quelle – so jedenfalls, könnte man es zusammenfassen. Das hat er übrigens selbst mal gesagt. Lustig, jetzt erinnere ich mich, er wollte auf keinen Fall, dass das herauskommt. Ich weiß wirklich nicht, warum. Dabei springt einen das förmlich an, wenn man seine Bilder sieht. Wir haben an einem Abend darüber gesprochen. Wir waren bei Mr. Chow, da sind wir ständig hingegangen, er hatte da seinen eigenen Tisch. Er hatte einen sündhaft teuren, französischen Wein bestellt, an dem Tag waren zwei seiner Bilder verkauft worden, er war gut gelaunt. Wir haben geplaudert – er war an diesem Abend gesprächig. Seine Hände wanderten ganz ruhig über die Teller. Beim Dessert, als ich seine Hand genommen und sanft gestreichelt habe, hat er gesagt, weißt du, das ist alles eigentlich ganz simpel. Alles, was ich mache, stammt direkt aus den Trickfilmen, die ich im Fernsehen sehe. Da steckt alles drin, glaube ich. Das Tempo, die Linien, die Kindheit. Ich habe laut gelacht, der Kellner hat sich zu uns umgedreht. Ich habe gesagt, Jay, wir wohnen zusammen, ist dir das schon aufgefallen? Ich sehe dich. Das weiß ich doch alles. Ach ja? ... Dann behältst du es aber für dich, oder? Und ich habe es ihm versprochen. Ja, Jay, obwohl es eigentlich egal ist, werde ich nichts sagen. Und es stimmt, wenn ich eines seiner Bilder sehe, muss ich gelegentlich daran denken. Es ist, als sähe man einen Cartoon.

Der Kaffee ist kalt geworden, sie haben sich noch ein wenig unterhalten, bevor sie zurück auf die Straße getreten sind. Sie war spät dran. Er ist zurück in die Redaktion gefahren. Er hatte schon eine Überschrift. Sie würde einen unspektakulären Nachmittag verbringen, vielleicht etwas aufgewühlt von alledem.

Am darauffolgenden Tag ist alles vergessen. Sie hat einen wichtigen Termin um elf Uhr. Rock, Lippenstift, schwarzer Kajal und los.

NEW YORK TIMES

Mary Boone hatte ihn am Nachmittag angerufen. Er war gerade dabei, sich eine Creme für trockene bis sehr trockene Haut zu kaufen.
— Bingo! Die Titelseite der *New York Times*!
— Gut. Wann kommen sie?
— Morgen. Mach ein bisschen sauber.
— Ja, klar, sonst noch Wünsche?
Sie haben etwas verspätet bei ihm geklingelt. Es war unordentlich wie immer. Händeschütteln, dann geht es los. Fragen von einer und dann von der anderen Seite –

Gegen Ende der Siebzigerjahre stotterte die zeitgenössische Kunstwelt noch vor sich hin. Alle jungen Talente schliefen in Hauseingängen. Aber das hat sich gewaltig verändert: Heute essen sie in den besten Restaurants der Stadt, haben einen Chauffeur, sind die Könige der Welt. Die Wirtschaft hat sich erholt, Reagans Reformen haben gefruchtet, es ist ein weltweiter Aufschwung zu verzeichnen, der sich auch in der zeitgenössischen Kunst bemerkbar macht.

— Also gut, also gut ..., hat der Fotograf nachdenklich gemurmelt, während er durch das Wohnzimmer gegangen ist.

Es wird spekuliert, verkauft, gekauft. Es entstehen Kreaturen wie dieser junge schwarze Künstler aus Brooklyn: unverschämt und genial.

Jay trägt ein weißes Hemd, seinen zweiteiligen Armani-Anzug, blau mit hellen Nadelstreifen, eine blau-grau gestreifte Krawatte um den Hals. Seine Haare hat er hochgesteckt. Gerade hat er seine Schuhe ausgezogen. Damit die Sache gleich klar ist.

— Sie könnten sich dorthin setzen, ja genau, vor dieses Bild.

Sie sind im Wohnzimmer seiner Wohnung in der Great Jones Street. Zwei Gemälde lehnen an der Wand. Auf dem einen schreit ein Dämon, wie von Flammen gebissen. Jay setzt sich davor.

Der Kunstmarkt boomt, die Werke eines Newcomers können in kürzester Zeit durch die Decke gehen. Ein gutes Beispiel dafür ist dieser Basquiat, noch vor fünf Jahren schlief er in besetzten Häusern. Heute verkaufen sich seine Bilder für zwischen zehn- und fünfundzwanzigtausend Dollar, werden in Zeitschriften abgedruckt, von großen Kunstsammlern und Museen wie dem Whitney Museum of American Art gekauft.

Der expandierende Kunstmarkt geht mit einer ästhetischen Wende einher. Dem Minimalismus und Konzeptualismus wird immer mehr der Rücken zugekehrt und die neuen Player fordern die Rückkehr von Sensationalismus, Expressionismus und der Darstellung einer gewissen Gewalt in der Kunst.

Er setzt sich auf einen der beiden rot-gelben Stühle und wirft dabei den anderen vor sich um. Er stützt seinen Fuß darauf ab.

— Ja, das ist sehr gut so, sagt die Journalistin, die schon genau weiß, was sie schreiben wird, und das *super*passend findet.

Jay denkt an andere Dinge. Er ist heute nicht gut drauf. Aber es ist schließlich das Cover des *New York Times Magazine*, also bringen wir es schnell hinter uns.

— Wie wäre es, wenn Sie eine Farbtube und einen Pinsel in die Hand nehmen?, fragt der Fotograf.

— Damit auch keine Missverständnisse aufkommen?

Ein Schwefelduft umhüllt den Künstler. Mit seinen Launen stößt er die Händler und Sammler regelmäßig vor den Kopf. Einmal hat er einem einen Eimer Wasser über den Kopf gekippt. »Ja, es stimmt, er ist nicht immer einfach zu handeln«, erklärt uns Mary Boone, die sich um einen Teil der Werke des jungen Künstlers kümmert. »Aber was soll's? Dafür sind wir schließlich da.«

Im Jahr 1982 lebte Basquiat vereinsamt in seinem Loft in SoHo. »Ja, dort habe ich damals meine besten Bilder gemalt. Ich habe wie ein Irrer gearbeitet, habe sehr viele Drogen konsumiert. Ich war unausstehlich zu den anderen.«

Er hat sich wieder hingesetzt, einen Pinsel in der rechten Hand, das Bein zurück auf den umgekippten Stuhl gelegt und sich der Kamera zugewandt.

— Ja, perfekt.

»Eigentlich mag ich die Kunst von Kindern lie-

ber als die von egal welchem Künstler und allen Epochen zusammengenommen.« Er macht eine Pause. »*Ich wusste immer schon, dass ich einmal berühmt sein werde. Und ich habe alles dafür getan.*«

Jay starrt den Typen direkt an. Er ist da, wo er immer sein wollte, und jetzt sollen es alle wissen.

— Ja, noch mal, so, genau. Sehen Sie mich an.

Ist dieser junge Mann das Resultat einer Aktienblase, ein flüchtiger Trend ohne Zukunft? Kann sein aus einer Spekulation geborenes Werk die Zeit überdauern?

Da sieht Jay direkt in die Hasselblad und in seinem Blick ist einfach alles; der Fotograf spürt das und schießt ein Bild: Fertig, das ist es.

Jay hat seinen Vater und dessen Frau, Nora, angerufen, auch Andy und Patricia.

Um einundzwanzig Uhr treffen sie sich auf der Terrasse des River Café in Brooklyn mit Blick auf den Hudson. Jay hat fünf Exemplare der *New York Times* mit Magazinbeilage dabei. Er überreicht eines seinem Vater.

— Es ist das erste Mal, dass es ein schwarzer Künstler auf die Titelseite schafft, sagt Patricia.

— Sehr gut, bravo, ich lese es in Ruhe zu Hause.

— Sie können mächtig stolz sein auf Ihren Sohn, macht sie weiter. Was er erreicht hat, hat vor ihm noch keiner geschafft.

Jay trägt einen anderen Anzug. Die Vorspeisen werden gebracht. Jay setzt sich seinem Vater gegenüber, der das Foto betrachtet.

— Nicht schlecht. Aber warum bist du barfuß?
— Warum nicht?, antwortet Jay.
— Ich weiß nicht, es ist immerhin das Cover der *New York Times*.
— Eben.
— Deine Zehen sind dreckig.

Walter blättert durch das Heft. Da ist eine halb nackte Frau auf Seite sieben, die ihn anzustarren scheint.

Warhol erhebt sein Glas:
— Auf den neuen Picasso.

Alle tun es ihm nach, aber es klingt ernüchternd, es sind keine Kristallgläser.

Jay betrachtet seinen Vater, der sich in den Wirtschaftsteil vertieft hat.
— Na los, gib her.

Er reißt ihm die Zeitung aus den Händen.
— Ich hebe drei für dich auf, damit du den Fisch darin einwickeln kannst.

Und er geht raus auf die eisige Straße.

Er hätte ihm eine runterhauen sollen.

Er nimmt das gefaltete Heft aus seiner Manteltasche. Er hat den »barfüßigen Rebellen« nicht *gespielt*, so ist er eben, aber sie haben ihn darauf reduziert. Er hat sich damit von den anderen abheben wollen: Jetzt sieht man nichts anderes mehr. Er ist zu einer Schachfigur geworden. Niemand interessiert sich mehr für seine Bilder. Er nimmt die Zeitschrift erneut in die Hand und da trifft ihn sein eigener Blick. Er sieht das halb geschlossene Auge, das fast schon erloschene

Schimmern des anderen, linken Auges, er sieht die Arroganz darin und die ungeheure Übersättigung, er sieht dieses gewisse Etwas, das den Fotografen im Moment der Aufnahme überzeugt hat. Nicht die Ruhe des Überlegenen, der sich von seinen Ketten befreit hat. Es war etwas anderes. Jay sieht diesen Typen an, der angeblich er sein soll. Er war ganz oben und ist es schon nicht mehr. In diesen Augen sieht er das ganze Ausmaß an Lebensüberdruss. Mitten auf der Atlantic Avenue, da, wo er damals mit seinen Schwestern im prasselnden Regen nach einem Stand mit Zuckerwatte gesucht hatte, bleibt er abrupt stehen und schließt die Augen. Er hebt den Kopf und stößt einen Schrei aus. Er wünscht sich, dass das Geräusch seiner Stimme ihn für einen Augenblick das Foto vergessen lässt und dass dieser dem Untergang geweihte Mann darauf, mit starrem Blick und in die Hände gestütztem Gesicht, gar nicht er wäre, sondern irgendein Thronräuber, der sich nur für ihn ausgibt.

Fünfzehn Sekunden später ist der Schrei verstummt.

*I am getting so far out
one day I won't come back at all.*

William S. Burroughs

MASKOTTCHEN

Nach einer Zeit hört man es nicht mehr, doch das ist schade, denn man wünschte, dieses verfluchte Dröhnen der irrsinnigen Taxiflotten, Fußgänger, Rempeleien, Besorgungen, Beleidigungen und der allgemeinen Übermüdung in unseren Ohren würde nie aufhören. Also hat er sich gegen die Scheibe des Café Metro an der wunderbar lärmenden Fifth Avenue, Ecke 42th Street gelehnt, seinen Hintern tief in die Bank gedrückt, die Ellbogen auf den Steintisch gestützt und beobachtet. Er denkt, dass er sich als Maler eigentlich nie daran gewöhnen dürfte. An nichts. So abgeklärt, wie er heute ist, hat er möglicherweise wenig Künstlerhaftes an sich. Versuchen wir es trotzdem.

Vor ihm ragt das prächtige Gebäude der New York Public Library empor, umringt von in der Sonne glitzernden Hochhäusern. Er betrachtet das Schauspiel vor dem Fenster. Die Zeitung liegt auf dem Tisch. Der Kritiker der *Herald Tribune* ist vorgestern zur Vernissage gekommen, heute müsste der Artikel über ihn erschienen sein. Er wird später Andy anrufen.

Er wartet. Menschen gehen vorbei.

Das von ihm erhoffte Spektakel hatte nicht stattgefunden. Die Einweihung war wie lauwarme Suppe gewesen. Ein paar Leute sind gekommen, sicher, aber etwas hat gefehlt. Die Bilder, da ist er sich sicher, haben ihnen nicht gefallen, die Journalisten haben nichts gesagt. Aber wissen die überhaupt, wie man Sätze bildet? Die Syntax hat durchaus ihre Tücken.

Irgendwann schlägt er dann doch die Zeitung auf.

Seite zweiunddreißig, das Foto: Jay und Andy, Seite an Seite, Boxhandschuhe an den Händen. Der Junge mit freiem Oberkörper und einer großen Narbe, die vom Brustbein über den ganzen Bauch bis zum Schambein verläuft. Andy trägt ein weißes Shirt.

Die Ausstellung zeigt einige der Bilder, die die beiden Künstler gemeinsam geschaffen haben.

Er war sich vorher unsicher gewesen.

Es sollte wohl ganz nach dem Motto gehen: Du fängst an und ich mach's zu Ende.

Aber Bischofberger, ja, Bischofberger wollte eine Ausstellung. Na schön, dann machen wir eine, wenn du willst.

Es wirkt gekünstelt. Es funktioniert nicht.

Sie hatten sechzig der etwa zweihundert gemeinsam gemalten Bilder ausgewählt.

Der Schwanengesang zweier Künstler, die ungebremst den Abgrund hinunterstürzen. Bei dem einen ist es schon zu spät und beim anderen kann es nicht mehr lange dauern.

Ein Jahr hindurch haben sie gearbeitet, Kombinationen gesucht, mit Farbtönen experimentiert, Ausrutscher, Fusionen.

Es war nicht das Beste, was er je hervorgebracht hatte, so viel war auch ihm klar. Da war Misslungenes und auch so mancher Automatismus darunter, außerdem waren die beiden Gemüter nicht immer leicht unter einen Hut zu bringen. Aber mit Warhol zusammenzuarbeiten, würde ihn weiterbringen, ihm helfen, Kritiker, Museen und Universitäten davon zu überzeugen, dass sein Werk etwas taugte, das war nicht zu leugnen.

Warhol benutzt seinen Schützling, um sich an ihm aufzugeilen: ohne Erfolg. Basquiat ist für ihn nur ein Maskottchen.

Hat er das richtig gelesen? Noch mal.

Basquiat ist für ihn nur ein Maskottchen.

Er schließt die Augen, lässt den Milchkaffee in der Tasse kreisen, atmet tief ein.

Ein Maskottchen.

Das Wort legt sich über die Gesichter der beiden Männer.

Ein Maskottchen.

So eine verdammte Scheiße.

Er ist das Maskottchen von niemandem, schon gar nicht von so einem verfickten Albino.

Er trinkt seinen Kaffee. Er sieht die Tasse schon an der Wand zerspringen und wie die Bedienung sich erschrocken umdreht – sie kann nichts dafür, er hält an sich. Er gibt ihr zwei Dollar, schließt die Augen, seine Gesten sind langsam. Er tritt zurück auf die Straße.

Das Telefon, das im Eingang unter Zeitschriftenstapeln versteckt ist, klingelt am nächsten Tag um sechzehn Uhr.

— Ärgert dich der Artikel?, fragt Andy.

— Nein, gar nicht.

Andys Stimme ist etwas belegter als sonst.

— Oh, na gut. Das sind doch eh alles Arschlöcher. Sehen wir uns bald?

— Jaja. Ich bin grade am Arbeiten, aber ja, wir sehen uns.

Jay legt auf.

Im zweiten Stock liegt die Matratze immer noch auf dem Boden, riesig, blank. Jay hatte sie dort ganz zu Beginn hingelegt – sie ist liegen geblieben, sie ist jetzt sein Bett. Er lebt darauf.

Eine junge Frau wohnt seit zwei Monaten bei ihm. Phoebe Briggs arbeitet in einem der neuesten Clubs der Stadt, im Area. Ihre beiden Brüder, die den Laden führen, haben ihr die Organisation der aufwendigen Kostümpartys anvertraut, die jeden Donnerstag stattfinden. Sie hat ihre langen blond gelockten Haare hochgesteckt und ist durch Manhattan gerannt, auf der Suche nach Verkleidungen und Ideen. Die Partys sind völlig irre. An einem Abend hat ihr jemand auf die Schulter getippt: Jay. Danach gab es viele zärtliche Momente. Sie wohnt seitdem bei ihm.

Das Klingeln des Telefons rückt immer weiter in die Ferne. Alles hier wurde so eingerichtet, dass es keine Ecken und Kanten mehr gibt, wie in einer

Blase, bestehend aus Fernsehen und Heroin, man schmiegt sich an, man kann sich darin wohlfühlen. In der Glotze gibt es immer etwas zu sehen. Sie verfolgen die Prozesse, Serien, *Beverly Hills Cop* in Dauerschleife, und *Star Wars*, *Splash*, *Apocalypse Now*, die Kaffeemaschine glüht und brennt irgendwann durch – sie sehen die Videos von Michael Jackson, verfolgen die Play-offs der NBA (Magic Johnson ist in diesem Jahr nicht gut in Form), das Baseballfinale, bei dem New York wieder einmal verliert. Es ist warm da oben bei ihnen. Sie liegen nackt auf dem Bett. Die Zimmerdecke ist niedrig. Sie haben noch Vorrat, versuchen, die zwei Gramm pro Tag nicht zu überschreiten, Jay möchte nicht, dass Phoebe etwas ohne ihn nimmt, er will nicht, dass sie die Kontrolle verliert.

Das Telefon klingelt.

Andy, am anderen Ende der Leitung, ist besorgt.

Jay ruft nicht mehr an. Jay nimmt keine Gespräche mehr entgegen. Andy hat bei Keith nachgefragt, er hat alle gefragt, niemand weiß etwas. Er wählt die Nummer erneut.

Aber im Fernsehen läuft eine spannende Folge von *Miami Vice*, in der sich zwei Typen anbrüllen und dann den Kubaner hochnehmen und ihn mit Knüppelschlägen außer Gefecht setzen. Phoebe schmiegt sich an ihn. Heute tut ihm sein Bein nicht mehr weh. Es geht ohne Pause mit *Ghostbusters* weiter. Nur gelegentlich heben sie kaum merklich einen Arm. Sie schweben in irgendwelchen Sphären. Jay schafft es dennoch, die Fernbedienung zu betätigen. Auf Fox läuft *Susan ... verzweifelt gesucht*, aber er hat gar keinen Bock auf Madonnas Gesicht und schaltet um.

Und die Tage vergehen, Chinatown, Käsepizza, päckchenweise Lucky Strikes, weiß gepuderter Spiegeltisch. *Saturday Night Fever, French Connection* mit Gene Hackman, ein nettes Porträt von Charles Manson, mäßig lustige Serien (Jay prustet dennoch zweimal bei der *Bill Cosby Show* los), Fernsehfilme, darunter ein überaus spannender über die letzten Tage Hitlers.

— Phoebe?
— Ja.
— Komm her.

Die Straßen scheinen weit weg.

Andy hat immer wieder angerufen. Er hat auch zwei Geschenke geschickt. Jay hat nicht reagiert. Andy wollte ihm sagen, dass er für ihn da ist. Er hat verstanden, was passiert ist.

Und dann hat er eines Tages einfach damit aufgehört. Wenn Jay nicht antwortet, ist das letztendlich seine Entscheidung. Er kann ihn nicht zwingen. Das hat er sowieso aufgegeben. Er vermeidet es generell, den Leuten zu nahe zu treten. Er erinnert sich an Situationen, in denen er, als er noch jünger war, gewagt hatte, einigen Freunden zu sagen, was sie vielleicht tun sollten, was sie müssten, dass sie, verdammte Scheiße, jetzt kriegt endlich mal die Füße voreinander, verflucht noch mal!, und dann nichts, keine Reaktion, manchmal waren sie sogar beleidigt.

Also wahrt er jetzt mehr Distanz. Er malt sich das Leben lieber aus, die Reibungen, die Orgasmen. In seinem abgedunkelten Zimmer spürt er sie sowieso intensiver und man leidet so auch weniger. Er hat sich eine Fernbedienung gekauft. Wenn Jay sich einschließen und bis auf die Knochen zudröhnen will, dann ist das sein Problem. Ja, er könnte vielleicht noch ein Wörtchen sagen, vielleicht auch mit der Faust auf den Tisch hauen, aber für wen hält er sich, wenn er sich so etwas erlauben würde? Alle um ihn herum haben seit er denken kann Drogen genommen. Hätte er dann auch zu Jackie Curtis (an einer Überdosis Heroin gestorben), Edie Sedgwick (an den Folgen der Wechselwirkungen verschiedener Barbiturate gestorben), Eric Emerson (wurde neben seinem Fahrrad tot aufgefunden, vermutlich durch eine Überdosis), Lou Reed (ganz knapp dem Tod an einer Überdosis Speed entgangen), Candy Darling (Lymphom), Tom Baker (saubere Überdosis, einwandfrei), hätte er zu all diesen Freunden aus der Factory, die damit beschäftigt waren, den Dingen freien Lauf zu lassen, sagen sollen: »Äh, Leute, seid mal ein bisschen vorsichtig, okay?«

Die anderen sind auch irgendwann draufgegangen, wie Paul America vom Auto überfahren oder aus dem Fenster gesprungen.

Wenn er, der Dandy, also eine Sache weiß,

dann das: MAN KANN DEN ANDEREN NICHT HELFEN.

Er legt den Hörer auf.

Jay schläft mit dem Kopf auf Phoebes Bauch, die sich gerade eine Marlboro anzündet. Im Fernsehen läuft eine Doku über den Vogelzug von Graureihern. Sie bläst Ringe in die Luft, die sich an den Deckenbalken auflösen. Es ist fünf Uhr nachmittags. Das Telefon hat aufgehört zu klingeln. Jay schläft endlich. Phoebe sieht, dass seine Brust sich kaum bewegt. Sie schließt nun selbst die Augen. Die Reiher machen mehrheitlich zwischen den Karpaten und der Küstenregion des Schwarzen Meeres Rast. Die Wälder eignen sich gut für die Überwinterung. Hinter ihren Lidern und Schläfen toben Bilder. Formen, ihr altes Haus, Cleveland, der Hut von John Wayne auf seinem dümmlichen Gesicht. Ihre Zigarette rutscht ihr aus dem Mundwinkel. Sie erlischt von allein nach sechs Minuten auf dem Parkett.

NEW YORK 86

Jay fährt in einer Limousine in Richtung südliches Manhattan und streckt seine Beine aus. Drei Frauen sitzen ihm gegenüber, zwei davon in Nerzmänteln, ein Mann, der sie umgarnt, Flaschen in einem mit Eiswürfeln gefüllten Metallbottich, Aschenbecher, die sich rasch füllen.

Heute sind seine Gesten präzise.

Er kann etwas über die Sitzbänke hinaus erkennen.

— Kommst du, Hase?

Aber ein Schmerz durchfährt seine Brust.

Das kommt bestimmt nicht von irgendeiner sportlichen Betätigung, den Sport hat er aufgegeben. Und dennoch zieht es, da drinnen zerreißt etwas.

— *I'll see your true colors shining through*, singt Cyndi Lauper.

Eine Seite seines Körpers wird nach links gezogen, während die andere –

— Na los, Jay, komm schon, krieg deinen Arsch hoch!

Die jungen Frauen recken ihre Köpfe aus dem Schiebedach.

— Jetzt sieh dir diese Kleine an – Taylor haut ihr auf die Pobacken –, das nenne ich einen Hintern!

Jay dreht die Lautstärke hoch, Whitney

Houstons Stimme erfüllt die Limousine. Auf den schwarzen Ledersitzen liegen Kissen mit neongrünem Kunstfellbezug. Leopardenteppich. Taylor Brown, ein Versicherungsmakler und Amateur für zeitgenössische Kunst, beugt sich über die in einen schwarzen Schrank eingebaute Minibar und befüllt Gläser mit zweiunddreißig Jahre gereiftem Glenturret. Jay beobachtet derweil das Flittchen mit grünen Wimpern im hinteren Teil des Wagens.

Er weiß, dies ist der Grund für seine Schmerzen.

Es sieht aus, als säße er bequem in seinem Sitz, dabei befindet er sich an der Schwelle zwischen zwei Welten. Sein Hintern sitzt still, aber der Boden unter seinen Füßen öffnet sich.

— Du musst dich entscheiden, mein Lieber, diese Seite oder die andere. Tust du es nicht, öffnet sich die Klappe und du sitzt auf der Straße.

Vor seinen Augen bietet sich der immer gleiche Anblick einer neuen Welt: junge Typen mit zurückgegelten Haaren, die mit hochgezogenen Augenbrauen Geldscheine aus dem Fenster der Limousine schmeißen. Auf ihre elektrisierten Körper regnet es Pailletten, Frauen, Kokain. Die Limousine fährt durch die ruhigen Straßen im Süden von Manhattan. Die Golden Boys treten auf die Hände der letzten Landstreicher vor den blitzsauberen Schaufenstern.

— *I'm hungry like the wolf*, presst der Sänger von Duran Duran zwischen die Synthesizerklänge.

1986 zieht am Fenster vorbei und ins Innere des Wagens, voller Strass und schlechtem Geschmack, Exzessen, übertriebenem Ehrgeiz und leicht verdientem Geld. Die Trader der Wall Street und zeitgenössische Künstler, *Stars des Showbiz*, tanzen im Gleichschritt. Schon länger treiben wir durch diesen vorsätzlich vulgären Hedonismus. Man richtet sich in der Sandburg häuslich ein, die zum Schutz gegen den erdrückenden Idealismus der Vorgängergeneration maßgeschneidert wurde. Willkommen im Reich der Discohäschen und Filmemacher im Leopardenhöschen.

— *I just called to say I love you, I just called to say how much I care*, summt Jay, während er mit in den Nacken gelegtem Kopf und schwarzer Sonnenbrille wie Stevie Wonder auf dem Klavier klimpert.

Ein junges Ding reitet auf Taylors Rücken.

— Du bist verdammt unverschämt, das alles so schlecht zu reden, hatte Sarah einmal gesagt, während sich vor ihnen der erbärmliche Anblick einer Party kurz vor ihrem Ende bot.

— Das ist schließlich dein Leben.

Er ist der König in seiner Limo, gottgleich in ein weißes Hemd und einen schwarzen Anzug gekleidet, die Beine hochgelegt und irgendwen dazwischen.

— Leg die Hand hierhin.

Und dennoch.

Es ziept in seinem Bizeps.

Seine Adduktoren brennen.

Er weiß, dass sein Körper zerrissen ist. Denn er gehört nicht ihm allein. Er ist eine Resonanzfläche für alles, was sich um ihn herum abspielt. Der Junge, wir wissen es bereits, ist ein Medium. Und in ihm streiten zwei Welten.

Taylor lässt mit seiner rechten Hand den Champagnerkorken springen, der an die Decke und dann an Jennys Kopf prallt.

Jay ist der letzte seiner Art. Er greift direkt in den Farbtopf, was keiner mehr so recht versteht. Er ist das Kind von van Gogh, von Matisse und Picasso. Er rührt seine Mischungen in Blechdosen an und trägt sie dann in Formen auf eine gespannte Leinwand oder eine Holzplatte auf. Und das alles in Zeiten von Bill Gates und Mikroprozessoren! Von 3D! Der Mann ist verrückt. Manchmal malt er sogar Gesichter! Und das nach Malewitsch, Pollock, nach Auschwitz! Der Mann ist nicht von dieser Welt.

— Das sind echte Nutten, ohne Scheiß!

Jay ist Kind von de Musset, von Rimbaud, von Hendrix. Er wurde aus den Träumen einer anderen Epoche geboren. Er ist das Kind der Beats und des Rocks, er sprießt direkt aus Lou Reed und Kerouac hervor, wird mit Vollgas auf ansteigende Wege geschickt. Er ist mit einem unstillbaren Durst geboren.

— Willst du auch eine?

Es gibt ein leichtes Gerangel in der Limousine aufgrund der Zahl der Passagiere (fünf), der knallenden Korken (zwei) und manchmal aufgrund der Kurven, denn abbiegen muss man schließlich auch.

Seine fleckigen Finger fahren über den schwarzen Ärmel.

— *Just beat it (beat it), just beat it (beat it).*

Eine Welt, dessen Kometenschweif er ist, geht zugrunde.

Die Neue Welt, die er einerseits ablehnt (rechter Arm) und mit der er andererseits mitgeht (linker Arm), wird von kopflosen Männlein bevölkert sein, von Strichcodes und Nachahmungen. Andy und Keith haben es angekündigt und schon ist sie da, die Herrschaft von Produkten und Automaten.

— *Oh how I want to be free, baby, oh how I want to be free.*

Die junge Frau steht auf, knöpft sein Hemd auf und leckt über seine Brust.

Heute sieht er all das mit großer Klarheit.

Welten sterben nicht allein, sie müssen begleitet werden. Das wird seine Aufgabe sein. Helden halten für die anderen her. Sie tun, wovor die Leute Angst haben. Sie ziehen es durch und sterben am Ende, damit alle anderen seelenruhig ihre beschissenen Leben weiterleben können. Sie ziehen in den Krieg, bringen ganze Weltreiche zum Einsturz, erfinden den Rock 'n' Roll. Wir bleiben sitzen und machen all unsere Erfahrungen durch sie. Da uns Mut und Talent fehlen, schauen wir durch den Türspion. Ihr abenteuerliches Leben wird ihnen zum Verhängnis; wir können uns daran erfreuen und überleben.

Ein Raunen kündigte 1978 einen Machtwechsel an. Jay erinnert sich daran. Er schaut aus dem Fenster: Es war ein Trugschluss. Die Hip-Hop-Welle war zwar über die Stadt geschwappt, aber die Wut der MCs kündigte nicht den Systemsturz, sondern vielmehr seine Verankerung an.

Die geballten Fäuste der Gangs aus der Bronx, aus Queens und Harlem haben den Tisch nicht zerbrochen. Die Matrix verleibt sich weiterhin die vermeintlichen Fremdkörper ein und macht sie sich augenblicklich zu eigen. Aus den wirbelnden Punk- und Hip-Hop-Gestalten hat sie Sinnbilder des kontrollierten Aufruhrs gemacht. Jeder Rebell in Lederjacke oder Jogginghose ist schon bald Teil des immer gleichen Zirkus, dessen Regeln sie festlegt.

Ein paar Jahre später werden die Hip-Hop-Stars mit ihren Mercedes, ihren halb nackten Tussis und üppig beringten Fingern zum Symbol von schnellem Geld und Arroganz.

Auch Jays Unangepasstheit verleibt sich die Matrix ein. Immer schön weitergehen. Werte Freunde, sein großer Aufschrei, verkündet der aufstrebende Zynismus.

— Schaff mir einer diese Nutten vom Hals, das gibt's ja nicht, schreit Taylor.

Jay würde diese zehn Meter lange Scheißkarre gerne anhalten. Er würde gerne aussteigen und Schluss mit der ganzen Maskerade machen. Aber das Leder ist angenehm weich und gerade läuft ein Song, der ihm gefällt, er bleibt noch ein bisschen.

PHOEBE

Ich bin da und das kostet mich manchmal einiges an Überwindung, er ist abscheulich, er ist wunderbar, und ich, ich bleibe, in unserer Wohnung im ersten Stock in der Great Jones Street – wir machen alles da oben, wir essen, wir vögeln, wir sehen fern, ich sage, er soll arbeiten gehen, und er ignoriert mich, wir schlafen miteinander, wenn er die Kraft dazu hat, das hat er meistens, sogar wenn er total drauf ist, dann nimmt er meinen Hintern und dringt sanft in mich ein – er kauft mir Lederjacken, Designerkleider, Schuhe, er kauft mir Ringe, Uhren, ich weiß nicht, was ich mit dem ganzen Zeug machen soll, es häuft sich in den Schränken an, ich wohne jetzt da, ich möchte bei ihm sein, er braucht mich, nicht fürs Kochen oder so was, nur damit einer da ist, nah, ganz nah und mit ihm spricht – seine Kumpels kommen und hauen ihn an, haste mal 'nen Hunni, haste mal 'n paar Gramm, boah, das Bild da ist genial, wenn du es irgendwann mal loswerden willst, ich nehme es gern. Er ist allein, also möchte ich da sein. Ich erinnere mich an den Tag, an dem er zur Tür reingekommen ist und mich mit einem dieser Waffenhändlersammler sprechen sah, ich hatte gerade erst die Tür geöffnet, da durchstöbert der schon die unfertigen Bilder, ich wollte ihn gerade rausschmeißen, als Jay aufgetaucht ist, kurzatmig, bis oben hin zugedröhnt, er dachte, ich hätte den eingeladen, ich würde dem vielleicht was verkaufen, wie konnte er nur all diese Dinge glauben, die sein Hirn ihm als Bestätigung für sein ständiges Misstrauen vorgaukelt, Paranoia, und ich weiß, wovon ich spreche, nährt sich aus den eigenen Ausscheidungen (er macht das jetzt schon seit Monaten, ich beobachte ihn, er wartet darauf, betrogen zu werden, er will, dass man ihn betrügt, er weint dann darüber vor Wut, aber es füttert sein Ego und ich weiß, dass er es liebt), er hat geschrien, den Typen vor die Tür gesetzt und gesagt, ich sei genau wie die anderen, wie alle, eine käufliche Schlampe – ich bin dann auch gegangen, er hat mich nicht aufgehalten, als ich wieder zurückkam, zehn Stunden später, hat er mich geküsst und sich hundertmal entschuldigt, er hatte schmale Augen, hatte sich gerade einen Schuss gesetzt, ich habe okay gesagt und mir auch einen verpasst, wir streiten manchmal oft so, aber das hält nie lange an – das Leben, das ich davor hätte haben können, war völlig ausgelöscht, das Sturmtief Jay war da gewesen und danach, vergiss es, alles oder nichts: dann lieber alles – er vergräbt sich in meinen Haaren, wir gehen nur noch zusammen raus, Reggae Lounge, Area – nur wir zwei –, er hat noch andere Frauen, aber nicht mehr so viele wie davor, und er schläft nicht mehr mit Sarah – er mag es noch immer, zu tanzen, aber irgendetwas fehlt, also gehen wir früh nach Hause und schließen uns vier Tage

lang ein, der Lieferdienst bringt Pizza, essfertige
Artischocken, Salat, Filets, die Dealer kommen
und gehen, uns fehlt es an nichts – manchmal
reden wir stundenlang gar nicht, wir sehen an die
Decke und lauschen dem Geräusch des Ventilators – und dann höre ich es nach diesen Stunden
voller Rotorensummen, seine schwache Stimme,
schmerzerfüllt, unendlich leicht und unendlich
traurig, seine Kinderstimme, zurückhaltend und
schwächlich, die mir etwas zuflüstert, aber von
weit her, von sehr weit her, und ich kann es nicht
verstehen, ein so feines Stimmchen, wie durch
fünf Wände gesprochen, und ich versuche, ihm
zu antworten, aber ich kann weder sprechen noch
mich bewegen, und er sagt, ich soll zu ihm kommen – man weiß nie so recht (es liegt an seiner
Stimmlage), ob er einen anfleht oder einen Befehl erteilt, man spürt vor allem die Traurigkeit,
die mit den Worten einhergeht, und ich verstehe
ihn nicht, und ich spüre, dass ich es nicht schaffen werde, zu ihm zu gehen, und ihn nicht erreichen kann – und dann plötzlich, zack, mit letzter
Kraft, stehe ich auf und er ist nicht mehr da, er ist
unten, pfeift vor sich hin, er malt, er redet nicht
mit mir, ich sage: Was, Jay?, er sagt: Nichts, gar
nichts, warum? – manchmal würde ich ihn am
liebsten erwürgen, wenn er mir all diese Dinge
antut und mir all diese Sachen sagt, ihn erwürgen, abhauen und nicht mehr daran denken – er
hat natürlich versucht, es mir zu sagen, mich zu
warnen, das sagt er jetzt zumindest, es ändert

nichts, das weiß doch jeder, wenn man sich entschieden hat, gibt es kein Zurück mehr, und es ist auch egal, mit wem man es das erste Mal probiert hat – und jetzt machen wir es andauernd, jeden Tag sinken wir ein Stück tiefer, und wozu wieder auftauchen, uns geht es doch so gut hier unten, niemand wartet auf uns – da unten ist alles weiß, endlos, leicht, es gibt nichts zu tun, alles ist da direkt vor einem, kein Rumoren der Welt mehr, kein Krach, nichts, Leben, Meer, so weit das Auge reicht – ein klares Meer ohne bedenkliche Schatten, ein Meer, weit und beruhigend wie aus Salz, und ich sage, warum zurückkommen, und er lächelt mich an und wir bleiben da, ausgestreckt, lebendig – alles andere passiert einfach, die Tür öffnen, mit den Leuten reden (ein bisschen), die hierherkommen (warum?), schlafen, essen, fernsehen, trinken, tanzen, alles passiert wie in einem Film oder in einer Salzwüste, langsam und wie geblendet, warum also zurückkommen – meine Freunde rufen mich anscheinend an, sie hinterlassen Nachrichten, sie wirken besorgt, das sollten sie nicht, mir ist es noch nie so gut ergangen, manchmal bin ich etwas verwirrt, abends besonders oder gegen ein oder zwei Uhr morgens, wenn ich nicht mehr weiß, was ich will und fliehen möchte, aber so geht es uns doch allen, oder? Und ich lebe mein Leben – Jay dreht manchmal eine Runde mit seinem kleinen Fahrrad, aber meistens bleibt er hier und wir vergraben uns in dieser Gruft – bis gestern.

Ich bin aufgestanden und habe gesagt:
— Jay, wir müssen hier weg. Sofort.
Wir haben zwei Koffer gepackt, haben das Wasser abgestellt und sind raus.
Hawaii.

•

Phoebe! Phoebe! Er hat meinen Namen geschrien – das gab es schon lange nicht mehr – und hat mich angelächelt. Wir fahren kreuz und quer über die Insel in unserem Jeep. Überall Felsen hier, lange Strände und Berge. Er raucht nur Gras. Mein Onkel nimmt uns mit zum See. Wir könnten hier leben. Abends lassen wir die kleine Holzlampe neben unserem Bett an. Sie hat einen Spitzenschirm. Ich umarme ihn. Ich kann seine Knochen spüren. Man kann die Vögel hören, die niedrig über den Himmel fliegen. Seltene Arten. So schlafen wir ein.

Manchmal hoffe ich – aber das ist eine ungenaue Empfindung, so wie eine Farbe in einem Traum, die man erahnt, ohne sie benennen zu können –, ich hoffe manchmal, dass wir nicht wieder aufwachen, dass die Nacht sich über uns mit einem lauten Knall schließt.

•

Mein Bruder hat mich gestern angerufen. Er möchte, dass ich nach Hause komme. Er möchte, dass ich wieder im Area arbeite. *Es ist verrückt,*

Phoebe, alle wollen rein. Die Partys sind der Hammer. Patrick Swayze ist jeden Abend da. Hör auf mit der Scheiße und komm zurück, wir brauchen dich hier. Ich habe Ja gesagt, ich komme bald wieder.

Davor habe ich studiert. Ich wollte Professorin für Anglistik werden. Aber in den Hörsälen habe ich mich gelangweilt, und dann hat mir mein Bruder die Donnerstagabende angeboten. Ich hatte die Idee, dass man nur verkleidet reinkommt. An einem dieser Abende habe ich Jay kennengelernt. Er trug ein Cap. Er hat den Kopf auf meine Schulter gelegt und ich habe mich zu ihm umgedreht.

Jetzt ist es Hawaii. Unser Zuhause. Ich möchte nicht mehr weg, er eigentlich auch nicht, aber irgendetwas drängt uns dann doch dazu. Wir gehen zurück nach New York. Ich spüre einen metallischen Schlund unter uns, als das Flugzeug zur Landung ansetzt. Es geht wieder weiter wie zuvor. Jay geht und kommt zwei Tage später zurück. So kann ich nicht weitermachen, ich bin sechsundzwanzig und will nicht die Dumme sein, die geduldig zu Hause auf ihren Mann wartet. Das sage ich ihm. Er antwortet nicht.

Man hofft immer, dass man da irgendwie rauskommt. Man weiß genau, dass keine Wunder geschehen. Und dennoch wartet man brav im Schatten. Was?

Wir fliegen zurück nach Hawaii. Wir reden nicht mehr. Wir haben uns nichts mehr zu sagen. Er greift wieder zu seinen Ölkreiden und Farbtuben im kleinen Atelier, das wir hinten eingerichtet haben. Wir leben in einer Hütte, die er einem Fischer abgekauft hat, der meinen Vater gekannt hatte. Tagsüber laufe ich durch die Gegend. Ich möchte auch irgendetwas tun. Ich hatte eine Zukunft, ich erinnere mich. Jetzt habe ich nichts mehr. Ich habe ihn und es ist nicht viel von ihm übrig. Er ähnelt einem gerupften Vögelchen, das ich mit der Hand auflesen muss.

Ihm selbst bleiben noch seine alten, fleckigen Pinsel.

Auch ich hätte gerne etwas für mich.

Ich sitze im Sand. Ich sage nichts. Ich versuche, das Raunen zu ignorieren. Ich versuche, nur noch das Rauschen des Wassers zu hören.

Es ist vorbei. Ich gehe. Ich kann ihm nicht helfen. Aber vielleicht kann ich mir selbst noch helfen.

Ich hatte ein kindliches Gesicht und kleine Grübchen. Ich hatte lange Haare, die darüberfielen. Ich stehe auf, den Blick aufs Meer gerichtet. Es tut, was es immer tut, es kommt und geht und breitet sich in der Bucht aus.

Ich hatte ein kindliches Gesicht.

Ich gehe zu ihm zurück.

DER SCHNEIDEZAHN

Anfangs waren es nur ein paar, einer am Hals, ein anderer auf dem Knie, nicht der Rede wert. Er hat sich nichts dabei gedacht. Er hat versucht, nicht hinzusehen. Ein neuer ist dazugekommen, hier. Ein anderer dort. Heute ist sein ganzes Gesicht mit diesen schwarzen Wunden übersät, wie auch seine Brust und die Beine. Hat er seinem Leben so viel Farbe gegeben, dass sie ihm zum Schluss um die Ohren geflogen ist?

— Das St. Vincent Hospital, da musst du ...

Ihm ist ein Schneidezahn herausgefallen. Seit Jahren ist er ihm auf den Sack gegangen, hat die ganze Zeit gewackelt, hat geschmerzt, Kokain betäubt das Zahnfleisch und seine Wirkung konzentriert sich meistens auf einen Zahn: den ganz vorderen. Der Schneidezahn hat sich geschüttelt angesichts der phänomenalen Mengen an Kokain, mit denen sich Jay den Riechkolben gepudert hat. Er erschrak. Er hing an seinem Zahn. Er hat sogar für kurze Zeit mit dem Koksen aufgehört. Und dann wieder angefangen. Schlussendlich ist der Schneidezahn herausgefallen. An diesem Tag steht Jay nicht auf. Am darauffolgenden Tag auch nicht.

— Du solltest mal beim Bellevue Hospital, auf der First Avenue

Er hat über einen Goldzahn nachgedacht. Damit sähe er wie ein Gangsta-Rapper aus. Aber er bewegt sich nicht vom Fleck. Geht nur im dringendsten Notfall vor die Tür. Sollen sie doch zu ihm kommen, wenn sie wollen. Er hat alles gegeben. Er ist ständig schweißüberströmt. Er hätte das alles gerne als ein Abenteuer betrachtet. Er hat überall Schmerzen. Bekommt immer mehr Flecken. Seine Wangen fallen ein. Es läuft gut.

— Hör mir zu, Jay, hör mir zu!

— Das liegt bestimmt an der Milz. Was anderes fällt mir nicht ein. Die Milz reinigt das Blut von dem ganzen Mist, und ein bisschen Detox würde dir ehrlich gesagt guttun.

Wenn er Hunger bekommt, wählt er die 1800 221 7716. Wenn ihm zu warm ist, macht er das Fenster einen Spalt auf und schnell wieder zu. Sarah macht sich Sorgen.

— Jay ...

Phoebe ist gegangen.

— ... ich bin nicht deine

Keith macht sich Sorgen.

— Dabei nehme ich das Zeug doch auch, das tun wir ja alle, aber

Andy macht sich schon seit Langem Sorgen.

— Jay, verdammt noch mal ... ich bin Besseres von dir gewohnt. Du schläfst auf dem Fußboden zwischen den ganzen Zeitungen ein.

Matt Kaplan begegnet Jay eines Abends auf einer Party bei Richard Gere. Das Duell ist vergessen.

— Weißt du was, Mann, du musst echt mit dieser Scheiße aufhören. Das Zeug bringt dich um.

Jay dreht sich sehr langsam zu ihm.

— Matt, ich habe noch nie auch nur einen deiner Ratschläge befolgt. Die waren immer vollkommen bescheuert.

Sein Vater sagt nichts. Er möchte ihn nicht vor den Kopf stoßen. Er möchte ihn nicht langweilen.

— Weißt du, sagt er zu seiner Frau, die ihn darauf anspricht, ich kenne meinen Sohn. Er würde mich eiskalt abblitzen lassen, wenn ich es wagen würde, ihm Vorschriften zu machen.

— Ja, schon. Aber vielleicht

Er wahrt lieber Distanz, wie er es immer schon getan hat. Er ist sogar sehr zufrieden mit der Beziehung, die sie über die Jahre aufgebaut haben, nicht zu locker, nicht zu eng, eine schöne Erwachsenenbeziehung. Das möchte er nicht kaputt machen.

— Herr Basquiat? Ja, hier ist Patricia Mills. Ich bin eine Freundin von Jay, wir haben uns vor einigen Monaten in Brooklyn kennengelernt, als wir auf das Titelbild des *New York Times Magazine* angestoßen haben.

Er bekam vor einigen Wochen diesen seltsamen Anruf. Er war überhöflich zu dieser jungen Dame, die ihn über die Heroinsucht seines Sohnes informieren wollte.

— Ich weiß, dass er sehr aufgebracht wäre, wenn er wüsste, dass ich Sie angerufen habe. Es ist sicherlich nicht mein Problem und auch nicht meine Aufgabe, das zu tun. Aber wenn etwas Schlimmes passieren sollte, würde ich mir schreckliche Vorwürfe machen, wenn ich es nicht wenigstens versucht hätte.

— Schon klar, verstehe. Das ist schrecklich. Ich weiß nicht, was ich sagen soll. Ich werde versuchen, mit ihm zu reden.

Aber das hat er nicht getan. Man redet nicht mit Junkies. Also behält er das für sich. Er denkt oft daran, ja. Manchmal denkt er, man sollte ihn einsperren, irgendetwas machen, um ein reines Gewissen zu haben. Doch fürs Erste bleibt er sitzen.

— Jay, weißt du noch, wie wir im Morgengrauen in Downtown durch die Straßen gegangen sind, am Wochenende, keine Menschenseele unterwegs, sagt Vincent Gallo, der Schauspieler, mit seiner geschmeidigen und klaren Stimme, Wall Street, Nassau Street, sogar auf dem Broadway war alles völlig menschenleer, wir haben wie die Apachen gesungen, ich weiß noch, Mann, ich weiß noch, einmal, morgens, als die Sonne gerade rechts von uns emporstieg und zwischen der Federal Hall und dem New York Stock Exchange hindurchblitzte, du hattest deine schwarze Hose und deine Samtjacke an, und wir haben uns angesehen und waren so erfüllt von New York, so glücklich, genau an diesem Ort des Universums zu exakt diesem Zeitpunkt zu sein, auf diesem Bürgersteig zu stehen, vor dieser Metallfassade, in diesem Morgenlicht, dass es uns zum Weinen gebracht hat, Jay, wir haben geheult wie zwei Kinder, Mann, und ich habe dich in den Arm genommen und dann sind wir wie zwei Basketballspieler auf- und abgesprungen mit herausgestreckter Brust und, verdammt, unsere Schreie haben in den Straßen widergehallt, und wir waren glücklich, Mann, glücklich, weißt du noch?

Sicher, das ist sein alter Kumpel, der da vor ihm steht und ihm all diese Dinge sagt, aber ehrlich gesagt könnte es auch einfach irgendwer sein, es läuft immer ungefähr gleich ab: grobe Umrisse, ein paar Gliedmaßen und es wird geredet – ja, und diese Straßen bei der Wall Street an diesem Morgen damals, das kann alles sein, aber er hätte diese Szene genauso gut in einem Film gesehen haben können, ja, das ist bestimmt eine Aufnahme von ihrem Freund Jim Jarmusch –, also sagt er nur jaja, Vincent, ich erinnere mich. Ich erinnere mich daran. Er nuschelt noch etwas und geht dann ohne Abschiedsgruß weiter. Vincent sieht ihm nach und fühlt sich, als hätte er einen Betonklotz im Magen.

Die Arbeit hatte ihn immer schon gerettet.

Er arbeitet, er sucht, und dann geht es wieder los.

Aber nun fällt es ihm schwer aufzustehen.

— Jay.

— Ja?

— Erklär es mir, ich verstehe das nicht.

— Was?

— Die Drogen haben dir geholfen, schneller und langsamer zu werden, dich zu konzentrieren, dich auszuprobieren, dich zu übertreffen, okay, das hast du mir alles schon gesagt. Aber was *jetzt*?

Jay dreht Däumchen. Er greift nach dem Buch von Burroughs, *Junkie*, auf der Tischkante, er hat es immer dabei.

— Lies das. Alles steht da drin.

— Aber das ist ein Buch, Jay.

— Nein, das ist mein Leben.

Sarah blättert durch den Roman. Sie hat ihn schon gelesen. Es geht um den fürchterlichen Absturz eines Mehrfachabhängigen. Sie hätte am liebsten gekotzt.

— Das ist nicht erstrebenswert, Jay.

— Doch, na klar, es ist kein Zufall, dass sie da alle durchmussten. Man muss etwas riskieren, sonst geht man leer aus.

Man muss sich nur gut organisieren. Etwas haben, etwas nehmen. Zu welcher Uhrzeit. In welchen Abständen. Wie. Es geht dabei nie um Moralfragen, es geht nur um diese Abläufe. Danach ist es, als schwimme man in einem großen Meer aus Salz. Einmal darin, möchte man nicht wieder herauskommen. Warum auch? Die Luft ist kalt und rau. Das Meer aus Salz ist weich und milchig. Man schwimmt nicht. Man wird geschwommen. Alles fließt. Wenn das Leben ansonsten aus Ecken, Kanten und Raufereien besteht, ist es hier, als ob der ganze Körper von diesem unterirdischen Fluss mitgerissen würde. Es ist köstlich. Alles ist geregelt. Man muss sich um nichts mehr sorgen. Man lässt sich treiben. Man ist im Wasser. Alles fließt. Warum also heraussteigen?

PEGASUS

Der Junge wurde verletzt, sicherlich sehr früh, bereits vor der Narbe, die heute auf seinem Bauch zu sehen ist, und jeder Schlag, den er danach einstecken musste, hat die erste Wunde ein bisschen vertieft. Wahrscheinlich wird man nie den wahren Ursprung kennen, vielleicht wurde er auch einfach damit geboren. Es ist eigentlich auch egal. Sicher ist nur, dass sie immer tiefer wird. Ein Schlag folgt dem nächsten. Er kann ihnen nicht mehr ausweichen. Etwas in seinem Inneren verlangt geradezu nach ihnen. Er war sich sicher, genau wie Roland in den Pyrenäen, dass der Kampf *wunderbar* und *radikal* sein würde. Den ersten Schlag hat er übersprungen. Er hat selbst Hiebe ausgeteilt, pariert, seine Angriffe verdoppelt. Er hat den Durchbruch geschafft – nicht vorstellbar, der Junge mit den Dreadlocks –, ist jetzt ein großer Künstler, anerkannt, vergöttert, gefürchtet. Er hat ganze Heere besiegt. Doch er ist einsam in seinem Turm. Die gegnerischen Truppen steigen von allen Seiten zu ihm empor, ihm ist kalt, sein Panzer ist brüchig, er ist ausgehungert, und er hat keine Verbündeten mehr. Wie kann es sein, dass er ganz oben im, wie es heißt, unbezwingbaren Schlossturm angekommen ist, all seine Gegner besiegt hat und dort oben ganz *allein* ist? Das ist unbegreiflich. Keiner am Ausgang hinter dem Burggraben, um ihm Rückendeckung zu geben. Niemand da und keinerlei Vorräte.

Der Junge greift nach dem Hörer. Er wählt eine Nummer. Niemand hebt ab. Eine andere Nummer. Biep, biep. Er legt auf, ist erleichtert. Beim ersten Klingeln ist ihm bewusst geworden, dass er auf keinen Fall mit irgendjemanden sprechen möchte.

Er hat alles im Kampf verloren. Seinen Körper, in Trümmern, genau wie seine Hoffnung, seinen Antrieb. Er hat den Zyklopen besiegt, die Sirenen, die blinde und folgsame Menge, er hat die Mittelmäßigkeit, das Chaos, die Willensschwäche und die Langeweile besiegt, die Hölle, den Tag, er hat über all die zarten kleinen Händchen gesiegt und nun, an diesem Abend, liegt er erschöpft in seinem Wohnzimmer. Dabei malt er heute nicht. Seine Pinsel sind verstaut. Er zeichnet, mit Bleimine, auf seinem geflügelten Pferd: Pegasus.

Er möchte der Welt noch ein letztes Mal Ordnung einhauchen. Nicht die Ordnung der Schlagstockträger, sondern die der Schattensortierer.

Ordnung (Anmut) ist, wenn ein Wesen endlich eins mit seinem Körper wird. Wenn man den Ursprung jedes Geräusches erkennt, die Geschwindigkeit jedes Dinges, die Eitelkeit hinter jeder Bewegung. Die Dinge endlich in der Hand haben. Es ist das Göttliche im Tier. Das Unförmige nimmt endlich Form an.

Er ist dabei, die bedeutendste Zeichnung seines Lebens zu vollenden. Er hat Dinge und Worte vermischt, freistehend oder eingerahmt. Man muss nahe genug herangehen, um erkennen zu können, dass das, was von Weitem wie Fels oder Stein aussieht (ähnlich den *Landschaften* von Dubuffet), eigentlich aus einer Überfülle an Wörtern besteht. Darin bewegt sich alles: Asphalt große Sphinx geschmolzenes Blei Ventilatoren Dioden Sender Hals Flaschen Lautsprecher Zenit Urin Kühlwasserschlauch Feuersäulen Markierungssteine Pfeile Andromède Griffith-Observatorium Kalifornien. Er hat *Herz aus Sand gebrochene Flügel* geschrieben, *Pegasus* und *Eroica*.

Auf eine Leinwand von mehr als zwei mal zwei Metern hat er Papier geklebt.

Er zeichnet Wörter und geometrische Formen, Röhren, Zylinder, Flaschen, Rechtecke. Alles muss da sein.

Schwarz schwarz schwarz / Also war das kein Erdöl / Joe Louis vs. Billy Conn

Die Leere hat sich gefüllt. Er nimmt einen breiten Pinsel und tunkt ihn lange in schwarze Farbe, um damit dann den oberen Teil der Fläche zu kaschieren.

Es ist die beeindruckendste Zeichnung der Welt. Er nennt sie *Pegasus*, wie sein Reittier. Sie haben alles zusammen erlebt. Alles verloren. Aber das Chaos scheint sich einen Moment lang dem großen Organisator gebeugt zu haben. Es hat kurz gezittert. Jay ist auf seinem Pegasus abgehoben.

Die weißen Hufe haben seinen Sturz gedämpft,
jetzt kann er durchatmen.

© Collection John McEnroe

Pegasus, Jean-Michel Basquiat
1987

Natürlich weiß er, dass er nicht nur gemalt hat. Seine Gesten. Keine Frage. Sein Tanz vor der Leinwand war wie der eines Kriegers, der seine Klinge in den Körper eines Gegners rammt. Er dachte, es sei Kreation; in Wirklichkeit war es ein Kampf. Mit Pantomimen, die sein Körper ganz selbstverständlich ausführte, ohne zu ahnen, dass er dabei das uralte Ritual fortführte: beobachten, sich rüsten, auf die Beute stürzen. Dank seiner wachsenden Anstrengungen und seines Geschicks hat er schließlich gesiegt. Er ist ganz oben im Schlossturm angekommen.

Ja, und jetzt, WAS MACHEN WIR JETZT?

Er hat sich auf den Boden gelegt, er streckt seinen Arm aus. Er greift nach seinem Täschchen. Es liegt in der Metalldose.

Er hat Sarah, Andy, Phoebe verloren.

Keith und Freddy rennen durch die Straßen Manhattans und denken an die abenteuerliche Nacht, die ihnen bevorsteht.

Alle anderen haben ihn verraten, als sie mit Freundschaft geizend in sein Leben getreten sind.

Bischofberger, Gagosian und Boone haben ihn beklaut, aber das gehört zu ihrem verdammten Job.

Melkkuh? Er hat keinen Tropfen mehr übrig.

Er weint nicht. Er hält durch. Er ist ein Übermensch. Neben ihm ist Keith Richards ein Weichei.

In gewisser Weise ist er genau dort, wo er sein wollte. Er hat es so gewollt. Die anderen zurückweisen. Endlich allein sein.

Wir hätten lieber eine Geschichte mit mehr Leichtigkeit, Stärke, Licht. Es fing auch alles ziemlich gut an. Wir hätten alles dafür gegeben, dass der Junge es schafft. Für eine heitere Geschichte hätten wir einen Herkules gebraucht, einen Typen, der die Hydren und Löwen mit einer Hand erledigt, einen Dschingis Khan, einen Hannibal, doch Jay ist nur ein Junge. Ein Held, ja, aber ein Junge.

Er liegt auf dem Boden.

In seiner Hand sein weißer Beutel. Sein letzter Verbündeter.

Der König ist nackt. Sein Panzer ist dem Wind und der Kälte zum Opfer gefallen. Von allen drei seitlichen Treppen nähern sich Schrittgeräusche.

Und da ist er.

Stunden sind vergangen, und Jay liegt immer noch da oben.

Er hört alles, das leiseste Knacken, fernes Geschrei, er kann nicht mal den kleinsten Muskel bewegen. Seit heute Morgen fragt Sly ihn schon von unten, ob er was vorbereiten soll. Ob es ihm gut geht. Oder ob er irgendetwas braucht. Jay schafft es nicht, zu antworten. Dann doch, ein paar Worte, kaum hörbar.

—Was?

Er wiederholt sein Gebrabbel. Sly gibt es auf. Er verbringt dennoch ein paar Stunden damit, neue Untergründe anzufertigen, einen Rahmen zu bauen und die Leinwand darauf zu spannen.

Jay könnte ihn losschicken, damit er mittelgroße Leinwände kauft, aber er hat es immer vorgezogen, wenn sie selbst gemacht waren. Der Raum ist mit Rahmen überfüllt. Jay, willst du, dass ich was zu futtern kaufe? Keine Antwort. Du musst doch Kohldampf haben. Ein Grummeln. Sly könnte zu ihm hinaufkommen, aber als er das neulich gemacht hat, wurde er dafür zusammengeschissen – er bleibt lieber unten. Aber Jay hört alles. Er hört, wenn Sly ein paar Schritte zur Seite geht, wenn er an seinem Fingernagel kaut, sein Gemurmel, die Nachbarin, die ihre Blumen gießt, das Auto, das unten geräuschvoll bremst. Aber er schwimmt in einer so schlammigen Pfütze, dass seine Muskeln wie abgekoppelt von der Schaltzentrale wirken. Er versucht zu schreien; es kommt nur Erbrochenes heraus.

— Ich komme jetzt hoch, Jay, das gefällt mir nicht.

Sly riskiert einen Blick, er sieht Jays Kopf, der sich bewegt, seine weit geöffneten Augen: Er ist nicht tot, das ist das Wichtigste. Er geht wieder runter.

Jay streckt seinen Arm zur Seite aus. Es herrscht eine außergewöhnliche Hitze in diesem Juli im Jahr 1987. Sein T-Shirt klebt an seiner Brust. Er schafft es, sich mit den Fingerspitzen die Zigarette zu angeln, die auf dem Rand des Aschenbechers schmort. Er steckt sie sich zwischen die Lippen, es fehlt nur noch das Feuerzeug. Sly murmelt vor sich hin: Verdammt noch mal, wenn du nicht runterkommst – oder etwas in der Art. Jay hört, wie er eine Leinwand nimmt, ein paar Schritte, sie gegen die Wand lehnt, die Blechdosen verschiebt, seine Dosen, die er an alle erdenklichen Orte Manhattans geschleppt hat. Es klingt, als würde mit etwas in einer Flüssigkeit gerührt. Jay hebt den linken Arm, der sogleich wieder herabfällt.

Da hört er es. Er kennt dieses Geräusch von zwei Körpern, die zusammentreffen und sich verbinden, nur zu gut. Er weiß, was da passiert. Er muss aufstehen. Seine Beinmuskeln brennen. Vor allem ist er von einer dichten Wolke eingehüllt. Mit seiner rechten Hand versucht er, sie zu lichten. Vergeblich. Von unten hört er erneut dieses Geräusch. Das gibt es nicht, er macht ihn kalt. Wenn er seiner Gliedmaßen wieder Herr geworden ist, geht er runter und bringt ihn um. Sly rührt ein helles Orange in einem Töpfchen an. Er trägt es in immer enger werdenden Kreisen auf die Leinwand auf. Da, er hält inne und schließt die Augen. Oben starrt Jay auf die Holzbalken. Immer das Gleiche mit diesen Hurensöhnen, die ich erst füttere und die mir dann das Blut aussaugen. Scheißpenner und ihre – er wirft seinen Oberkörper nach vorn und schafft es, sich zu erheben, bevor er mit seinem ganzen Gewicht wieder zurück auf die Matratze fällt. Er schließt die Augen, seine Schläfen pochen wild, er ballt die Hand zur Faust.

Sly vollendet seinen Hintergrund, einfarbig. Er nimmt einen anderen Pinsel und bevor er die

Figur anfängt, die er ganz mittig haben will, bespritzt er die Leinwand ganz leicht mit der Pinselspitze.

— You motherfucker.

Sly geht auf die Treppe zu. Was, Jay? Er schleudert seine langen Dreadlocks über die Schulter und steigt die Treppe empor. Jay liegt quer auf dem Bett, die Arme zur Seite ausgestreckt.

— Ey, Mann, alles klar bei dir?

Komm, komm näher ran

— Ich bringe dir ein bisschen Wasser, das wird dir guttun.

Komm schon ...

— Ich kann dich nicht verstehen, Jay.

Sein Arm hebt sich. Sly kommt näher. Als er ganz nah ist, schnellt Jays Arm auf ihn zu und zieht ihn auf das Bett. Jay legt ihm beide Hände um die Kehle, mit geröteten Augen drückt er zu, aber Sly kann sich problemlos aus der Umklammerung lösen, schmeißt Jay auf die Seite.

— Bist du jetzt völlig durchgeknallt, oder was?

Er steht auf, fährt sich mit den Händen über das Gesicht: Scheiße, Mann!

— Dein Glas Wasser kannst du vergessen.

PISA-BABYLON

Keith ist an diesem Morgen schon früh auf den Beinen. Der Wind hat seine nackten Arme gestreift. Er hat im Schein der Lichter der Piazza Vittorio Emanuele II geschlafen. Pisa ist in der Nacht erschlafft und die ersten Geräusche des Morgens holen ihn aus seinen Träumen. Er steht vor der über zehn Meter hohen Rückwand der Kirche Sant'Antonio. Er hat freie Hand. Haben die Amseln etwas dazu zu sagen?

Carlo Biondelli und sein Assistent haben drei Leitern mitgebracht und sie hier und dort an die Mauer gestellt. Heute sind die Konturen dran. In Schwarz.

Viele Menschen bleiben vor der Kirche stehen. Da sind die alten Frauen, auf dem Rückweg vom Wochenmarkt, Skater, Touristen, die Tagtrinker, und genau das will er: kein Museum, keine Etikette, keine Händler, keine Kritiker, er möchte seine Farben und einfachen Formen den Vorbeigehenden direkt mitgeben. Deswegen ist er hier, auf seiner Trittleiter, in der frischen toskanischen Winterluft, genau wie schon in Berlin, Prag, Tokio, Kopenhagen, Los Angeles, Düsseldorf, London.

— Ich werde ungefähr zwanzig Figuren malen, hat Keith am Tag zuvor bei einem Glas Brunello di Montalcino zu Paolo gesagt. Jede steht für etwas. Und das Ganze heißt dann –

— *Tuttomondo*.

Also hat er an diesem Morgen einfach angefangen, ohne Plan, und am Ende waren da der Hund mit Schlagstock, der Delfin auf den Schultern eines Mannes, der Scherenmensch, der die AIDS-Schleifenschlange zertrennt, und das Baby auf allen vieren natürlich, das schon seit 1982, als es ganz verpixelt auf dem riesigen Bildschirm des Times Square zum ersten Mal auftauchte, durch seine Arbeiten krabbelt.

Am Abend isst er mit Paolos ganzer Familie und Freunden und Künstlern von hier.

Und am nächsten Morgen macht er weiter.

Überall soll er hinkommen, und er macht es.

Diesen Auftrag hat er sich selbst erteilt.

Auf die Berliner Mauer hat er seine üblichen Männchen gemalt, diesmal in Rot, Gelb und Schwarz, und sie halten sich an Beinen und Armen fest. Er hat Hip-Hop angemacht, man hat ihn weggejagt, er ist wiedergekommen.

Er hat gegen die *Schweinereien der Menschen* in Johannesburg, Sydney und Tokio gemalt. Riesige Fresken. Nicht ein einziger Ausrutscher. Sein Pinselstrich ist einwandfrei wiedererkennbar, wendig und luftig leicht. Er hat einen Stil entwickelt, von dem er sich nicht mehr abwendet. Das ist gut. Als Künstler kann man es sich nicht besser erhoffen. Er ist zu einem Markenzeichen geworden.

Er pfeift auf seiner Trittleiter vor sich hin.

Er weiß, dass alles bald vorbei sein wird.

Oh, er ahnt es schon seit einiger Zeit. Ich habe alles dafür getan, denkt er.

Er hat den Test machen lassen und ja, er hat AIDS.

Alles, was er auf seiner Trittleiter jetzt noch tun kann, ist singen.

•

Jay hört ihn nicht. Er hört eigentlich gar nichts mehr. Er ist allein und mit der Musik hat er aufgehört. Er möchte *Bebop, Bars und weißes Pulver* noch einmal lesen, um es besser zu verstehen.

Nach vierzig Minuten, von Kerouacs Rhythmus eingelullt und geistig schon immer ein paar Szenen voraus, an Stellen, die ihn jedes Mal innerlich zerreißen, Mardous Fremdgehen und Jack/Leos Wut und seine wilde Jagd durch die Straßen auf der Suche nach einem letzten Drink, schmeißt er die uralte Penguin-Ausgabe von 1967, die er 1980 auf dem Union Square gekauft hat, weg und steht auf. Er nimmt seinen langen Wintermantel und geht spazieren. Die Straßen, durch die ein fieser Wind pfeift, wirken so spärlich bekleidet wie steifgefroren. Jay steigt auf sein Fahrrad und fährt überraschenderweise Richtung Osten. Er fährt die 3rd Street so langsam wie möglich hinunter. Als er ganz am Ende ankommt, biegt er in die Houston Street ein, steigt vom Rad und springt über das Gitter. Er läuft über das Gras, das unter seinen Füßen knirscht, überquert den

Spielplatz, erreicht die Fußgängerzone. Links von ihm verbinden sich die beiden Pfeiler von Manhattan mit den Pfeilern von Brooklyn über dicke, hängende Kabel, die die schweren Eisenteile der Williamsburg Bridge tragen, erfüllt vom rhythmischen Dröhnen der Autos und Laster. Am anderen Ufer glitzert ein großes *Domino Sugar* auf dem Turm einer Fabrik. Vor der Kaserne hebt sich ein Schornstein ab, der an riesige Tanks gekoppelt ist und schwarzen Rauch ausspuckt. Zehn Etagen und hunderte Fenster sind in die Nacht von Brooklyn getaucht. Als Kinder haben sie manchmal auf dem Gelände der Glasslands-Fabrik gespielt. Sie wurden mit Knüppelhieben verscheucht. Er geht den Fußgängerweg hinunter und unter der Brücke hindurch. Zu seiner Rechten brüllt Manhattan. Seit Langem schon sieht er diese hoch aufragenden Dinger nicht mehr. Touristen sind davon immer ganz baff, aber er wohnt *hinter* den Türen von Babylon. Heute fühlt er sich völlig ruhig. Er geht lange spazieren. Der Wind peitscht ihm in scharfen Böen ins Gesicht und lässt ein paar Äderchen unterhalb seiner Wangenknochen platzen. Er platziert seinen Hintern auf der Rückenlehne einer Bank. Dicke Nebelschwaden hüllen die Brücke ein. Ein Tanker fährt weiter hinten durch die Bucht. Etwas leuchtet auf einer Insel. Boote docken unter der Frau mit erhobener Faust an. Ein paar Kinder spielen hinter ihm und ihr Getuschel wird von den Geräuschen der Schnellstraße übertönt. Niemand sieht Jay, dabei ist dieser Schatten auf einer Bank das Abbild von New York. Man kann den Mann nicht mehr von der Stadt unterscheiden, sie bilden eine schwere, ruhmreiche Masse. Jay betrachtet die müden Lichter, die zu seinen Füßen einen bunten Teppich bilden.

Er überlässt sich der Nacht. Von der Lower East Side her sind Schreie zu hören. Er wartet, gänzlich in Dunkelheit gehüllt, dann steht er auf. Er überquert die Schnellstraße und ein kleines Baseballfeld. Er geht stur geradeaus. Autos hupen, die Menschen in den Straßen sind verkleidet, man hört das Geräusch von Champagnerkorken, Lachen, Lichter überall. Er macht in einem Irish Pub halt und bestellt ein Kilkenny. Betrunkene Studenten grölen um ihn herum. Überall hängen Girlanden. »Frohes neues Jahr!« kann man darauf lesen. Er trinkt sein Bier aus und geht weiter. Er hat sein Fahrrad vergessen. Er wird es morgen abholen.

DIE GALLENBLASE

Seit ein paar Wochen spritzt Jay sich nun Speedballs. Dabei wird Heroin mit Kokain in einem gleichen oder leicht ungleichen Verhältnis gemischt (da die Wirkung von Heroin viel länger anhält als die von Kokain und die Stimulation des Herzrhythmus, die von Letzterem ausgelöst wird, dann von der durch Heroin verursachten Sedierung abgelöst wird, ist eine Überdosis so gut wie sicher – John Belushi ist so gestorben, aber er war nicht so *zäh* wie Jay, der jetzt damit herumexperimentiert. Und es klappt ganz gut. Sehr gut sogar. Und etwas Abwechslung bringt es auch).

— Ach Jon, das ist nicht der Rede wert, sagt Andy. Ein kleiner Check-up, das muss man von Zeit zu Zeit machen.
— Aber wo hattest du denn Schmerzen?
— Du weißt doch, ich mache diese Behandlung. Und da habe ich zu ihm gesagt, dass ich in letzter Zeit öfters dort Schmerzen habe. Er hat gesagt, oh, das ist die Gallenblase, das ist keine große Sache, kommen Sie wieder und wir machen ein paar Tests.
— Aha.
— Also gehe ich morgen da hin. Ich bringe dir einen Cheesecake von Junior's mit, das ist gleich nebenan.

— Du bist süß.

Andy legt sich auf den Behandlungstisch. So viel Weiß um ihn herum verunsichert ihn immer. Die Narben, die seine Brust durchziehen, und sein Bauch erinnern ihn täglich daran, dass er nicht im Krankenhaus liegen möchte. Der Arzt untersucht ihn.

— Es ist nichts Schlimmes, lieber Herr Warhol. Aber herausnehmen müssen wir sie dennoch. Das ist ein völlig unkomplizierter Eingriff.

An diesem Abend nimmt er zwei Valium unter der Bettdecke ein.

— Liebes Tagebuch, sagt er am darauffolgenden Tag zu Pat Hackett, die wie immer jedes Detail des Vortags für ihn festhält, ich muss dich morgen versetzen. Ich werde operiert. Aber das geht sehr schnell. Ich melde mich von dort per Telefon bei dir und Samstag bin ich wieder zurück.

Der Chefchirurg durchtrennt die leicht ausgeleierte Haut an Andy Warhols Bauch. Es wird etwas herausgetrennt, entnommen und dann alles wieder verschlossen.

— Wie erwartet ist alles einwandfrei verlaufen, Herr Warhol. Morgen können Sie nach Hause.

Es ist Samstag, Andy macht erleichtert den Fernseher an. Er verfolgt mit einem Auge die Nachrichten, während er sich bei ein paar Freunden meldet, um sie zu beruhigen. Irgendwann schläft er mit der Fernbedienung in der Hand vor einer Wiederholung von *Die Nacht des Jägers* mit Robert Mitchum ein. Um vier Uhr einundzwanzig hört sein Herz auf zu schlagen. Als die Nachtschwester um zwei nach sieben zur Kontrolle kommt, sind seine Arme kalt.

•

Patricia klopft an Jays Tür. Es ist vier Uhr morgens. Sie ist der Meinung, jemand sollte jetzt besser bei ihm sein. Außerdem möchte sie ihn etwas fragen.

Jay öffnet die Tür. Drinnen sind schon ein paar Leute.

— Komm rein, komm rein.

Bei einem Gin Tonic sagt sie:

— Ein paar Kunstsammler aus Texas sind dieses Wochenende in der Stadt. Sie müssen morgen wieder los und würden gerne ein oder zwei Bilder von dir kaufen. Soll ich sie herbringen?

— Ja, klar, zahlen sie cash?

— Ja, und sie gehen danach gleich wieder.

— Perfekt. Aber heute Nacht musst du hierbleiben. Ich kann nicht allein schlafen.

— Okay, sagt Patricia.

Er schläft in ihren Armen.

Als sie am nächsten Morgen aufwacht, ist er weg.

— Wann kommt er?

Die Texaner müssen los, sie stehen im Durcheinander des Wohnzimmers, steigen über alte Farbtöpfe und umgekippte Flaschen, um das kleine Format da zu betrachten, das ihnen ganz gut gefällt.

— Es ist auch nicht mehr das, was es mal war, sagt die Vierzigjährige aus Austin, aber für das Zimmer unserer Tochter ist es perfekt. Sie liebt Blau. Sie ist ein brillantes Mädchen.

Ein Kopf erscheint in der Küchentür. Patricia geht zu Jay.

— Sie müssen jetzt gehen. Möchtest du sie begrüßen?

Jay sieht nicht hoch. Patricia kommt näher. Jay macht einen Bogen um sie und betritt die Küche. Aus dem Küchenschrank, aus der ersten Schublade von oben, nimmt er ein großes Brotmesser.

— Ich kann nicht mehr –

Er bewegt das Messer auf seinen Bauch zu. Patricia wirft sich auf ihn, stößt das Messer zur Seite, verletzt sich dabei an der Hand. Sie schließt Jay in ihre Arme und versucht, ihn zu beruhigen.

Er liegt zusammengekauert oben auf seiner Matratze und weint.

Patricia streichelt ihm über die Haare.

— Ohne ihn werde ich ...
— Habt ihr euch denn wieder vertragen?
— Nein.

Und dann fängt er wieder an zu schluchzen und so geht es mehrere Wochen lang.

— Jay?
— Ja.
— Lass das mal kurz und hör mir zu, sagt Patricia. Es gibt da so was wie eine Atomschicht um

uns herum. Eine Rüstung, wenn man so will. Und Heroin, na ja, das macht Löcher in diese Schicht, die uns umgibt.

— Mach dir keine Sorgen, meine Atomrüstung ist so dick, sagt Jay und bedeutet einen Abstand von zehn Zentimetern mit seinen Fingern.

Sie lächelt ihn an. Sie sieht seine hängenden Augenlider, seine gelben Zähne, die Flecken, die jetzt überall sind, und sie denkt, es stimmt schon, er war schon immer darauf bedacht, seine Schicht zu stärken, seit er als Kind mit den anderen im Sandkasten gespielt hat (so stelle ich es mir jedenfalls vor), versucht er, seine Rüstung so hart wie Eisen zu machen, unzerstörbar. Und diese Schicht hat ihn die ganze Zeit gegen alles, was er miterleben, sehen und fühlen musste, geschützt. Er hat recht, sie muss unheimlich dick sein, denn sie hatte es nicht leicht, diesen Kerl gegen die ständigen Angriffe von außen, für die er zu zartbesaitet war, zu verteidigen. Und jetzt ist diese Rüstung dabei zu verschwinden; sie hat es nicht geschafft. Und sie zerfällt in tausend Stücke, Jay. Hör mir bitte zu.

— Es sind Löcher drin. Luft kommt durch. Die Dinge machen dir zu schaffen. Du hast immer versucht, das zu verhindern. Wenn du diese Scheiße da nimmst, ich spreche jetzt nur vom Heroin, der Rest ist egal, bekommt die Rüstung Risse. Das ganze Grauen kriecht dann zu dir herein. Das kann dich umhauen, Jay.

— Das ist es nicht, was die Löcher macht. Das versteht ihr nicht, ihr Dummköpfe! Es beschützt mich. Ihr alle macht sie rissig! Das Dope ist nicht das Problem. Das Problem ist, dass mich nichts mehr interessiert. Vorher wollte ich alles wissen, es allen zeigen. Meine Karriere ist am Ende. Ich habe keine Lust mehr auf nichts.

— Wenn du aufhörst, kommt die Lust zurück. Es gibt eine Grenze, Jay. Sie befindet sich immer schon vor dir. Du wirst sie erkennen, wenn sie direkt unter deinen Füßen ist. Sie ist mit Kreide gemalt. Du kannst sie bewusst überschreiten, oder du trittst bewusst einen Schritt zurück. Hinter dieser Grenze gibt es nichts mehr.

— Das entscheide ich dann also, wenn es so weit ist.

DER WASCHLAPPEN

— Cubitus Cuboideum Parietale Palatinum Os lacrimale.

Sarah erinnert sich, dass sie abends, wenn sie *Gray's Anatomy* lasen, immer die Knochen des menschlichen Körpers aufgezählt haben. Jay hatte das Buch noch einmal gekauft, nachdem das alte Exemplar, das ihm seine Mutter geschenkt hatte, mit den Jahren total zerfleddert war.

— Humerus Radius Clavicula Fibula.

Wenn er im Stehen arbeitete, sagte er manchmal zu ihr:

— Venus, kannst du mir die Beinknochen vorlesen? Die Muskeln des Unterarms?

Und während sie ihre Zigarette rauchte, sagte sie:

— Radius Ulna Cubitus.

— Und die Fußknochen?

— Metatarsus Talus Calcaneus.

Sie ist nur vorbeigekommen, um Hallo zu sagen. Als sie ihn dann im Wohnzimmer gesehen hat, ist sie kerzengerade stehen geblieben, dann hat sie gesagt: Komm, ich lasse dir ein Bad ein. Das hatte sie damals ständig gemacht, das war ihr Ritual, er liebte es, wenn sie im warmen Wasser den Waschlappen über seine Haut gleiten ließ. Und als sie jetzt damit über seinen aufgelösten Körper fährt, fallen ihm die lateinischen Namen wieder ein.

— Sphenoidale Sternum Hyoideum.

Gleich dieser Litanei, von nichts als einer dünnen Hautschicht geschützt, liegen sie vor ihr, sie erkennt den einst geliebten Körper nicht wieder.

— Coccygis Scapula Maxilla.

Sie spült den Waschlappen aus und fährt damit seine Arme entlang, sie hält den Atem an und lässt ihn sanft über seine wie nach innen gestülpte Brust gleiten und weiter Richtung Hüften, die Arabesken gleichen, sie umgeht sein ihr so vertrautes Geschlecht und fährt über Oberschenkel, von denen nichts, gar nichts mehr übrig ist, Kinderbeine, unendlich zarte Flügel eines Vögelchens, fast nicht mehr vorhanden, wie eine kümmerliche Birne, die auf einem Fenstersims vergessen wurde, sie fährt fort Richtung Knie, das daran hängt, fährt am Schienbein, sein Bein ist ein einziges Schienbein, hinab bis zu den Füßen, die noch so sind wie immer und bis zuletzt so bleiben werden, nimmt sie in beide Hände, sieht Jay an, fährt mit dem Waschlappen darüber und hält ihn fest.

— Vomer Malleus Incus Stapes.

Sie gleitet nur und reibt nicht. Alles ist kurz davor, zu zerbrechen.

Sie streicht über die roten Punkte, die eine Unebenheit unter ihren Fingern bilden und fährt die Muskeln und Sehnen nach.

Sie geht um die Badewanne herum, füllt etwas Shampoo in die hohle Hand und verteilt es auf Jays Kopf.

— Sacrum Sternum Mandibula.

Nackt, all das ganz nackt, die dreckigen Dreadlocks, die sie löst und eine nach der anderen wäscht, wie früher, er mochte das, sie knetete sie durch und er sah sie an – Venus ... Sie ist jetzt wieder da und sieht nur noch das, seinen wunden Schädel, die Flecken haben sich auch auf der Kopfhaut ausgebreitet, wie aus dem Nichts umarmt sie seinen Kopf und sagt: Jay, mach etwas, das geht so nicht weiter.

— Cubitus Trapezium Hamatum.

Sie weiß, wenn sie ihn nur fest genug an sich drückt, kann er nicht verschwinden, also drückt sie, sie drückt, aber sie wird ihn zerbrechen, wenn sie weitermacht, er lächelt sie an, mit fernem Blick, sie drückt noch fester zu und sagt: Jay, du musst in Behandlung gehen, sofort.

— Oh nein, Venus, jetzt nicht auch noch du, du warst die Einzige, die nicht ...

— Arcus palmaris Arteriae digitales.

— Was soll ich denn sonst sagen, mach weiter so? Hör mir nur ein letztes Mal zu. Unsere Heldengeschichten, das war Unsinn. Nur eines ist sicher, und das bist du in einem Grab von ein mal zwei Metern. Gegen die Welt können wir nichts ausrichten. Wir verlieren. Also bewegst du jetzt deinen Arsch, ziehst dich wieder an und machst dich an die Arbeit. Die Genugtuung willst du ihnen doch nicht geben, oder? Willst du etwa, dass sie recht behalten? *Zu schnell, zu genial, der Komet ist in Flammen aufgegangen.* Tu es nicht.

Sie wird nichts mehr sagen. Sie trocknet die Dreadlocks mit dem grünen Handtuch. Die Tür zur Stadt ist verschlossen. Sie küsst Jay auf die Stirn. Ich werde nicht weinen. Du hast mir immer vorgeworfen, ich bin hysterisch. Heute mache ich keinen Mucks. Aber das alles ist zum Heulen.

EROICA II

16. April 1988
Seine Hand zeichnet mit langsamen Bewegungen das Pferd, das keines mehr ist. Er hat alles von der Leinwand entfernt. Den ganzen Überfluss an Zeichen, Wörtern, Gesten, Streichungen und Geknatter. Jetzt ist da nur noch ein blassbräunlicher Hintergrund, auf dem ein Mann (mit nur einem Bein, das andere wurde nur angefangen) auf einem entstellten Pferdeskelett reitet. Die Idee eines Pferdes. Dort, wo er sich setzen möchte, weitet sich der Sattel. Das Erdgeschoss ist voller angefangener Bilder. Es ist dunkel. Draußen ist Hochsommer. Ihm ist kalt.

Der einbeinige Reiter ohne Pferd bleibt so, wie er ist.

Er sieht nur noch Flecken. Niemand kann ihm sagen, woher diese Scheiße kommt.

Er geht auf eine große Leinwand zu. Er nimmt seinen dünnen Pinsel und zeichnet ein Baumdiagramm. Jeder Zweig endet in den Worten: *Man dies*. Er beginnt eine graue Fläche, die er sogleich mit Weiß übermalt. Er hasst dieses Bild. Er wird es heute Abend fertig malen und dann geht er weg. Seine Holzhütte wartet auf ihn. Er schreibt *NARCOTICS BANK TESTICLES SKIN*. Er schreibt *Eroica. Eroica*. Er wird es irgendwie schaffen. Beethoven hat ungeahnte Kräfte aus irgendwelchen Quellen geschöpft. Er wird es auch irgendwie schaffen. *Eroica*. Genau. Helden sterben nicht wie irgendwelche Idioten in unbeleuchteten Wohnungen mitten in der Stadt. Helden schaffen es immer. *Eroica*, schreibt er ein letztes Mal.

Er war sieben und saß auf dieser Bank. Er hatte diese Leere im Bauch. Er dachte, das weiß er noch, dass das irgendwann verschwinden würde. Dass es an der Kälte, am Winter, an den lieblos platzierten Möbeln lag. Es ist nie verschwunden. Zwanzig Jahre später steht er vor einer Lampe und schreibt etwas, und die Leere ist immer noch da, mehr denn je. Sie hat den ganzen verfügbaren Raum eingenommen. Aber Helden sterben nicht, nicht so jedenfalls, er wird es schaffen. Er umkreist *PLACE WHERE* mit Rot und dreht die Ventile wieder zu.

NACH HAUSE GEHEN

Er sitzt mit Blick auf das Meer.
Er ist ruhig.
Das erste Mal seit Monaten fühlt er sich so. Hawaii macht das mit ihm.
Er trinkt eine zweite Flasche Rum in langsamen Zügen. Die erste liegt neben ihm im Sand.
Hier kann er endlich atmen.
Er lässt das Künstlerleben und den ganzen Bullshit hinter sich. Diese ganze Welt ist durch und durch verdorben. Alles dreht sich um Profitgier, Verrat, Kohle, Kohle, Kohle. Er macht jetzt endlich das, wovon er schon immer geträumt hat: Musiker, Schriftsteller. Als er gestern Abend in seiner Hütte zum tausendsten Mal *A Love Supreme* von John Coltrane gehört hat, ist ihm der Einfall gekommen, dass er von nun an genau das machen wird. Bevor er abgereist ist, hat er sich ein Tenorsaxofon gekauft, in das er nachmittags hineinbläst. Filme möchte er auch machen. Seltsames Zeug mit abgehackter Kameraführung und Figuren, die lange Schatten hinter sich auf den Boden malen. In der Welt, in der er sich bislang umgetrieben hat, gab es nur Heuchler und Dummköpfe; damit soll jetzt Schluss sein.
Heute sieht er klar. Um ihn herum nichts als der Wind, der durch die Palmen weht.

In den Städten, in denen er umherrennt, entstellt ihm die Einsamkeit das Gesicht. Die ausgedehnte Stille, die in ihm herrscht, hallt im urbanen Getöse lauter wider als hier. Dort wird sie ihm wie durch einen Spiegel zurück ins Gesicht geschleudert. Diese Insel ist ihm ähnlich. Nur sie weiß, wie es sich anfühlt.

Wenn er zurückgeht, würde er raus aus der Stadt und in den Norden New Yorks ziehen. Bei seinem dreistöckigen Haus mitten im Wald würde er im Morgengrauen barfuß über taunassen Boden gehen. Wenn er seine Tour durch den Garten beendet hätte, würde er sich an den großen Holztisch im Wohnzimmer setzen und seine Lebensgeschichte aufschreiben. Er würde von seiner langen Reise ins Land der Toten erzählen, in das er hinabgestiegen ist, um seinen Körper endlich ins Gleichgewicht zu bringen, wie er sich dort verrannt und schließlich ganz verloren hat, wie er Stufe für Stufe hinabgestiegen ist und grässliche Orte gesehen hat, er würde berichten, woher er die Kraft genommen hat, um wieder hinaufzusteigen und das alles zu schildern. Kate oder Patricia oder Phoebe oder Sarah würde draußen im Garten mit ihren Kindern spielen und um ihn herum würden sich ihre Freudenschreie mit dem Duft des Tees, der in der Küche dampft, mischen. Er würde in sein Saxofon blasen, würde jede einzelne Note in der Morgenluft genießen. Nachmittags würden sie gemeinsam an den Ashokan-Stausee fahren und dort Brombeeren pflücken und ein paar Karpfen angeln. Danach würde Rose in ihrem Zimmer spielen und Neal würde seinem Vater im Garten Gesellschaft leisten. Sie würden sich ein neues Spiel ausdenken, eine Art Boule mit Holzstücken und Steinen. Jay würde sich einen Gin Tonic zubereiten. Sie würden alle zusammen essen. Seine Frau würde in ihrem geblümten Kleid tanzen. Der Abend würde im Zirpen der Insekten langsam ausklingen.

Manchmal würden sie der Stadt und alten Freunden einen Besuch abstatten. Aber ihr Leben würde sich in diesem Holzhaus abspielen, das 1923 von einem Bostoner Architekten erbaut wurde. Den ganzen Rest könnte er dort endlich vergessen.

Jay kehrt zu den seichten Wellen zurück, die, wie um ihn einzuladen, immer wieder auf ihn zurollen, aber kurz vor seinen Füßen Halt machen. Er nimmt ein paar Schlucke Rum, der ihn von innen wärmt. Alles ist bereit. Er hat vor seiner Abreise sogar schon ein Haus besichtigt, es war nicht das richtige, aber auch das wird er bald finden. Er wird nichts mitnehmen. Er kauft sich nur ein paar Möbel und Regale, wenn es so weit ist. Er stellt die Flasche zur Seite. Er geht auf das Meer zu. Seine Hose hat er bis zu den Knien hochgekrempelt. Er schließt die Augen und atmet die Pazifikluft ein. Er lässt sich vom Wasser übermannen.

Er hat sich wieder an dieselbe Stelle gesetzt und lässt sich von der Sonne trocknen.

Er rollt sich einen Joint. Er ist betrunken, wie jeden Tag, nur der Rum kann sein Herz beruhigen, wenn es sich danach sehnt, schnelllangsam, schnelllangsam zu schlagen. Was er an diesem Haus und den offen daliegenden Dachbalken besonders liebt, ist der freie Raum, ohne auch nur ein an die Wand gelehntes Bild. Von Zeit zu Zeit wird er sicherlich noch malen, einfach so, als Fingerübung und weil er den Tanz vermisst, aber all die angehäuften Dinge, die ihn bedrängen, die Malerei und die ganze Bitterkeit, hätte er weit hinter sich gelassen. Er hat alles dafür geopfert, jetzt möchte er etwas für sich tun.

Er blickt ein letztes Mal auf das von einem dünnen Schaumband gesäumte Wasser.

Er steht auf.

Er wirft die leere Flasche in den Sand.

Der Morgenhimmel öffnet sich wie eine Muschel.

KLACK

Sarah ist an diesem Abend spät ins Bett gegangen. Sie hatte einen unheimlich schlechten Film mit Tom Hanks geschaut, eine Zigarette nach der anderen geraucht und versucht, einzuschlafen – ohne Erfolg. Nachdem sie sich in der sommerlichen Hitze in ihr dünnes Laken eingewickelt hatte, ein Bein drüber, ein Arm drunter, konnte sie endlich eindösen, oder fast, sie blieb stecken in dem sumpfigen Raum zwischen Bett und Schlaf. Ein Klingeln hat sie aus dieser unsicheren Ruhe gerissen. Das Laken lag auf dem Boden. Sie ist aufgestanden. Fast blind, vom fiebrig gelben Licht der Straße geleitet, hat sie es mit kleinen Schritten bis zur Tür geschafft. Hat sie geöffnet: nichts. Licht im Hausflur. Sie weiß es. Sie rennt zum Fenster. Die Eingangstür fällt hinter Jay ins Schloss. Die Hände in den Taschen, den Kopf gesenkt, kommt er nur langsam voran. Sie weiß es. Sie blickt ihm nach, wie er sich auf dem Bürgersteig mit schleppenden Schritten entfernt, sein Körper, da, auf der Straße, noch. Sie ruft seinen Namen. Ein Krankenwagen fährt in einiger Entfernung vorbei. Er läuft in der Mitte des Gehwegs.

Sie weiß, es ist zu spät.

IN DER SCHEUNE

Und der Junge ist nach Hause zurückgekehrt.

Das Mädchen (immer wieder dasselbe) stand im Eingang. Sie war beschäftigt.

Er ist zum Schlafen raufgegangen.

Oben hat sich die Hitze zu einem dichten Klotz angestaut.

Er ist aufs Bett gefallen.

Als er die Augen öffnet, hat er ein Brennen gespürt, in seiner Brust, die Laken, eine finstere Sonne.

Er hat sich zur Seite gebeugt, die Metalldose genommen, das Heilmittel zubereitet.

Er hat sich wieder hingelegt.

Der Löffel ist heiß geworden.

Er hat tief eingeatmet und dann zugedrückt.

Er ist aufs Bett gefallen.

Jetzt ist es besser.

Er atmet.

Schnell bemerkt er die Anwesenheit eines Zwerges im Raum.

Es wäre ihm lieber, wenn er geht, aber er kann es ihm nicht sagen.

Der Zwerg steht im Dunkeln, aber sein Gesicht, das wie von Klammern verzerrt scheint, hebt sich deutlich davon ab.

Er lächelt, aber es könnte auch eine Narbe sein.

Jay kann den Anblick dieses bleichen, starren Gesichts nicht ertragen.

Sein Bett befindet sich inmitten einer Scheune, an deren Holzverkleidung der Wind rüttelt, das verrät ihm das leise Knarren.

Der Zwerg holt einen Cutter aus seiner Tasche.

Er kommt näher. Er sticht mit der Klinge in Jays Brust, zieht sie wieder heraus und sticht erneut zu, fünf Mal hintereinander.

Auf dem Gesicht des Zwerges zeigt sich Erleichterung.

Aus Jays Mund spritzt Blut.

KLEINES HÄUFCHEN

17. August 1988
Sie sind wortlos wieder gegangen. Es waren einige, Keith, Sarah, Freddy, Vincent, Phoebe, alle, die davon mitbekommen hatten. Jays Vater ist noch geblieben, um die letzten Einzelheiten zu klären. Er war sofort gekommen, als er die Nachricht bekam. Er musste die Leiche identifizieren. Alle Formalitäten erledigen. Die Firma anrufen, die sich um diese Dinge kümmert. Er hat das sehr gut gemacht. Und als er jetzt vor diesem Haufen Papiere und Knochen steht, wird ihm bewusst, dass es echt viel Arbeit ist.

Die Freunde sind durch die drückende Hitze gelaufen. Ohne vorherige Absprache haben sie die Brücke überquert. Niemand wollte sich unter die Erde begeben. Die Brooklyn Bridge ist lang und schwankt im Wind. Sie sind hintereinander hergelaufen und haben aufs Wasser geschaut. In Chinatown angekommen, sind sie die Canal Street hochgelaufen. Keith versucht, durch die Nase zu atmen, das beruhigt ihn meistens. Er hat seit Mai stark abgenommen. Erstaunlicherweise hat er noch Lust, weiterzuleben. Er hat einen Mann kennengelernt, der ihn zum Lachen bringt. Bei der Beerdigung haben Sarah und er vor den anderen gesprochen. Nur ein paar Worte. Sie werden später noch eine Zeremonie mit allen abhalten. Sarah beobachtet einen jungen Typen, der eine Palette mit Tiefkühlwaren über den Bürgersteig schiebt. Man kann den anderen nicht helfen, hatte Andy immer gesagt. Wenigstens dem da könnte sie doch helfen. Aber dann schaut sie weg und ihr Blick fällt auf die weiße Limousine, die an ihnen vorbeijagt. Musik dringt durch die Fenster nach außen. Alle fünf sehen ihr hinterher, als sie Richtung Canal Street davonfährt.

Wohin jetzt? Sie setzen sich in eine Bar in der Bowery Street und bestellen eine Runde Bier.

Stunden vergehen, gefüllt mit wenigen Worten. Freddy und Vincent machen sich irgendwann los. Keith und Sarah bleiben zusammen. Wenn sie nach Hause gehen, ist es vorbei. Sie laufen die Straße hoch. Es ist nicht mehr ganz so schwül. Zu ihrer Linken: Great Jones Street. Sie laufen Hand in Hand bis zur Wohnung. Dort bleiben sie stehen. Davor liegt ein kleines Häufchen neben einem Container.

— Wer hat ...

Sarah erkennt die blau-roten Turnschuhe, zwei Kisten voller Jazz-Schallplatten, die leicht schiefe Lampe aus Treibholz. Keith geht zu einem Stuhl aus schwarzem Stoff, der einmal dem Regisseur Sam Peckinpah am Set von *Straw Dogs* gehört hat. Er setzt sich darauf. Er verschränkt die Hände hinter dem Kopf. Dem Himmel ist das alles scheißegal.

Sarah geht in die Hocke und versucht, die Sachen einzusammeln. Sie fallen ihr aus den Händen, sie versucht es erneut. Am Ende fällt alles wieder runter. Sie setzt sich auf den Bürgersteig.

Noch am selben Abend bekommt Vrej Baghoomian, der sich um den Verkauf von Jays letzten Bildern gekümmert hatte, die ersten Anrufe. Es sind Freunde, die jetzt ihre Tische, Türen, Kühlschränke verkaufen wollen, die der zwanghafte Junge mit seinen Hieroglyphen bemalt hat.

— Ja, ich habe da dieses Bild ... ganz egal, ja, er hatte es mir gegeben. Es wäre mir lieber, wenn Sie es hätten, ich weiß auch nicht, einfach so.

— Dann bringen Sie es vorbei.

Baghoomian leitet die Anrufe an seine Assistentin weiter. Offensichtlich haben jetzt alle irgendetwas anzubieten:

— Auf einem Serviettenring ...

— Der Kühlschrank ist sowieso kaputt, also wäre es schön, wenn Sie ihn ...

— Er hat es hiergelassen. Es handelt sich um zwei zusammengeschraubte Türen, wie er es so oft gemacht hat, und darauf ist ...

Er hat bereits den von Jays Vater beauftragten Nachlassverwalter empfangen. Jetzt muss er sich da durchkämpfen.

— Ich habe lange überlegt, es war verdammt noch mal ein Geschenk von Jay. Er konnte manchmal so zärtlich sein. Aber meine Mutter ist gerade im Krankenhaus und ich habe ...

— Das mit seinem Tod ist jetzt eine Woche her, wissen Sie.

— Ja, ich hatte genügend Bedenkzeit.

Am Donnerstag um Viertel nach zehn erstellen die Gutachter des Auktionshauses Christie's eine Liste der Dinge, die bei Jay, unter Aufsicht, gefunden wurden – da waren auch Sachen, eine ganze Menge sogar, in einem Lagerraum, den er auf Andys ausdrückliche Bitte hin angemietet hatte, um seine Werke dort aufzubewahren. Er hatte widerwillig zugestimmt, denn so brachten sie ihm kein Geld ein. Dann hatte er sie einfach vergessen. Die drei Gutachter zählen: Neunhundertsiebzehn Zeichnungen, fünfundzwanzig Notizbücher, fünfundachtzig Papierabzüge und einhunderteinundsiebzig Bilder auf Leinwänden oder Holz. Sechsundfünfzig unvollendete Bilder kamen noch hinzu. Sie verzeichnen weiterhin: vierundzwanzig Werke von Andy Warhol, zwei mit Farbe retuschierte Fotografien von William S. Burroughs, einunddreißig Anzüge, eine Sammlung antiker Möbel (Couchtische aus aufpoliertem Holz, Schränke, Anrichten wurden im Lager gefunden), drei Fahrräder, ein rotes und zwei schwarze, sieben Synthesizer, ein Tenorsaxofon, drei afrikanische Instrumente, Kunstbücher, zwei fast vollständige Enzyklopädien, die Biografie von Charlie Parker, *Bird Lives*, Platten von Television, Talking Heads, Beastie Boys und hunderten anderer Bands, zweihundertachtundvierzig Videokassetten, mehrere antike Spielzeuge, darunter ein roter Lastwagen mit Buntstiften darin, ein Meccano, ein Paar Handschellen.

Das war's.

Die Gutachter schließen die Akte.

In der nächsten Woche soll nun festgestellt werden, welcher Anteil den Erben (die aus dem Umfeld von Jays Vater und seiner Schwestern stammen) und welcher Vrej Baghoomian zusteht. Da Letzterer selbstverständlich weder irgendein offizielles Dokument noch einen Vertrag besitzt, wird er sich wohl bald einen neuen Job suchen können.

•

Ein Jahr vergeht.

Die Stimme verblasst. Die anderen hingegen bestehen fort. Auch so manches Gläserklirren ist währenddessen zu hören.

— Schon verrückt, diese ganze Geschichte.

— So schade, ja. Er hatte schon etwas.

— Noch ein paar Chips?

— Und so jung noch dazu.

— Er hatte dieses ... ach, man konnte ihn einfach nicht übersehen.

— Oh ja, er war wirklich ein schöner Mann, ich erinnere mich. Er ist mir oft begegnet, damals im ...

Großer Saal des Whitney. Dreiundneunzig Bilder von Jay an den Wänden. Die Leute sind von weit her angereist.

— Was für eine Kraft, nicht wahr.

— Wir wussten es alle, aber hier springt es einen förmlich an.

— Ich habe letztes Jahr zwei gekauft. Da konnte man sich das noch leisten.

Es ist geschafft, Straßen, Herrscher und Helden ziehen ins Museum ein. Gewaltsam, wie geplant.

— Was für eine Finesse.

— Was für eine Wucht.

— Herrschaftlich.

— Und der andere, der kleine, Haring, ist der gestorben?

— Ja, an AIDS.

— Unglaublich.

Und so weiter und so fort.

Die Kronen glänzen an den Wänden.

Walter hat einen Gedenkstein auf das Grab im Green-Wood setzen lassen. Ein junger Kerl hat eine Champagnerflasche daran geköpft. Nun hat der Stein eine Kerbe. Er hat sich vor Jays Grab betrunken, allein. Er hat gedacht, dass er mal etwas mit seinen Fingern machen möchte, wie der Typ, der da ruht. Er hat die Flasche ausgetrunken. Hat sie in ein Wäldchen geschmissen und ist weitergegangen, schwankend.

Er hat die Hand gehoben, um etwas einzufangen, oder einfach nur so. Er hat gedacht, er könnte ja ein Buch über all das schreiben. Er hat sich gedacht, dass dadurch vielleicht etwas von der Kraft dieses da schlafenden Typen auf ihn abfärbt.

Das hat er gedacht, ja.

© Cris Palomar

Pierre Ducrozet, 1982 in Lyon geboren, veröffentlichte 2020 mit *Le grand vertige* (*Welt im Taumel*) seinen fünften Roman und hat in Frankreich bereits verschiedene Auszeichnungen erhalten. Seine ersten drei Romane erschienen bei Grasset: *Requiem pour Lola rouge* (2010, Prix de la Vocation), *La vie qu'on voulait* (2013) und der viel beachtete Roman *Eroica* (2015, Shortlist für den Prix de Flore). Seine beiden letzten Romane erschienen bei Actes Sud: Für *L'invention des corps* erhielt Ducrozet 2017 den Prix de Flore. Pierre Ducrozet ist Sohn einer österreichischen Mutter und eines französischen Vaters. Er lebt heute in Barcelona.